DAS HERZ DES HADES

ZWEI: DIE HADES TRIBUNALE

ELIZA RAINE

Copyright © 2020 Eliza Raine

Alle Rechte vorbehalten.

Kein Teil dieses Buches darf ohne schriftliche Genehmigung des Autors in irgendeiner Form oder auf elektronischem oder mechanischem Wege, einschließlich Informationsspeicherungs- und Abrufsystemen, vervielfältigt werden, mit Ausnahme der Verwendung von kurzen Zitaten in einer Buchrezension.

Für alle, die der Überzeugung sind, dass sie die Göttin der Hölle in sich tragen...

EINS

PERSEPHONE

Mir war schwindelig und alles drehte sich in meinem Kopf als ich mich aufrichtete. Durch die plötzliche Bewegung drehte sich mir der Magen schlagartig um. Doch meine Übelkeit wurde fast augenblicklich von einem Energieschub ersetzt. Ich sah mich um, und die Erinnerungen an das, was gerade geschehen war, stürzten wie eine riesige Welle über mir zusammen. Ich war nicht mehr im Ballsaal und auch nicht in dem schönen Garten. Ich befand mich in einem gemütlichen Schlafzimmer mit prächtigen violetten und blaugrünen Kissen und Vorhängen aus hauchdünnem Stoff, die das wundervolle Himmelbett umgaben.

Ich sollte tot sein. Hades wahre Gestalt hätte mich töten müssen. Doch der Granatapfelkern...

»Die Richter müssen dich mögen«, sagte eine tiefe, melodische Stimme. Ich drehte den Kopf in Richtung des Geräusches und Hera lächelte mich vom Fußende des Bettes an.

»Was? W-warum bin ich hier? Ich muss zurück, um diesem Mann zu helfen«, stammelte ich.

Heras Augen blitzten. »Dieser Mann ist weit über den Punkt hinaus, an dem deine Hilfe ihn noch erreichen kann. Und genauso sollte es auch sein.«

»Er wollte doch nur Rache nehmen«, flüsterte ich. »Er ist kein böser Mensch. Auge um Auge... Ich habe ihm jemanden genommen.« Die Bilder des Gemetzels im Ballsaal schwebten mir vor Augen und ich wollte aus der Haut fahren. Übelkeit überkam mich wieder.

»Persephone, als Göttin der Rache habe ich Verständnis für das, was ihn angetrieben hat. Aber das heißt nicht, dass mein Einfühlungsvermögen sich auf Individuen erstreckt, die den Göttern schaden wollen. Kein Sterblicher sollte so töricht sein.« Ihr Gesichtsausdruck war starr und grimmig, und ich spürte, wie etwas tief in mir auf ihre Macht reagierte.

»Sind die Götter wirklich so viel wichtiger als alle anderen?«, fragte ich mit leiser Stimme. Ich wusste, dass ich unhöflich war, aber ich war nicht in der Lage, die Frage zu unterdrücken. »Seid ihr wirklich alle dermaßen arrogant?«

Hera stand auf und ihre Absätze machten laute Geräusche auf dem Steinboden. Ein Sturm der Macht ging von ihr aus und erfüllte bald den Raum. Ich wollte vor ihr auf die Knie fallen und sie anbeten.

»Wenn du eines Tages wieder den Platz als Königin der Unterwelt einnehmen möchtest, musst du ernsthaft an deiner Einstellung arbeiten«, sagte sie.

Ein Kloß bildete sich in meiner Kehle und die Ängste, die sich im Verlauf des Balles in mir aufgebaut hatten, drangen an die Oberfläche. »Als ich Königin war, war ich da wie der Rest von euch?«

»Ja, natürlich.«

»Ich hätte diesem Mann die Glieder vom Körper

gerissen?«, flüsterte ich fragend und meine Augen füllten sich mit heiß brennenden Tränen.

»Ich gebe zu, dein Zorn war weniger schrecklich und furchteinflößend«, sagte Hera und neigte den Kopf. »Aber du warst genauso rachsüchtig wie wir alle.«

Nein. Nein, ich konnte ihr nicht glauben. Aber warum sollte sie mich anlügen? *Es spielt keine Rolle, wie du vorher warst. Was zählt, ist, wer du jetzt bist.* Ich klammerte mich an den Gedanken und zwang mich, mich zu beruhigen und nicht in Tränen auszubrechen.

»Nun, es ist unwahrscheinlich, dass ich gewinnen werde, also brauchst du dir auch keine Sorgen zu machen«, sagte ich schließlich und bemühte mich einigermaßen würdevoll auszusehen, als ich mich in der Masse weicher Kissen aufsetzte. Ich musste hier weg. Ich musste Skop sehen; sicherstellen, dass es ihm gut ging. Ich musste herausfinden, was zum Teufel passiert war und meine Gedanken sortieren.

»Oh nein, Persephone. Die Wahrscheinlichkeit, dass du gewinnen wirst ist genauso hoch, wie die von Minthe. Die Richter müssen dich wirklich mögen. Sie haben dir schließlich die Chance gegeben, deine Macht zurückzugewinnen.«

»Sie haben meine Kraft absichtlich in das Samenkorn gelegt?«

»Das müssen sie, ja. Woher wusstest du überhaupt, dass du einen essen musstest, um deine Kräfte wiederzuerlangen? Du wusstest es offensichtlich nicht vor dem letzten Tribunal, sonst hättest du es schon früher getan.« Ihre strahlenden Augen bohrten sich in die meinen und Misstrauen erfüllte mich. Ich kannte diese Frau nicht. Und selbst wenn sie die Königin aller Götter war, brauchte ich ihr nichts zu sagen. Waren meine

Kräfte stark genug, sie aus meinem Kopf herauszuhalten?

Sie muss erraten haben, was ich dachte, denn Hera lachte hell und setzte sich dann wieder auf das Bettende.

»Wenn du es mir nicht sagen willst, ist das schon in Ordnung. Und falls du dich gefragt hast, ob ich deine Gedanken lesen kann: Hades hat einen Zauber auf die Unterwelt gelegt, der es unmöglich macht, in den Verstand eines anderen einzudringen. Das ist wirklich ärgerlich.«

Meine Augenbrauen schossen in die Höhe. »Warum hat er das getan?«

»Hades ist nicht der Gott, für den ihn die meisten halten«, sagte sie leise und ich war sicher, dass Mitgefühl in ihrer Stimme mitklang. »Er hat mehr Respekt vor den Geschöpfen, als sich die meisten vorstellen können.«

Hekate hatte etwas Ähnliches zu mir gesagt, dass Hades nicht der ist, für den die Leute ihn halten. Auch hatte ich eine Seite an ihm entdeckt, die völlig im Gegensatz zu dem Monster stand, das er geworden war, als er den Mann im Ballsaal in Stücke gerissen hatte. Ein Schauder erschütterte mich.

»Er hätte mich fast getötet«, sagte ich leise. »Wenn ich den Samen nicht gegessen hätte, wäre ich jetzt tot.«

»Ja, sein Temperament ist unberechenbar und für Sterbliche lebensgefährlich. Aber er hätte es sich nie verziehen und das wäre für uns alle mit Schmerz verbunden. Selbst aus rein egoistischen Gründen bin ich froh, dass du überlebt hast.«

Ich runzelte die Stirn. War das wirklich, wie sie die Situation einschätzte? Ich glaubte nicht, dass ich ihr etwas bedeutete, aber ich fragte mich, ob Hades ihr vielleicht wirklich wichtig war.

»Warum bin ich hier? Bei dir?«

»Ich hielt es für das Beste, dich aus der Gefahrenzone herauszuholen. Hades wird noch eine Weile brauchen, um sich zu beruhigen. Und mein Mann Zeus ist gut darin, chaotische Situationen zu seinen Gunsten auszunutzen. Ich wollte nicht, dass du dich in seinem Netz verfängst.« Das Funkeln in ihren Augen war jetzt dunkel und gefährlich und ihre Stimme hatte einen kalten Ton angenommen.

Ich stellte mir vor, wie sehr Zeus sich freute, Hades so spektakulär verlieren zu sehen. Wut zog sich in meinem Bauch zusammen.

»Wie lange muss ich noch hier bleiben?«, fragte ich.

»Warum? Fühlst du dich nicht wohl hier?«

»I... ich wollte nur... Ich will Skop sehen.« Ein weißer Blitz zuckte durch den Raum und plötzlich erschien der Kobaloi, splitternackt und mit einem völlig verwirrten Blick, vor mir auf dem Bett. Er wirbelte herum und sein bärtiges Gesicht erschlaffte vor Erleichterung, als er mich sah.

»*Oh, den Göttern sei Dank*«, sagte er und nahm die Gestalt des Hundes wieder ein. »*Ich dachte, Sie wären tot, Fräulein.*«

»Wie rührend, dass du dich um mich gesorgt hast«, sagte ich.

»*Wollen Sie mich auf den Arm nehmen? Sie haben mir das Leben gerettet.*«

»Und du das meine. Sonst hätte ich nicht gewusst, was ich mit diesem Phönix hätte anfangen sollen.«

»*Ich auch nicht. Hekate hat mir gesagt, was ich sagen sollte. Sie konnte Sie nicht erreichen.*«

Ich erinnerte mich daran, sie inmitten all des Chaos gesehen zu haben. Ihre Augen waren milchig und blaue

Kraft hatte um sie herum geleuchtet. Dankbarkeit durchströmte mich. Sie war an meiner Seite gewesen, als ich gedacht hatte, ich würde sterben. Sie hatte Hades angefleht, aufzuhören.

Skop ließ sich mit einem gewaltigen Seufzer auf die Seite fallen.

»*Ich könnte jetzt eine Woche lang schlafen*«, sagte er und schloss die Augen.

»Wie seltsam, dass du für so ein Geschöpf so viel Zuneigung aufbringst. Aber wie sagt man so schön, jedem Tierchen sein Pläsierchen«, sagte Hera, zog eine Augenbraue in die Höhe und sah sich den kleinen Hund an.

»Er und Hekate sind meine einzigen Freunde hier«, sagte ich und lehnte mich zurück. Wenn ich hier feststeckte, konnte ich es mir auch gemütlich machen. Ich wollte, dass Hera ging, damit ich mehr über diese neue Energie herausfinden konnte, die meinen Körper durchströmte. Ich fühlte mich wie vorher, aber ich wusste, dass da etwas war.

»Hades ist auch ein Freund.«

Ich schnaubte. »Klar, wenn man auf Freunde steht, die einen töten wollen oder einen bis zum Wahnsinn treiben und dann...« Ich brach ab und merkte, dass meine Wut mich fast dazu gebracht hatte, zu viel zu verraten. Ein wissendes Lächeln umspielte die dunklen, üppigen Lippen der Göttin.

»Nun, jetzt, da du ein wenig deiner Kraft zurückgewonnen hast, kannst du vielleicht lange genug um dein Überleben kämpfen, um dich richtig mit ihm anzufreunden«, sagte sie sanft. »Dieser Ort war anders, als er glücklich war. Das würde ich gerne wieder sehen.«

Frustration brodelte in mir und ich wurde rot. »Warum will mir niemand sagen, warum ich damals gegangen bin? Oder was ich der Frau dieses armen Mannes angetan habe?«

Hera stieß einen langen Atemzug aus. »Er hat die Wahrheit darüber gesagt, dass du aus dem Fluss Lethe getrunken hast. Das ist einer der fünf Flüsse der Unterwelt, und er löscht die Erinnerungen aller aus, die sein Wasser kosten. Nur der König der Unterwelt kann seine Macht umkehren.«

Meine Hoffnung sank. Hades wollte mir nicht sagen, was passiert war. Das hatte er mehr als deutlich gemacht.

»Gut. Athena hat sowieso recht, ich sollte in die Zukunft blicken. Ich kann die Vergangenheit sowieso nicht ändern«, sagte ich und war nicht in der Lage, den Worten einen Klang von Aufrichtigkeit zu geben, wie ich erhofft hatte.

»Er könnte es dir sagen, weißt du. Soll ich ihn zu dir schicken?«

Meine Kinnlade fiel hinunter und Angst breitete sich in mir aus. Ich spürte förmlich, wie sich die Flammen an den Rändern meines Blickfeldes ausbreiteten, bei dem Gedanken daran, wie ich den König der Hölle zuletzt gesehen hatte.

»Nein! Nein, ich... Ich denke, ich sollte mich ausruhen«, sagte ich zu laut.

»Du kannst ihm nicht für immer aus dem Weg gehen. Du kämpfst schließlich darum, ihn zu heiraten«, sagte sie und verschwand dann in einem Blitz aus weißem Licht.

Ich fluchte erschrocken und blinzelte. Ich kämpfte darum, einen verdammten Wahnsinnigen zu heiraten.

ZWEI

PERSEPHONE

Sobald ich damit fertig war, mich über die Selbstgefälligkeit der Götter aufzuregen, setzte ich mich auf und schloss die Augen. Wenn ich jetzt Kräfte besaß, musste ich herausfinden, was ich mit ihnen anstellen konnte. Ich konzentrierte mich und versuchte zu spüren, was da in mir war, das vorher nicht dagewesen war. Ich suchte nach dem Gefühl des Aufblühens und der Lebendigkeit, das ich gespürt hatte, nach dem ich den Samenkern gegessen hatte. Aber ich fühlte nichts.

Ich wusste, dass da etwas war und Hera hatte es bestätigt. Bei dem Gedanken wurde mir ganz warm. Aber ich konnte weder Energie noch irgendetwas Greifbares in mir spüren. Vielleicht musste ich versuchen zu zaubern? Ich fühlte mich dämlich, als ich die Hand vor meinem Körper ausstreckte.

»Licht?«, fragte ich meine Hand ungeschickt. Nichts passierte. Warum hatte ich angenommen, dass ich Licht erzeugen konnte? Hekate hatte gesagt, ich konnte »unter anderem Pflanzen heranzüchten.«

Ich spürte instinktiv, dass meine Kraft mit der Erde

verbunden war. Es war dieselbe Sicherheit, die ich gefühlt hatte, als ich die silbernen Augen von Hades das erste Mal gesehen hatte und plötzlich wusste, dass diese Welt kein Traum war.

Diese Augen... Was im Namen der Götter sollte ich tun? Panik durchfuhr mich bei dem Gedanken an sein Gesicht und die Erinnerung an seine leidenschaftliche Umarmung. Dann erinnerte ich mich an die Leichen, die er auf dem Boden hatte erscheinen lassen und ließ meine Hand in den Schoß fallen. Weniger als eine Stunde zuvor hatte ich verzweifelt versucht meinen Körper diesem Mann zu offenbaren und dann hatte er sich in ein verdammtes Todesmonster verwandelt, das einen Mann zerrissen und mich fast getötet hatte. Schlimmer noch, ich war mitten in einem Wettkampf darum, ihn zu heiraten. Das war nicht gut, ganz und gar nicht gut. Ich musste mich von ihm fernhalten, die Tribunale verlieren und nach Hause zurückkehren.

Ich konnte die Welle der Furcht, die mit diesem Beschluss einherging, nicht leugnen, aber es war nicht die Angst, die ich bis dahin empfunden hatte. Dies war anders, eine neue Art von Angst.

Wieso zum Teufel wollte ich von hier fortgehen? Dieser Ort ist unglaublich! Vielleicht nicht die Unterwelt selbst, aber das Reich von Zeus? Fliegende Schiffe? Wahnsinns-Outfits, überall Magie und eine Freundin, die Wein herbeizaubern kann, verdammt noch mal! Warum sollte ich je nach New York zurückkehren wollen, jetzt, wo ich wusste, dass es den Olymp gibt?

«Weil hier, verdammt noch einmal, alle vollkommen krank sind!«, sagte ich laut, schüttelte den Kopf und zwang mich die lächerlichen Gedanken aus meinem Kopf zu verdrängen. »Mörderische verdammte Irrsinnige. Und anscheinend war ich mal genauso!« Ich verzog mein Gesicht und rieb es mit den Händen. Es war lächerlich, diesen Gedanken auch nur zu erwägen. Dieser Ort war gefährlich und unangenehm. *Der Ort, an dem ich einmal als Monster existiert habe.*

Das gutmütige, lächelnde Gesicht meines Bruders blitzte in meinen Gedanken auf. Von Sam gingen meine Gedanken über zu meinen Eltern. Mein Vater, der sich um den Garten kümmerte und meine Mutter, die ständig nähte und die Augen verdrehte. Auch rief ich mir Professor Hetz, meine vielversprechende Karriere im Bereich der Gartenplanung und die wunderschönen botanischen Gärten in Erinnerung. Ich vermisste sie. Sie alle.

»Denk an die begrünten Dachflächen von Manhattan«, sagte ich mit Nachdruck. »Du wirst das hinbekommen, Persephone. Du wirst eine weltberühmte Gartendesignerin werden. Nicht Königin der Unterwelt.«

Doch das Letzte, was ich vor meinem inneren Auge sah, bevor ich neben Skops schnarchendem, pelzigen Körper einschlief, waren Hades verzweifelte silberne Augen.

Ich war nicht im Geringsten überrascht, als ich mich im Traum im Atlas-Garten wiederfand. Langsam ging ich auf den Brunnen zu, atmete tief ein und ergötzte mich an dem Duft der Wildblumen. Eine warme Brise blies mir die Strähnen meines Haares ums Gesicht und es fühlte sich wundervoll an.

»Danke«, sagte ich, als ich den Marmorrand des

Beckens erreichte. Leuchtend grüne Seerosenbüschel, bedeckt von leuchtend rosa Seerosen, schwebten sanft an der Wasseroberfläche. »Du hast mir das Leben gerettet.«

»*Gern geschehen*«, sagte die Stimme. »*Ich bin froh, dass du hier bist. Ich muss dir etwas Wichtiges sagen.*«

»Natürlich bin ich hier. Du bringst mich schließlich hierher«, antwortete ich und tauchte meine Finger in das Wasser. Es fühlte sich kühl und einladend an.

»*Ich wünschte, das wäre wahr, Persephone.*«

»Oh. Wer bringt mich dann hierher?«

»*Ich weiß es nicht.*«

Ich neigte meinen Kopf zur Seite und spürte die Sonne auf meiner Wange. »Wer bist du?«

»*Dein einziger Freund hier. Du darfst nicht alle Granatapfelkerne auf einmal essen. Hast du mich verstanden?*«

»Ja«, nickte ich.

»*Du verdienst es deine Kräfte zurückzugewinnen, mein liebes Mädchen, aber du darfst nicht riskieren, dich zu überwältigen.*«

»Ich fühle mich nicht überwältigt. Ich weiß gar nicht, wie ich meine Magie einsetzen kann«, sagte ich, streckte die Hand aus und zog ein Lilienblatt zu mit.

»*Du wirst es noch lernen. Mach dir darüber keine Sorgen. Aber Persephone, du darfst niemandem vertrauen.*«

»Außer Hekate und Skop«, sagte ich.

»*Nein, niemandem.*«

»Aber Hekate und Skop haben mich gerettet. Sie kümmern sich um mich.«

»*Du bist naiv, kleine Göttin. Hekate ist Hades Agentin und Skoptolis arbeitet für Dionysos. Nur ich arbeite nur für dich.*«

»Warum? Warum hilfst du mir?«

»Mein ärgster Feind hat dir Unrecht getan und du hast den höchsten Preis bezahlt. Und jetzt hast du die Macht, diese Ungerechtigkeit wieder gutzumachen.«

Die Ruhe des Gartens wurde durch einen Luftstoß durchbrochen. In seinen Worten schwang eine solche Ernsthaftigkeit mit, dass selbst dieser ruhiger, friedlicher Ort darauf reagierte.

»Mir wurde Unrecht getan?«

»Ja. Die einzige Person, die dir etwas über deine Vergangenheit erzählen kann, ist Hades. Und was er weiß, ist unvollständig.«

»Wie finde ich dann also die Wahrheit heraus?«

»Wenn du mehr von deiner Stärke zurückerlangt hast, werden wir dieses Gespräch fortsetzen. Gewinn weitere Samenkerne und damit auch Kraft zurück.«

Ich nickte. Das klang nach weisem Rat.

Als ich in dem opulenten Schlafgemach aufwachte, konnte ich mich noch lebhaft an den Traum erinnern und ich wiederholte das Gespräch in Gedanken. Ich setzte mich in der Masse farbiger Kissen auf und sah, dass ich immer noch das Ballkleid vom Vorabend an hatte. Ich rieb mir den schmerzenden Nacken und versuchte, den Worten des Fremden Sinn zu verleihen. Konnte ich Hekate und Skop wirklich nicht trauen? Ich fand es schwierig zu akzeptieren, dass sie mir Schaden zufügen konnten. Ich berührte meine ausgetrockneten Lippen und sah den schlafenden Hund an, der sich am Fußende des Bettes ausgebreit hatte.

»Mein ärgster Feind hat dir Unrecht getan und du hast

den höchsten Preis bezahlt. Und jetzt hast du die Macht, diese Ungerechtigkeit wieder gutzumachen.«

Ein kalter Schauer lief mir über den Rücken, als ich mich an die Aussagen des Fremden erinnerte. Wenn das, was er sagte wahr war, hieß das, dass jemand anderes an dem beteiligt war, was zu meinem Ausschluss vom Olymp geführt hatte? Bedeutete das, dass nicht alles meine Schuld war? Eine kleine Knospe Hoffnung erblühte in meiner Brust. Aber wer konnte das sein? Und warum wusste Hades nichts davon? Ich stieß einen Seufzer aus und starrte die glühende Felswand an. Bei dem Gedanken an Hades gingen mir wieder Bilder durch den Kopf, die zwischen höchstem Vergnügen und ungezügeltem Schrecken schwankten. Eine wahre Achterbahnfahrt der Gefühle.

»Dieser Raum ist wirklich schöner als dein Schlafzimmer«, sagte eine Stimme und meine Augen sahen zur Tür.

»Hekate!« Sie lächelte und kam mit zwei Tassen Kaffee hinein. »Danke, dass du Skop gesagt hast, wie man den Phönix besiegen kann, und... dass du versucht hast, Hades aufzuhalten.«

»Keine Ursache«, sagte sie mit einem Grinsen. »Wofür sind Freunde sonst da? Wie geht es dir?«

»Ich bin etwas verwirrt«, sagte ich.

»Ohne Zweifel. Aber wenigstens funktionieren deine Kräfte wieder.«

»Was?«, fragte ich und runzelte die Stirn. »Wie meinst du das? Ich wollte dich gerade fragen, wie ich meine Kräfte erwecken kann. Nichts funktioniert.«

»Persy, du wurdest von einem brennenden Riesenvogel meterweit in die Luft gehoben, bist in die Tiefe auf einen Tisch gestürzt und wurdest fast von einem Stromschlag getötet. Meinst du nicht, dass du dich heute Morgen ein wenig wund fühlen solltest?«

Ich starrte sie an. »Mein Nacken tut weh«, sagte ich schließlich.

»Das werden diese verdammten Kissen hier sein«, sagte sie und ihre Lippen kräuselten sich, als sie eins aufhob und quer durch den Raum schleuderte.

»Du willst sagen... meine Magie hat mich geheilt?«

»Klaro.« Sie nahm einen langen Schluck ihres Kaffees und ich tat dasselbe. Meine Gedanken überschlugen sich.

»Ich kann mich selbst heilen? Wie das?«

»Es passiert einfach, wenn du dich ausruhst. Je stärker du bist, desto schneller verheilen deine Wunden. Irgendwann wirst du lernen, große Wunden an Ort und Stelle zu heilen. Du warst immer schon eine gute Heilerin. Ist wohl Teil deines Einflussgebietes.«

»Welches Einflussgebiet?«

»Göttin des Frühlings. Neues Leben. Wachstum und Fruchtbarkeit und all das.«

»Die Göttin des Frühlings?« Meine Kinnlade klappte herunter. Dann hörte ich Skop bellen.

»So sieht's aus. Es hat keinen Sinn, es vor dir zu verheimlichen, nicht, wenn du deine Kräfte zurückgewinnen kannst.« Sie strahlte mich aufregt an. »Du kannst das jetzt gewinnen, Persy. Du kannst es wirklich.«

»*Was, was, was, was, was? Sie sind die Göttin des Frühlings, Fräulein? Ich dachte, Sie wären nichts weiter als ein hübscher Menschling?*« Skops Stimme erklang laut in meinem Kopf.

»Ähm, das ist eine ziemlich lange Geschichte. Ich war schon einmal mit Hades verheiratet. Dann wurde ich wohl aus dem Olymp verstoßen und dann aus den Geschichtsbüchern entfernt. Und ich erinnere mich an nichts davon.«

»*Was zum Teufel?*«

»Ja, genau«, sagte ich mit versteinertem Blick und wandte mich dann wieder Hekate zu. »Was ist auf dem Ball passiert?«

»Was meinst du?«, sie zuckte die Achseln.

»Hades hätte mich fast umgebracht! Ich werde keinen Gott heiraten, der aus Leichen besteht!«

»Oh, er hat einfach nur die Beherrschung verloren, weil der Kerl dich verletzt hat. Wenn du deine Kräfte wieder hast, wird dich seine wahre Gestalt überhaupt nicht mehr stören.«

Bei ihren Worten schnürte sich mir die Kehle zu. Wie konnte es sein, dass mich dieses Monster, umgeben von Leichen, jemals nicht stören könnte?

»Ich *möchte* Leichen als störend empfinden, Hekate‹, sagte ich. »Ich will nicht wie er sein. Ich will nicht mit ihm zusammen sein.«

Hekates Lächeln löste sich auf. »Er hat dich ein bisschen erschreckt. Das wird schon wieder, da bin ich mir sicher.«

»Hekate, ernsthaft, ich bin nicht für die Unterwelt geschaffen. Ich brauche warmen Sonnenschein, eine kühle Brise und Bäume, die sich dem endlosen Himmel entgegenstrecken. Ich bin nicht dazu bestimmt, hier zu sein.« Ich konnte den flehenden Tonfall meiner Stimme hören. »Selbst wenn ich damals hier glücklich war, ich bin nicht mehr dieselbe Person. Hades versteht das.«

»*Du bist nicht die Frau, die ich geheiratet habe. Du bist jemand Neues.*« Das hatte er zu mir gesagt, als ich vor Lust fast wahnsinnig geworden wäre.

Hekate starrte mich eine Minute lang an, dann schüttete sie sich den Rest des Kaffees in den Rachen.

»Wann wirst du die anderen beiden Samen essen? Wir müssen üben, deine Magie zu kontrollieren.«

Ich seufzte. »Du kannst mich nicht einfach ignorieren«, sagte ich. »Und ich werde sie nicht essen.«

»Was?«, explodierte sie und sprang auf. »Was meinst du damit, du wirst sie nicht essen?«

»Noch nicht, jedenfalls. Ich möchte meine Kräfte langsam zurückgewinnen.«'

Hekate schloss die Augen. »Versuchst du absichtlich zu verlieren?«

»Nein, aber bis vor Kurzem war ich nur ein Mensch, ohne irgendeine Vorstellung davon, dass Magie überhaupt existiert. Du musst mir verzeihen, dass ich vorsichtig damit umgehen möchte«, fuhr ich sie an. Sie beäugte mich misstrauisch. »Gut, aber nur fürs Protokoll, ich glaube, du machst einen Fehler. Die nächste Runde beginnt bereits heute Abend. Du wirst all die Unterstützung benötigen, die du kriegen kannst.«

Mir drehte sich der Magen um. »Das nächste Tribunal beginnt schon heute Abend?«

»Nein, nicht das eigentliche Tribunal. Es ist nur eine kleine Zeremonie, um die zweite Runde einzuläuten und die nächsten Schritte anzukündigen. Aber Minthe wird dort sein.«

Ich stöhnte. »Wundervoll. Genau das, was ich jetzt brauchte.«

»Und Hades wird auch anwesend sein.«

DREI

PERSEPHONE

Mit einem Fingerschnippen beförderte Hekate uns zurück in mein eigenes Zimmer und ich zog dankbar mein Abendkleid aus. Ich ließ das heiße Wasser der Dusche auf mich hinunterprasseln, bis meine Fingerkuppen sich zu Rosinen aufquollen. Erneut versuchte ich auf meine neuen Kräfte zuzugreifen, aber außer einem Kribbeln war da nichts.

»War es eine meiner Kräfte, Licht zu erzeugen?«, fragte ich Hekate, als ich aus dem Badezimmer trat. Sie saß mit zurückgelegtem Kopf an meiner Kommode, den Knöchel über ein Knie gekreuzt und summte.

»Nein«, antwortete sie, ohne mich anzusehen.

»Oh.« Ich wrang mein nasses Haar im Handtuch aus.

»*Ich kann auch kein Licht machen*«, sagte Skop in meinem Kopf.

»Du bist auch kein Gott«, erinnerte ich ihn.

»*Im Bett bin ich ein Gott*«, antwortete er schwanzwedelnd. Ich verdrehte die Augen.

Schnell schlüpfte ich in meine Kampfmontur. Ich hatte genug davon, herumzusitzen und still zu halten. Ich musste etwas mit meinem Körper machen, denn die in mir aufgestaute Energie machte mich hibbelig und unruhig.

»Wie lange dauert es noch, bis diese Sache mit der zweiten Runde beginnt?«, fragte ich.

»Ewigkeiten. Es ist erst heute Abend.«

»Gut. Ich gehe in den Wintergarten«, sagte ich.

»Ich dachte, du willst trainieren«, sagte Hekate, neigte den Kopf, und sah mich fragend an.

Ich schüttelte den Kopf. »Vielleicht später.«

»Viel Spaß dann. Mal sehen, ob du deine grünen Daumen zum Zaubern bringen kannst.« Sie zwinkerte mir zu und mit einem Schimmern verschwand sie.

Ich sah auf meine Hände herab und wackelte mit den Fingern. Könnte ich sie wirklich dazu bringen, zu zaubern?

Skop hatte nicht gelogen, dass er sich den Weg durch das unterirdische Labyrinth gemerkt hatte. Ohne seine Hilfe hätte ich den Wintergarten nie wiedergefunden. Auf dem Weg dorthin erzählte ich ihm, was ich über meine Vergangenheit wusste, was leider ein bedrückend kurzes Gespräch war und auch von den Samen, die ich gegessen hatte und der Rückkehr meiner Kräfte. Ich sagte ihm nicht, warum ich den Samen gegessen hatte, und er fragte nicht nach.

Ich wusste, dass wir die Tür zum Wintergarten erreicht hatten, noch bevor ich meine Hand auf das Holz gelegt hatte, um die Klinke herunterzudrücken. Etwas in mir blitzte auf und ich konnte die freudige Energie der Pflanzen auf der anderen Seite förmlich in den Fingerspitzen fühlen. Mein Puls beschleunigte sich, als ich den gläsernen Raum betrat und den Geruch der Erde einatmete.

Die unruhige Energie, die sich in mir aufgestaut hatte, verwandelte sich schlagartig, als ich mit den Fingern das Yucca-Blatt entlangfuhr. Meine Frustration verwandelte sich in Erregung. Ich konnte mehr als nur die Pflanzen im Raum erspüren. Fast wie kleine Lichtfunken konnte ich die Samen im Boden vor meinem geistigen Auge sehen, die sich nicht gesund entwickeln konnten. Manche von ihnen waren gefangen unter unsichtbaren Barrieren, die sie tief im Erdbeeten festhielten. Ich fiel auf die Knie und begann im nächstliegenden Beet zu graben, auf der Jagd nach dem, was dort in der Tiefe lag.

Ich zog meine Hand triumphierend aus der Erde und umklammerte einen harten kleinen Samen.

»*Was ist das?*«, fragte Skop.

»Ein Sonnenblumenkern«, sagte ich sofort, schaute ihn an und zog die Augenbrauen zusammen. »Woher wusste ich das?«, fragte ich langsam.

»*Sie sind die Göttin des Frühlings. Sie wissen wahrscheinlich ein paar Kleinigkeiten über Blumen*«, antwortete er. »*Kann ich beim Graben helfen?*«

Gemeinsam gruben wir uns durch den riesigen Raum. Bei unserer Jagd nach noch nicht gekeimtem Saatgut drehten wir fast alle Beete um. Wir fanden viele, und sie alle waren hart und kalt, als wären sie vor langer Zeit eingefroren. Neben den anderen Werkzeugen fand ich eine Blechschale und innerhalb einer Stunde hatten wir sie mit unseren ausgegrabenen Schätzen gefüllt. Es handelte sich hauptsächlich um Blumensamen, wie Stiefmütterchen, Chrysanthemen und Mohn, aber ein paar von ihnen waren durchaus aufregend. Ich war mir ziemlich sicher, dass einer der Samen eine Azalee war, aber sie würde Jahre brauchen, um heranzuwachsen. Ich würde sie sicher nicht in ihrer Reife sehen.

»Persephone.«

Ich hörte meinen Namen und mein gesamter Körper erstarrte. Bewegungslos kniete ich im Dreck. Ich hatte die Stimme sofort erkannt und Angst schnürte mir die Kehle zu. Der Ton war sanft und wies überhaupt kein Zischen auf, aber für mich bestand trotzdem kein Zweifel, dass es Hades war.

»Ich dachte, du hattest gesagt, ich dürfe mich in diesem Raum aufhalten«, sagte ich, ohne mich umzudrehen. Ich wusste, dass das kleine bisschen Selbstbewusstsein sich auflösen würde, sobald ich seinen dunklen Rauch sah. »Bitte geh weg.«

»Persephone, bitte. Ich bin hier, um mich zu entschuldigen.«

»Das ist mir egal«, log ich. »Ich habe dir nichts zu sagen, und es gibt nichts, was ich von dir hören möchte.« Das Haar an meinen Armen hatte sich aufgerichtet, und der Zwang, mich umzudrehen und ihn anzusehen, war so stark, fast unwiderstehlich.

»Bitte. Sieh mich an.«

»Nein! Das letzte Mal hast du mich fast zu Tode geängstigt.«

»Ich... ich war wütend. Ich habe die Kontrolle verloren. Was du da gemacht hast, hat mich dazu gezwungen.«

»Jetzt ist es also meine Schuld?« Ich konnte mich nicht gegen die Wut wehren, die in mir aufstieg und ich sprang auf. Doch als ich herumwirbelte, verflüchtigte sich mein Ärger sofort. Da war kein Rauch. Er stand einfach da und seine schönen silbernen Augen glühten vor Kummer. *Tröste ihn. Mach ihn glücklich.* Die Gedanken überschlugen sich in meinem Kopf und ich verzog das Gesicht. Warum fühlte ich mich so verdammt hingezogen zu ihm? Ich versuchte, mir das Bild vor Augen zu führen, er von Leichen umgeben, doch dann streckte er mir die Hand entgegen. Sein Mund öffnete sich und Hitze schoss durch meinen Körper. *Schluss damit! Du bist nicht wild auf den Herrn der Toden, hör auf!*

Aber meine Hand verriet mich und griff nach der seinen, noch bevor der rationale Teil meines Gehirns es verhindern konnte.

Er zog mich an sich. »Ich dachte, dass du sterben würdest. Ich dachte, dieser Mann würde dich töten. Und Zeus erlaubte mir nicht, ihn aufzuhalten.« Seine Stimme war so tief, dass ich ihn nicht hätte hören können, wenn sein Mund nicht einige Zentimeter von mir entfernt gewesen wäre.

»Aber er hat mich nicht getötet. Du hast es aber fast getan.«

Er zuckte zusammen und er drückte meine Hand fester. »Das Temperament eines Gottes ist sein größter Feind. Wenn ich die Kontrolle verliere, ist da nur noch Zorn und keine rationale Gedanken mehr. Ich... ich hätte es mir nie verziehen, wenn du...« Er stockte und sah mich so intensiv an, dass ich verstand, dass er die Traurigkeit nicht in Worte fassen konnte und meine Antwort blieb mir in der Kehle stecken. Es war, als ob er seine Emotion durch diese unglaublichen Augen hindurch direkt an mich weitergegeben hätte. »Woher wusstest du, dass du die Samen essen musstest?«

Alarmglocken läuteten in meinem Kopf und rissen mich aus meiner Melancholie heraus. *Vertraue niemandem.*

»Ist doch egal. Hades, du musst mir erzählen, was damals passiert ist. Ich kann so nicht weitermachen. Ich kann kein Leben führen, in dem ich nicht weiß, wie meine Vergangenheit aussieht. Es ist nicht fair und es macht mich wahnsinnig.«

Hades hob seine andere Hand zu meinem Gesicht und strich sehr, sehr langsam mit einem Finger über meine Wange. Lust strömte über meine Haut und ich versuchte, meinen stockenden Atem zu kontrollieren.

»Würde es einen Unterschied für dich machen, wenn ich dir anvertrauen würde, dass du dich selbst dafür entschieden hast, aus dem Fluss Lethe zu trinken? Du hast mich angefleht, dir die Erinnerung an das zu nehmen, was passiert war. Und ich habe dir versprochen, dass du nie wieder so leiden würdest.«

Etwas Kaltes und Schmerzhaftes breitete sich in meinem Inneren aus und ich schüttelte den Kopf. Es war die Wahrheit. Ich wusste, dass was er sagte, wahr war.

»Das ist mir egal. Es macht jetzt keinen Unterschied mehr. Ich muss es wissen.«

»Ich werde mein Versprechen nicht brechen, Persephone. Ich kann es nicht brechen.«

Ich ging davon aus, dass sich das mir bekannte Gefühl von Frustration in mir breitmachen würde, dass mir meine eigene Vergangenheit wieder einmal vorenthalten wurde, und öffnete meinen Mund, um mich mit ihm zu streiten.

Doch kein Ton drang zwischen meinen Lippen hervor. Ich stand so nah bei ihm, dass meine Entschlossenheit und mein Misstrauen nachließen und meine

Angst vor ihm sich vollkommen verflüchtigte. Ich konnte fühlen, wie sehr er mich liebte. Ich wusste nicht, wie oder warum, aber nichts konnte klarer sein, als ich in die mit silbernen Wirbeln durchzogenen Regenbogenhäute starrte.

»Du hast gesagt, ich sei nicht die Frau, die du damals geheiratet hast«, flüsterte ich.

»Vielleicht stimmt das. Aber die Verbindung zwischen uns besteht noch immer. Und ich kann nicht dagegen ankämpfen, so sehr ich es auch versuche. Vor allem nicht jetzt, wo du deine Macht wieder zurück hast. Du bist wie ein verdammtes Leuchtfeuer auf meinem Radar aufgetaucht und es war mir unmöglich, dich hier unten zu ignorieren.« Er fuhr sich frustriert mit der Hand durchs Haar und sah in diesem Moment aus, wie ein normaler, wenn auch unausstehlich anziehender Kerl.

»Verbindung?«

»Sag nicht, dass du es nicht fühlen kannst«, sagte er und seine Augen richteten sich auf meine.

Ich wollte ihm sagen, er solle aufhören, so arrogant zu sein, aber ich konnte es nicht. Er hatte Recht. Da war definitiv etwas zwischen uns, tief und echt und verdammt unangenehm. *Leichen. Der König der Unterwelt. Feuer und Asche und Tod. Du stehst nicht auf Hades!*

»Ich glaube, es hat mich nicht ganz so schlimm erwischt wie dich«, sagte ich so cool und beiläufig wie möglich. Feuer blitzte in seinen Augen auf und ich bedauerte meine Worte sofort.

»Wirklich?«, sagte er und sein zarter, offener Ausdruck verschwand. An seine Stelle trat ein raubtierartiger Hunger. Er schien vor meinen Augen an Größe zu gewinnen. Seine Schultern wurden breiter und das

Verlangen stand deutlich in seinen funkelnden Augen geschrieben. »Wollen wir das auf die Probe stellen?«

Noch bevor ich auch nur ein Wort sagen konnte, hatte er mein Gesicht mit seinen Händen umfasst und meine Lippen an die seinen gezogen. Verlangen explodierte in mir. Der Hunger, den sein Kuss auslöste, war noch tiefgehender als beim letzten Mal. Er strich mir übers Haar und legte seine Hand auf meinen Rücken. Selbst durch den Stoff meines Tops war die Berührung elektrisierend. Ich drückte mich an ihn, mein Rücken wölbte sich und meine Hände rissen an den Knöpfen seines Hemdes.

Ohne Vorwarnung zog er seine Lippen von meinen und trat einen Schritt zurück. Er griff nach meinen Händen, die im Vergleich zu seinen klein aussahen. Ich stammelte meinen Protest, doch dann überrollte mich eine Welle der Macht und als ich ihm ins Gesicht sah, lösten sich alle Worte auf, noch ehe sie meine Lippen erreichten.

Echte Flammen tanzten in seinen Augen, als sein Blick meinen gesamten Körper entlangglitt. Allein das Verlangen in seinem Gesicht reichte aus, um eine Hitze tief in mir zu erzeugen, die sich langsam aufbaute und ausbreitete.

»Ich glaube, meine Schönheit, wir hatten keinen guten Start«, sagte er und der Klang seiner Stimme war tief und sinnlich. »Es scheint jedoch, dass du keine Ahnung davon hast, was es mit sich bringt die Seelenverwandte von Hades, König der Unterwelt, allmächtigem Gott zu sein.«

Ich sah ihn an und schnappte nach Luft. *Allmächtiger Gott.* Mein verdammtes, lustsüchtiges Gehirn ließ meine Gedanken zwischen meine Lippen schlüpfen, bevor ich sie stoppen konnte.

»Bedeutet das magischer Sex?«, stöhnte ich.

Sein Mund krümmte sich zu einem Lächeln. »Magischer Sex«, wiederholte er und sah mir direkt in die Augen.

Dann brach eine wundervolle Welle der Lust über meinen Körper herein. Sie begann an meinem Hals und fühlte sich so zart an wie der Kuss einer Feder. Dann bewegte sie sich über meine Brust und ich fühlte, wie sich meine Brustwarzen zusammenzogen. Ein Keuchen entwich meinen Lippen. Hades sah mich immer noch ruhig an. Seine Augen waren dunkel und beobachteten mich, ohne auch nur für eine Sekunde wegzusehen. Die Hitze rollte weiter nach unten und ein göttliches Gefühl umspielte die Innenseiten meiner Oberschenkel, erreichte in seinem Tanz aber nie ganz den empfindlichsten Punkt. Das Verlangen wurde so intensiv, dass es fast unerträglich war. Das Bedürfnis berührt zu werden, baute sich immer weiter auf und ließ meine Beine erzittern.

War das hier richtig? Ließ er mich diese Gefühle, diese Beinahe-Berührungen gegen meinen Willen spüren? *Nein. Nein, verdammt.* Es gab nichts, was ich mehr wollte und wonach ich mich mehr sehnte. Je länger ich in sein schönes Gesicht sah, desto sicherer war ich mir. *Seelenverwandte.* Das war das Wort, das er benutzt hatte. Es pulsierte durch mein Gehirn und unterbrach den lustvollen Griff nach meinem Körper.

»Stopp«, zwang ich mich zu sagen. Sein Blick flackerte und er ließ meine Hände los. Die prickelnden Wellen des Vergnügens verebbten. Er hatte getan, worum ich ihn gebeten hatte. Er zwang mir seine Kräfte also nicht auf.

»Seelenverwandte. Das ist, was du gesagt hast. Dass ich für dich bestimmt sei. Was bedeutet das?«

Er sah mir ins Gesicht, und ich wusste, dass mein Gesicht errötet sein musste, weil ich noch immer schwer atmete. Mein Verlangen pulsierte fordernd zwischen meinen Beinen.

»Die Ehe eines olympischen Gottes ist keine normale Ehe. Hera, als Göttin der Ehe, hat eine besondere Zeremonie für uns zwölf erschaffen.« Ich hob meine Augenbrauen und er fuhr fort. »Es gibt einen Test. Und wenn beide Partner ihn bestehen, dann wird ihnen die Zeremonie gewährt.«

»Welche Art von Prüfung und Zeremonie? Kannst du meine Fragen nie richtig beantworten?«

Hades Lippen bildeten jetzt nur noch eine gerade Linie. »Ich sehe keinen Nutzen darin, dir mehr zu sagen.«

»Wie wäre es, wenn du meine Fragen einfach nur beantworten würdest, weil ich dich darum gebeten habe? Verdammt noch einmal!« Die in mir aufgestaute Energie und Spannung verwandelte sich schnell in Wut. Jetzt krümmten sich Hades Mundwinkel zu einem Lächeln und ich fletschte die Zähne. »Findest du das lustig?«

»Du... Niemand außer dir hat je so mit mir gesprochen.«

»Das ist mir doch egal. Erzähl mir einfach von dieser Zeremonie.«

»Nein. Nur wenn du mich lieb darum bittest.«

Mein Mund fiel auf. Hades, der König der Unterwelt, versuchte mich zu necken. Das Spiel konnte ich auch spielen. Ich trat dicht an ihn heran, ging auf Zehenspitzen, so dass ich sein Ohr gerade erreichen konnte. Er roch nach Holzrauch.

»Oh, bitte, bitte. Oh, bitte, bitte?« flüsterte ich und leckte ihm sanft das Ohrläppchen. Ich fühlte, wie seine Muskeln sich anspannten. Dann gab er ein leises Kichern von sich und lehnte seinen Kopf an meinen.

»Meine Schöne, bis du deine vollen Kräfte zurückgewinnst, habe ich die Oberhand in diesem Spielchen«, sagte er und plötzlich spürte ich die Weller magischer Lust wieder über meinen ganzen Körper hereinbrechen. Eine pulsierende Hitze drang in meine Mitte und meine Knie zitterten. Hades legte einen starken Arm um mich. Ich stöhnte, als meine harten Brustwarzen sich in seinen muskulösen Körper drückten.

»Bitte«, keuchte ich.

»Bitte, was?« Seine Stimme war heiser und tief.

»Bitte, berühr mich.« Ich war verrückt nach ihm und mir sicher, dass nur der geringste Druck mich zum Höhepunkt bringen würde.

»Noch nicht, meine Schöne«, sagte er leise. »Sechsundzwanzig Jahre habe ich auf diesen Moment gewartet. Jetzt kannst du ein wenig warten.«

Er drückte seine Lippen auf meine. Sie fühlten sich weich, voll und intensiv an. Und dann, mit einem Lichtblitz, verschwand er.

Auf wackeligen Beinen schaute ich blinzelnd auf die Stelle, an der Hades gerade gestanden hatte. Die Wellen der Lust, die durch meinen Körper gerollt waren, waren mit ihm verschwunden, doch ich konnte mein brennendes Verlangen nach ihm immer noch schmerzhaft in meinem Inneren fühlen.

»Um Himmels willen!«, rief ich aus und grub meine Fingernägel in die Handflächen und ballte sie zu Fäusten. »Warum habe ich ihn das tun lassen?«

»*Was haben Sie ihn tun lassen?*«, fragte Skop eifrig und mein erregter Körper zuckte vor Überraschung zusammen. Verlegen schaute ich zu ihm hinüber. Er saß drei Meter entfernt in einem Beet, mit schmutzigen Pfoten.

»Oh Götter. Du wirst es doch alles gesehen haben«, flüsterte ich und fühlte, wie ich rot wie eine Tomate anlief.

»*Nein, er hat mich in eine verdammte Rauchblase gehüllt. Aber Sie, Fräulein, sehen aus, als hätten Sie Spaß gehabt*«, sagte er mit wedelndem Schwanz.

»Das habe ich nicht. Und du bist ein Perversling«, sagte ich und war erleichtert, dass er nicht Zeuge unseres Zusammentreffens geworden ist.

»*Das können Sie sich gar nicht vorstellen*«, antwortete er und machte sich wieder daran, den Boden umzugraben.

»Skop, was passiert, wenn olympische Götter heiraten?«

»*Meistens betrügen sie sich gegenseitig.*«

»Lassen sie sich scheiden?«

»*Nein. Es gab noch nie eine Scheidung zwischen Göttern.*«

»Also lassen sie sich den Betrug einfach gefallen?« Eifersucht stach heftig in meine Brust, bei dem Gedanken an Hades mit einer anderen Frau. Ich schaute finster drein. Warum zum Teufel sollte es mich kümmern, mit wem er schlief?

»*Jap.*«

»Warum? Warum gehen sie nicht?«

»*Keine Ahnung. Schätze, es hat etwas damit zu tun, dass sie unsterblich sind. Es ist nicht so, dass sie sich einfach jemand anderen suchen können. Die Liebhaber sterben alle nach ein paar Jahren und dann stehen sie wieder mit ihrem Ex da.*«

Er hatte Recht. Das wäre ziemlich unangenehm. »Die Affären sind deshalb wohl auch nur vorübergehend. Die Götter leben länger als alle anderen und haben auf Dauer nur ihren Ehepartner«, sprach ich meine Gedanken laut aus. »Moment mal, sind eigentlich alle Götter unsterblich?«

»*Nein. Nur die Olympioniken. Und die ersten Titanen. Einige der starken, wie Thanatos und Eris, können leben, bis sie getötet werden, aber sie sind nicht wirklich unsterblich.*«

Das war gut zu wissen, dachte ich mir. Die anderen Götter könnten getötet werden.

»*Deshalb ist die Konkurrenz um die Rolle der Königin der Unterwelt auch so heftig*«, sagte Skop. Er unterbrach sein stürmisches Graben für einen Moment und sah mich an. »*Nichts ist begehrter im Olymp als Unsterblichkeit. Und es ist Teil des Jobs.*«

Ein seltsames Gefühl breitete sich hinter meinem Bauchnabel aus, als ich versuchte, seine Worte zu verarbeiteten. Unsterblichkeit? Ich konnte mein Gehirn förmlich ticken hören. Mir wurde schwindelig, als ich probierte, mir vorzustellen, ewig zu leben. Doch der Gedanke war zu komplex, um ihn aufzuarbeiten.

»Leute würden also jemanden heiraten, den sie nicht lieben, um ewig zu leben?«

Skop schnaubte und begann wieder zu graben. »*Sie würden noch viel schlimmeres tun.*«

Mir wurde plötzlich klar, dass das seltsame Gefühl in meinem Bauch gar nichts mit der Vorstellung zu tun hatte, dass *ich* unsterblich werden könnte, sondern damit, dass jemand anderes Hades dafür heiraten würde.

Entrüstung breitete sich in mir aus und meine Wut kehrte zurück. Hades hatte eine solche Frau nicht verdient. Er verdiente eine Frau, die ihn liebte, die ihn als den König verehrte, der er war. Er verdiente eine Frau, die jeden seiner Träume wahr werden ließ...

Bei den Göttern, wo kamen diese Gedanken her? Er bestand aus Tod und Rauch! *Komm schon, Persy, Tod und Rauch! Er hat den Mann in Stücke gerissen! Dein Gehirn ist in deinem Kopf, nicht zwischen deinen Beinen!*

Aber er hatte Seelenverwandte gesagt... Konnte es mein bestimmtes Schicksal sein, mit ihm zusammen zu sein? Oder galt das nur für die alte Persephone? Der Persephone, die anscheinend die Frau eines anderen Mannes getötet hatte? Mir lief ein eiskalter Schauer den Rücken hinunter. Das war alles Wahnsinn. Ich musste mich an meinen Plan halten. Ich musste die Tribunale verlieren, am Leben bleiben und nach New York zurückkehren.

VIER

HADES

Ich lief im Raum auf und ab, ballte meine Hände zu Fäusten und atmete schwer.

Bei den Göttern, ich verzehrte mich nach ihr. Ich wusste, wie dumm es war, mit ihr zu spielen, sie zu necken, mit ihr zu flirten und ihr so nahe zu kommen. Sie würde früher oder später wieder von mir weggerissen werden.

Aber ich konnte mich nicht zurückhalten. Sogar jetzt, über diese Distanz hinweg, konnte ich ihre Magie spüren. Es war ein leuchtendes grünes Licht in dem Meer aus Finsternis, das ich mein Zuhause nannte. Ich schaute hinüber zu dem Podest, auf dem einst ihr Baum gestanden hatte. Die Äste hatten Blüten getragen, die über dem Tisch gehangen hatten, der immer für zwei gedeckt war. Jahrelang war es schmerzhaft für mich gewesen, diesen Raum zu betreten. Dies war unser Zimmer gewesen. Der Ort, an dem wir aßen, tranken, uns unterhielten und zusammen lachten. Ihr Baum hatte dem Raum mit den kahlen Felsenwänden eine Weichheit und Lebendigkeit verliehen. Sie hatte Leben, Farbe und Duft in die Stille gebracht. Der Baum war am Tag ihrer Abreise eingegangen und hatte sich in Asche verwandelt.

Als Hekate sie hierhergeschickt hatte und ich sah, wie sie die Rosen und Totenköpfe an den Stühlen untersuchte, wollte ich die Türen versiegeln und sie nie wieder gehen lassen.

Sie war zurückgekommen. Die einzige Frau, die ich je geliebt hatte und von der ich gedacht hatte, dass ich sie nie wieder sehen würde, war wieder da.

Ein frustriertes Stöhnen verließ meine Lippen und ich fuhr mir wieder mit der Hand durchs Haar und wünschte mir, meine Erregung würde nachlassen, damit ich mich konzentrieren konnte. Aber wie ihr Körper, auf mich reagierte...

Sie mag nicht die kühne, selbstbewusste Persephone sein, die ich geheiratet hatte, aber ihre freundliche Art, ihr Gerechtigkeitssinn, ihr Feuer waren noch dieselben. Und auch die Verbindung, die Hera uns in einem anderen Leben geschenkt hatte. Mein Schicksal war in Stein gemeißelt, genau wie ihres, aber ich hatte den Vorteil, davon zu wissen. Sie hingegen hatte nur die Anweisungen der Götter und das in einer Welt, die sie nicht erkannte.

Ich verabscheute es, sie zornig und frustriert zu sehen, aber wie konnte ich ihr sagen, was geschehen war? Sie war schon einmal daran zerbrochen, und selbst wenn ich ihr damals nicht mein Versprechen gegeben hätte, würde ich ihr auf keinen Fall noch einmal solche Schmerzen zufügen. Und es würde ihr sowieso nicht helfen.

. . .

Ich nahm ein Summen in meinem Hinterkopf wahr und seufzte.

»Was gibts?«, brüllte ich.

Eine Stimme in meinem Kopf antworte in schnellen Worten. »*Wir haben Informationen über den Mann mit dem Phönix.*«

Wut entbrannte in mir bei dem Gedanken an den Mann, der versucht hatte meine Seelenverwandte zu töten, und mit einem Blitz löste ich mich auf, um das Esszimmer zu verlassen. Das war kein Ort für Wut. *Das war unser besonderer Ort.*

Ich nahm meine Position auf meinem Thron ein und rief den Redner zu mir. Er war der Hauptmann meiner Wache, ein strenger und enorm großer Minotaur namens Kerato. Der Großteil meines Personals war streng und ich dankte den Göttern für Hekate und ihren Sinn für Humor.

»Sag schon«, sagte ich.

»Calix hieß er, mein Herr. Er verlor bei dem Vorfall seine Frau und gründete eine Art Splittergruppe. Er und eine unbestimmte Anzahl anderer, die geliebte Menschen verloren haben, nennen sich selbst die Untoten des Frühlings, und es scheint, dass sie ihre Zeit damit verbringen, nach Wegen zu suchen, ihre Gefallenen zu rächen.«

Die Wut ließ meine Gestalt automatisch anschwellen und fackelte die kolossale Kraft weiter an, die permanent heiß in mir brannte.

»Wie zum Teufel können sie sich überhaupt an sie erinnern? Sie wurde aus der olympischen Geschichte ausgelöscht!« Allein diese Worte auszusprechen, war schmerzhaft. *Ich habe meine eigene Ehefrau aus den*

Geschichtsbüchern und den Erinnerungen des Volkes ausgelöscht. Aber vor Kerato behielt ich einen stoischen Gesichtsausdruck.

»Wir waren nicht in der Lage, mehr herauszufinden. Es sollte nicht möglich sein.«

»Es sei denn, sie haben Zugang zum Fluss Lethe.« Was bedeuten würde, dass es jemand war, der Zugang zum Reich der Jungfrau hat; eines der vier verbotenen Reiche und der geheimnisvollste Ort im ganzen Olymp. Das sollte den Kreis der Verdächtigen eingrenzen.

»Wir haben bisher nur einen weiteren Verschwörer gefasst und er starb, bevor wir viel aus ihm herausbekommen konnten. Wir werden weiter nach Antworten suchen, mein Herr.«

»Sucht schneller, und wenn ihr das nächste Mal jemanden festnehmt, möchte ich ihn persönlich befragen.« Visionen der Erinnerung daran, den Mann in Stücke zu reißen, erfüllten meine Gedanken, und die schwere Melancholie, die ich normalerweise fühlte, wenn ich an den Tod dachte, war in diesem Fall durch ein befreiendes Gefühl von Vergeltung ersetzt. Dies war der Teil von mir, der mir am meisten missfiel, auf den ich mich aber am meisten verließ.

Zeus war an all dem Schuld. Doch der Gedanke an meinen Bruder brachte mein schon brodelndes Blut nur noch mehr zum Kochen.

Er hat sie zurückgebracht. *Du hast sie wieder küssen, ihre Haut fühlen, ihre Stimme hören und ihr Leuchten sehen dürfen.*

Und ich würde sie wieder verlieren. Genau wie der Mann, den ich in Stücke gerissen hatte, würde mein Herz zerrissen werden, zum zweiten Mal. Persephone hatte

Recht gehabt, als sie Zeus ein kolossales Arschloch genannt hatte.

Ich winkte mit der Hand durch die Luft und entließ Kerato. Ich musste mich abregen und diese wütende Anspannung loswerden. Ich musste sie aus meinem Kopf bekommen. Ich bedauerte unsere Begegnung bereits, den Anblick ihrer gespreizten Lippen, geschlossenen Augen und ihren wogenden Brüsten, von denen ich meine Gedanken nicht mehr losreißen konnte.

Ich musste aufhören. Es war nicht fair, weder ihr noch mir gegenüber. *Erinnere dich daran, was passiert ist. Man kann ein so helles Licht nicht in der Dunkelheit halten.*

FÜNF

PERSEPHONE

Als Hekate kam und mich abholte, hatten Skop und ich bereits alle vergrabenen Samen gefunden. Ich hatte eine glückselige Stunde damit verbracht, sie zu sortieren und die Beet-Gestaltung zu planen. Viele der Samen waren hier nicht zu gebrauchen, da sie nicht drinnen im Warmen oder neben anderen gierigeren Pflanzen leben konnten, aber in Gedanken erschuf ich ein komplexes Design, von dem ich sicher war, dass es atemberaubend schön sein würde, wenn ich es umsetzen konnte.

Ich musste ein weiteres Mal duschen, da ich voller Erde war. Danach schlüpfte in ein Abendkleid, das Hekate für mich ausgesucht hatte. Es war moosgrün und hatte Schulterriemen, die über die Oberseite meiner Arme hinunterhingen. Das ärmellose Mieder bedeckte meine Brüste gerade so. Ich wog sie in meinen Händen und sah sie mir im Spiegel an.

»Bist du dir sicher, dass sie nicht größer geworden

sind?«, fragte ich Hekate als ich auf meine Brüste hinunterblickte.

Sie lachte. »Nein. Wie ich dir schon gesagt habe, als du hier angekommen bist, du hast nur bessere Kleidung benötigt.«

»*Oder überhaupt keine*«, fuhr Skop dazwischen. Ich ignorierte ihn. Die Arbeit im Wintergarten hatte etwas von der Anspannung, die die Begegnung mit Hades in meinem Körper ausgelöst hatte, auflockern können. Doch ich fühlte mich immer noch hibbelig. Bei dem Gedanken an nackte Haut stellte ich mir Hades vor, der nackt vor Schweiß glitzernd, hart und...

Ich wand mich und schüttelte den Kopf.

»Wie wird der Abend vor sich gehen?«, fragte ich.

»Du wirst nur ein paar Drinks genießen, mit ein paar Leuten reden und herausfinden, was beim nächsten Tribunal ansteht. Es wird höchstens ein paar Stunden dauern.« Hekate trug ein elektrisierend blaues Kleid, das ihren Hintern kaum bedeckte und an dessen Oberteil eine Art Lederhalsband befestigt war. Es hätte mich nicht gewundert, wenn sie eine Peitsche und Handschellen hervorgebracht hätte.

»Hast du einen...« Ich suchte nach dem richtigen Wort. »Liebhaber?«, fügte ich etwas lahm hinzu. »Hunderte«, grinste sie.

»Jemand, den ich kenne?«

»Nö. Bist du dann soweit?«

Die Zeremonie zum Beginn der zweiten Runde fand in Hades Thronsaal statt. Die Vertrautheit der gebäudehohen Flammen, die den Raum umgaben, fühlte sich seltsam tröstlich an. Mein Blick legte sich auf die Thronsessel, die aufgereiht auf dem Podest standen. Nur zwei von ihnen waren leer: der Schädelthron und der Rosenthron. Meine Augen wurden wie magnetisch von den geschnitzten Rosen angezogen, die sich mit den brutalen Dornen verflochten hatten, und spürte einen Funken Energie, von dem ich glaubte, er könne Teil meiner Macht sein. Ich hob überrascht die Augenbrauen und trat näher heran.

»Wohin willst du hin?«, zischte Hekate, riss an meinem Arm und drehte mich herum. Ich holte tief Luft. Mehr als fünfzig Menschen füllten den Thronsaal. Alle waren prachtvoll gekleidet und hielten Gläser in der Form von Untertassen in ihren Händen. Viele erkannte ich vom letzten Ball. Eros, der höllisch gutaussehende Gott der Lust, stach am meisten hervor und winkte mir mit einem Finger zu.

»Oh, hallo«, sagte ich. Das Summen von leisen Gesprächen setzte wieder ein, als alle Anwesenden sich wieder zu ihren Gesprächspartnern umdrehten, mit dem sie vor unserer Ankunft gesprochen hatten. Einige machten sich jedoch auf den Weg zu uns und Hedone und Morpheus waren die Ersten, die mich erreichten.

»Du hast dich auf dem Ball so gut geschlagen!«, sagte Hedone und küsste mich auf die Wange. Bei ihrer Berührung durchströmte mich ein Gefühl, wie Hades es vorhin in mir ausgelöst hatte und ich versuchte es mir nicht ansehen zu lassen.

»Danke«, sagte ich und nahm ein Glas von dem Tablett eines Satyrs, der neben mir erschienen war.

»Es ist nicht alles nach Plan verlaufen, aber du bist tapfer damit umgegangen«, sagte Morpheus, nahm meine freie Hand und küsste sie.

So konnte man es auch sagen. Obwohl ich es wohl ein vollkommenes Desaster nennen würde! Ein Mann ist buchstäblich in Stücke gerissen worden, meinetwegen. Ich spülte meine wahren Gedanken mit einem Schluck aus meinem Glas herunter, klebte mir das eingeübte Lächeln aufs Gesicht und hoffte, dass es keine Grimasse war. Dieses Gespräch war eine weitere Erinnerung daran, dass diese Leute völlig verrückt waren.

SECHS

PERSEPHONE

»Wisst ihr, was als Nächstes kommt?«, fragte Hekate und nahm einen Schluck von der göttlichen sprudelnden Flüssigkeit. Ich machte es ihr nach.

»Keine Ahnung. Aber wir haben Gerüchte über das letzte Tribunal der zweiten Runde gehört«, sagte Hedone mit vor Aufregung leuchtenden Augen.

»Oh, raus mit der Sprache!«

»Unmöglich«, sagte Hedone schüchtern. Ich biss mir auf die Innenseite meiner Wangen, damit mein Lächeln mir nicht vom Gesicht rutschte. Ich konnte diese scheiß Geheimniskrämerei ernsthaft nicht ab. Konnte an diesem beschissenen Ort niemand eine Frage beantworten, ohne vorher so ein Theater zu machen?

Ein Gong ertönte, das laute Geschwätz verwandelte sich in ein fiebriges Summen und dann fiel Stille über den Raum. Ich schaute mich im Raum nach dem selbstgefälligen, hübschen Kommentator um und entdeckte ihn vor dem Podium.

»Guten Abend, Damen und Herren des Olymps!«, sang er. Mein Auge begann zu zucken. »Heute Abend feiern wir den Beginn der zweiten Runde der Hades Tribunale. Und es gibt Neuigkeiten! Große, große Neuigkeiten! Die Samen, um die die kleine Persephone gebeten hatte, waren keine gewöhnlichen Samen, meine lieben Leute! Sie ist nicht so einfältig, wie sie aussieht!«

»Hey!«, protestierte ich, aber meine Worte gingen in seiner dröhnenden, magisch verstärkten Stimme unter.

»Die Samen enthielten Kräfte! Nun ist unser einziger menschlicher Kandidat nicht mehr ganz so im Nachteil.« Er strahlte mich an und meine Gedanken überschlugen sich. Woher wusste er von den Samenkörnern? Er hatte jedoch nicht gesagt, wer ich einst gewesen war. Derjenige, der ihn also über meine neugefundene Kräfte informiert hatte, hatte es so dargestellt, als seien es neue Kräfte und nicht die Rückkehr von Kräften, die ich in der Vergangenheit besessen hatte. Aber warum teilen sie dann die Neuigkeiten mit dem gesamten Publikum?

Die Antwort wurde mir sofort klar. Wenn ich plötzlich Anzeichen von Magie vor den Augen des Olymps gezeigt hätte, wäre das nur schwer zu erklären gewesen. Es würde so aussehen, als hätten sie über meinen Status als sterblicher Mensch gelogen.

»Und nun, begrüßen Sie bitte Ihre Götter!« Mit einem grandiosen Lichtblitz erschienen die Götter hinter ihm vor ihren Thronsesseln. Meine Blick legte sich sofort auf Hades. Seine dunkle, rauchige Gestalt schien weniger robust als sonst, jedoch nicht weniger beunruhigend. Ich suchte in dem Rauch nach einem silbernen Schimmer, fand ihn aber nicht. Ich schluckte meine Enttäuschung hinunter und schaute die Reihe der Throne entlang. Zusammen mit den anderen Zuschauern fiel ich auf die Knie und klatschte.

Es war unmöglich, Aphrodite nicht anzustarren. Sie

hatte an diesem Abend alle Register gezogen. Aphrodite hatte schneeweiße Haut, schwarz gerahmte Lippen und Augen, und babyblaues Haar, das ihr glatt über die Schultern fiel. Sie trug ein durchsichtiges, blau schimmerndes Kleid mit einem Schlitz, der bis zur Hüfte hinaufreichte, und es war offensichtlich, dass sie darunter nichts anhatte. Ich spürte, wie meine Wangen warm wurden und ich zwang mich, meinen Blick von ihr loszureißen. Athene und Hera sahen gelassen aus und waren in traditionelle Gewänder wie zu Beginn der ersten Runde gekleidet. Artemis und Apollon trugen beide goldglänzende Rüstungen in dem Stil, den wir von den alten Griechen in unseren Geschichtsbüchern kennen. Ihre jugendlichen Gesichter strahlten begeistert und ihre bernsteinfarbenen Augen glänzten aufgeregt. Auch Ares war, wie beim letzten Mal, vollständig in Kriegsausrüstung gehüllt, und Hephaistos stand in seinem üblichen ledernen Wappenrock da.

Poseidon jedoch sah völlig anders aus. Statt des ernsten Mannes mit kurz geschorenem Haar und einfacher Toga sah ich einem grimmigen, braunhäutigen Mann mit langen weißen Haaren entgegen. Dieses Aussehen hätte ihn altern lassen sollen, stattdessen sah er würdevoll und äußerst attraktiv aus. Er trug noch immer eine Toga, aber ich hätte schwören können, dass sie aus dem Ozean selbst gemacht war. Grün-, Blau- und Weißtöne schienen sich in rollenden Wellenbewegungen auf dem Stoff zu bewegen. In seiner Faust glänzte ein silbern schimmernder Dreizack, der ihn eindrucksvoll überragte. Ich musste schlucken. Dieser Gott hatte deutlich gemacht, dass er mich nicht mochte, und heute sah er aus, als meine er es ernst. Wollte er mir damit eine Nachricht senden? Ich riss meinen Blick von ihm los. Hermes und

Dionysos grinsten mich beide breit an. Sie trugen Hawaii-Hemden mit aufgedruckten Palmen und Papageien. Ich erwiderte ihr Grinsen und sie hielten die Daumen euphorisch in die Höhe.

Am Ende der Reihe stand Zeus und war genauso imposant aussehend wie der wirbelnde Rauch von Hades und der glühende Dreizack von Poseidon. Er schien heute die Gestalt des hübschen jungen Mannes aus dem Café mit der des dunkelhaarigen älteren Mannes, den er bei einem vorherigen Zusammentreffen verkörpert hatte, verschmolzen zu haben. Das Ergebnis war atemberaubend. Er sah aus wie ein Fußballer im Ruhestand, der nicht aufgehört hatte zu trainieren. Seine Muskeln wölbten sich unter seinem Hemd und er strahlte ruhiges Selbstvertrauen aus. Sogar aus dieser Entfernung konnte ich das violette Blitzen in seinen Augen erkennen und seine Energie spüren. Irgendetwas in mir, in meinem Blut, reagierte auf ihn, wie es das beim Rosenthron getan hatte. Aber anstatt mich zu ihm hingezogen zu fühlen, spürte ich eine Hitze. Ich war mir ziemlich sicher, dass es sich dabei nicht um Leidenschaft handelte. Was es war, wusste ich nicht, aber es ließ etwas in meinem Körper erbeben. Ein unruhig dringliches Gefühl setzte meine Muskeln unter Spannung.

»Und jetzt kommen wir zur Ankündigung der nächsten Prüfung«, dröhnte der Kommentator und alle Götter setzten sich auf ihre Thronsessel, nur Poseidon blieb stehen.

Oh verdammt.

»Du darfst dich erheben«, sagte der Meeresgott. Seine Stimme klang tief und melodisch. Ich stand auf und blickte Hekate und Skop an, die an meiner Seite standen. Meine Nerven schienen mit mir durchgehen zu wollen.

»Ich habe zugestimmt, das Reich meines lieben Bruders etwas zu entlasten und das nächste Tribunal im Reich des Wassermannes auszurichten.«

Ich schaute zu Hades hinauf. Sein Rauch kräuselte und bewegte sich unaufhörlich.

»Alles, was ich dir jetzt sagen kann, ist, dass du damit rechnen kannst, nass zu werden«, sagte Poseidon, und ich sah ihn so ruhig wie möglich an. Seine Augen bewegten sich nicht von den meinen und nervös schenkte ich ihm ein unbeholfenes Lächeln und senkte den Kopf. »Wir werden morgen Mittag beginnen, und wenn du überlebst, werde ich dir zu Ehren ein Festmahl geben.«

Wenn ich überlebe? Bei den Göttern, was hatte er für mich geplant?

»Ich freue mich darauf«, log ich und fragte mich, ob er eher feiern würde, wenn ich es nicht schaffte.

»Da bin ich mir sicher«, sagte er, und ich konnte die dünn verschleierte Bosheit aus seiner Stimme heraushören. Was war nur sein Problem?

»Nun, da haben Sie es, liebe Leute! Wir sehen uns morgen Mittag zu Persephones nächstem Tribunal «, sagte der Kommentator. Poseidon setzte sich und Dionysos erhob sich.

»Wie geht's?«, fragte er in die Runde. Ein schiefes Grinsen stand ihm im Gesicht und das dunkle Haar war zu einem Dutt hochgebunden. »Ich habe uns ein bisschen Unterhaltung organisiert. Genießt es«, sagte er und wedelte mit der Hand in der Luft. Er sah aus wie ein bekiffter Rockstar aus den Siebzigern und jedes Mal, wenn ich ihn sah, wollte ich mit ihm abhängen. Die Luft begann grün zu schimmern und dann erschienen vier unrealistisch große Mädchen, die kleine Ballerina-Röckchen in unterschiedlichen Farben trugen. Ein Jubelschrei ertönte in der Menge. Bei genauerem Hinsehen erkannte ich, dass ihre tiefbraune Haut von blassen Tattoos mit Ranken und Blumen bedeckt war. Ein Trommelschlag hallte durch den Raum und ließ mich aufschrecken, dann begannen weitere Trommeln zu schlagen. Es klang nach Stammesmusik, die mich gleichzeitig in Aufregung versetzte und meine Glieder geradezu zwang sich zu bewegen. Dann begann der wunderschöne Klang einer Flöte dazu zu spielen. Eine Welle des Glücks überschwemmte mich und die vier Mädchen begannen ihre Hüften in einem synchronisierten Tanz zu schwingen. Langsam begannen die Gäste wieder zu plaudern, einige tanzten auch, während andere ihren Blick nicht von den Mädchen lassen konnten.

»Dionysos Party-Dryaden«, erklärte Hekate.

»Sie sind so schön«, sagte ich.

»*Ohhh*«, stöhnte Skop.

»Geht es dir gut?«, fragte ich ihn.

»*Nicht, dass es keinen Spaß macht, die ganze Zeit mit euch herumzuhängen, aber das war mal mein täglicher Anblick*«, sagte er, starrte die vier Mädchen an und wedelte wie wild mit dem Schwanz.

»Oh, Skop. Das tut mir leid«, sagte ich. »Ich kann verstehen, warum du sie vermisst. Sie sind geradezu hypnotisierend.«

»*Nicht so faszinierend wie du*«, sagte eine Stimme in meinem Kopf, aber es war nicht die von Skop.

»Hades?« Ich wirbelte herum und fand ihn hinter mir stehend, in seiner rauchigen und durchsichtigen Gestalt. Die Menge machte einen großen Bogen um ihn und beobachtete ihn schweigend.

»Guten Abend, Chef«, sagte Hekate und berührte

meine Schulter. »Wir sehen uns gleich«, flüsterte sie und verschwand zwischen den Gästen.

»Du siehst heute Abend mal wieder umwerfend aus«, sagte Hades noch immer in meinen Gedanken.

»Danke«, antwortete ich leise und Freude kribbelte in mir.

»Du solltest mir leise antworten, sonst werden sich die Leute die Mäuler über uns zerreißen.«

»Scheiß drauf. Sollen sie doch eine Hälfte des Gesprächs hören«, sagte ich laut. »Ich bin heute nicht die Gastgeberin und werde auch nicht beurteilt.« Meine angriffslustige Aussage wurde mit einem Aufblitzen lachender silberfarbener Augen und einem flüchtigen Blick auf seine weichen Lippen belohnt. Hitze kochte mein Inneres hinauf. Diese Lippen... Götter, ich benahm mich wie ein verliebter Teenager!

»Wie du möchtest. Ich denke, es wird dir im Reich des Wassermannes gefallen. Du hast es dort immer geliebt.«

»Ich schwimme auch gern«, sagte ich.

»Das ist gut. Poseidon wird es dir nicht leicht machen.«

»Warum hasst er mich?«

»Er hasst dich nicht. Er hat Angst vor dir.«

»Was?«

»Du warst eine furchterregende Göttin, Persephone.«

Furchteinflößend? Das hätte mir vielleicht gefallen, wenn es nicht mit dem Wissen einhergegangen wäre, dass die mächtige Persephone eine Frau getötet hatte.

»Jetzt bin ich ja nur noch die kleine menschliche Persephone, mit gerade nur genug Kraft, um mich selbst zu heilen und dein Temperament zu überleben.« Ich zuckte mit den Achseln.

Wieder blitzte sein Gesicht auf, dieses Mal sah es

verkniffen und ernst aus. »*Ich wünschte, du würdest mich nicht immer wieder daran erinnern*«, sagte er mit tiefer Stimme.

»Und ich wünschte, du würdest nicht immer wieder als Monster und Leichen auf mich loslassen. Aber das Leben ist halt kein Wunschkonzert.« Ich würde nicht locker lassen. Er hatte sein schlechtes Gewissen verdient, für das, was er mir angetan hatte. Und diese Worte erinnerten mich auch daran, dass ich nicht hierher gehörte, so berauschend er auch war.

»*Ich bin ein Monster. Das habe ich dir bereits gesagt.*«

»Ja, das hast du. Aber dann hast du mich trotzdem geküsst«, schoss ich zurück. Ein kollektives Keuchen ertönte, und ich musterte die Schaulustigen mit ruhiger Miene, auch wenn ich wusste, dass meine Wangen rot geworden waren. Mein Blick fiel auf ein besonders wütendes Gesicht und mein Magen krampfte sich zusammen. Minthe. Ihre Augen waren voller Gift. Wenn Blicke töten könnten, wäre ich auf der Stelle tot umgefallen.

Hades kicherte in meinem Kopf. »*Ich habe dir doch gesagt, dass wir dieses Gespräch für uns behalten sollten.*«

Ich richtete mich auf und warf mir das wellige Haar dramatisch über die Schulter. Auf keinen Fall würde ich ihm erlauben, dieses Spiel zu gewinnen. Ich würde ihnen etwas geben, worüber sie tratschen konnten.

»Ja, Hades, ich weiß ja, dass ich eine Bombe im Bett bin und du danach wie ein Baby geheult hast. Aber wir werden es nicht noch einmal tun. Und jetzt hör bitte auf, mich zu belästigen.«

Ich hörte sein tiefes, dröhnendes Lachen in meinem Kopf, drehte mich auf dem Absatz um und marschierte davon.

»*Touché, meine Schöne.*«

PERSEPHONE

Seine Stimme war verdammt sexy, aber das war nichts im Vergleich zu seinem Lachen. Verlangen pochte in jeder Zelle meines Körpers, während ich blindlings durch die Menge stapfte. Ich wollte dieses Lachen jeden Tag meines Lebens hören. Länger, wenn möglich. Ich wollte der Grund für dieses Lachen sein, die Ursache dafür, dass sein Gesicht von diesem exquisiten Lächeln erhellt wurde...

Bei den Göttern, das war unmöglich! Ich verzog das Gesicht und zwang mich, nach jemandem Ausschau zu halten, den ich kannte. Eros fiel mir ins Auge und ich sah sofort weg und änderte die Richtung. Das Letzte, was mein schmerzender Körper in diesem Moment brauchte, war eine Begegnung mit dem Gott der Lust. Der Geruch salziger Meeresluft strömte plötzlich auf mich ein und ich blieb unvermittelt und unfreiwillig stehen, während sich mein Kopf mit Bildern des endlosen, lebensspendenden Ozeans füllten. *Was würde ich nicht alles dafür geben, einen Tag am Strand zu verbringen.*

»Hallo, Persephone«, sagte eine melodische Stimme und Poseidon erschien schimmernd vor mir. Ich blieb stehen und verbeugte mich.

»Poseidon«, sagte ich, und mein Magen drehte sich um. Wie konnte es sein, dass ich den Meeresgott jetzt furchteinflößender fand als den König der Unterwelt? Ich musste meine Prioritäten überdenken. »Ich freue mich sehr darauf, das Reich des Wassermannes zu sehen. Ich habe gehört, dass es wunderschön sein soll.«

»Da bist du richtig informiert. Ich möchte dir einen Rat geben.«

»Wirklich?«

»Deine Kräfte wurden dir aus gutem Grund entzogen. Es wäre klug, es dabei zu belassen. Die Fähigkeit, Pflanzen heranzuzüchten und zu pflegen, reicht völlig aus. Wir wissen beide, dass du diesen Wettbewerb nicht gewinnen wirst.«

»Woher weißt du, dass das alles ist, was ich mit meinen Kräften tun kann?«

»Mädchen, ich bin einer der drei stärksten Götter des Olymps«, sagte er. Die Wellen auf dem Stoff seiner Toga krachten ineinander und ein tiefes Grollen baute sich in seiner Stimme auf. »Es gibt nichts, was ich nicht weiß.«

Mein Herz begann hart in meiner Brust zu hämmern. Todesangst überkam mich.

»Ach ja«, flüsterte ich.

»Mein Bruder hat seinen Fehler mit dir schon einmal gemacht. Ich werde nicht zulassen, dass er ihn ein zweites Mal begeht.«

Bei seiner Erwähnung von Hades Namen blitzte aus dem Nichts eine Abwehrhaltung in mir auf und ich spürte, wie sich ein finsterer Ausdruck auf meinem

Gesicht ausbreitete. »Möchtest du damit sagen, dass du versuchst deinen Bruder, einen der anderen drei mächtigsten Götter des Olymps, vor mir zu schützen? Im Ernst?«

»Hüte deine Zunge!«, zischte er und ein feuchter Luftzug strich mir die Haare von den Schultern. »Ich hege keinen persönlichen Groll gegen dich, Persephone. Aber ich werde tun, was getan werden muss.«

»Ich habe es mir nicht ausgesucht, hier zu sein!« Ich wollte den Worten Nachdruck verleihen, aber ich hatte nicht beabsichtigt, sie so schrill vorzubringen, wie es geschehen war. Es war, als ob etwas in mir zerbrach. Als ob die Wut, Frustration und Ungerechtigkeit plötzlich aus dem zerbrechlichen Gefäß herausbrachen, das ich um sie herum gebaut hatte. »Ich wurde verdammt noch mal entführt! Aus einem Leben, das ich liebte! Und jetzt bedrohst du mich? Hast du überhaupt eine Ahnung, was ich hier durchmachen muss?«

»Du hast dich kein bisschen verändert«, spuckte Poseidon mir entgegen. Seine Augen glühten in einem intensiven Blau. »Dein Zorn ist nicht der eines sterblichen Menschen. Dein Temperament ist so aufbrausend und unberechenbar wie eh und je.«

»Du würdest deine verdammte Beherrschung verlieren, wenn man dir deine Erinnerungen und deine Kraft gestohlen hätte!« Wut brannte mir im Blut, wärmte meinen ganzen Körper unangenehm und kribbelte mir schmerzhaft auf der Haut. »Alle hier reden gern über meine Vergangenheit, aber niemand will mir sagen, was ich getan habe! Ich werde wieder und wieder gezwungen, mein Leben zu riskieren. Und nicht nur mein Leben, sondern auch das Leben von Fremden und den wenigen

Freunden, die ich hier habe, nur für eure Unterhaltung! Und niemand erwartet auch nur, dass ich überlebe, geschweige denn, dass ich gewinne! Verstehst du nicht, dass ich nicht hier bin, um irgendwem das Leben schwer zu machen? Ich will nicht hier sein!«

Etwas Schwarzes platzte aus meinen Händen heraus als ich sie wütend in die Luft warf und ich stolperte erschrocken rückwärts. Ranken. Schwarze Ranken schlängelten sich aus meinen Handflächen. Sie hatten Stacheln und glühten.

»Was zum...«, begann ich, doch blitzschnell tauchte Hades auf und baute sich zwischen mir und Poseidon auf. Der Meeresgott schwoll an und blaues Licht pulsierte um seinen Dreizack. Hades blies seinen Rauch auf und flackerte bis er Poseidons Größe erreicht hatte.

»Sie dazu zu bringen, die Beherrschung zu verlieren, ist nicht sehr fair, lieber Bruder«, sagte Hades ruhig. Ich konnte ihn kaum hören, weil mir das Blut so laut in den Ohren rauschte. Ich starrte stumm auf die Ranken, die sich immer noch von meinen Händen auf sie zu wanden.

»Hör auf«, flehte ich leise, aber sie wuchsen immer weiter.

»Du musst doch sehen, dass sie immer noch eine Bedrohung ist. Du bist vollkommen blind für die Gefahr, die von ihr ausgeht«, sagte Poseidon laut.

»Zeus hat sie hergebracht, nicht ich. Geh und kläre das mit ihm.«

Schwarze Flecken schoben sich vor mein Sichtfeld und die Ranken erreichten Hades schon fast.

»Gut. Aber glaub nicht, dass ich dich so leicht davon kommen lasse«, schnauzte Poseidon und verschwand.

»Scheiße, Scheiße, Scheiße«, murmelte Hades als

Poseidon sich aufgelöst hatte. Der Rauch um ihn herum war verschwunden und er drehte sich zu mir um. »Persephone, du musst die Ranken loswerden, jetzt sofort.«

»Ich versuche es ja!«

»Sie werden verschwinden, wenn du dich beruhigst. Du musst tief durchatmen und an etwas denken, das dich nicht wütend macht.«

»Alles hier macht mich wütend, verdammt«, rief ich, und die Ranken brachen immer schneller aus meinen Handflächen und schlangen sich um seine Füße. Frustration setzte sich auf seinem Gesicht fest und er fuhr sich mit der Hand durchs Haar. Dann blitzte die Welt weiß auf.

Als sich die Welt um mich herum wieder zusammensetzte, spürte ich sofort, wie meine Wut verblasste und sich ein helleres, optimistisches Gefühl in meinen Adern breitmachte. Ich war im Wintergarten.

»Nutz deine Kraft, und gib sie der Erde«, sagte Hades.

Ich brauchte ihn nicht zu fragen, was er meinte. Seine Anweisung fühlte sich so natürlich an, als hätte ich seit Jahren nicht anderes gemacht. Ich schüttelte die Handgelenke in Richtung des nächstgelegenen Blumenbeets. Die Ranke glühte auf und nahm eine leuchtend grüne Farbe an. Innerhalb von Sekunden hatte die Farbe der Ranke von schwarz zu grün gewechselt. Das Ende der Ranke traf auf den Erdboden, und ein freudiges Gefühl breitete sich in meiner Brust aus, während sich die Ranke immer tiefer in die Erde grub.

Ich wusste nicht, wie lange ich dort stand und meine gesamte Wut und aufgestaute Energie in den Boden sendete, aber Hades sagte die ganze Zeit lang nichts. Schließlich schmolzen die Ranken hinweg und ich fühlte einen Stich des Verlustes als das glückselige Gefühl verblasste. Auf diese Weise mit der Erde verbunden zu sein, war ein unglaubliches Gefühl. Es war, als hätte ich endlich den Ort gefunden, nach dem ich mich immer gesehnt hatte, von dem ich aber nicht gewusst hatte, dass er wirklich existierte.

Ich drehte mich zu Hades um und wich fast einen Schritt zurück, als ich den Hunger in seinem Gesicht sah.

»Du bist wunderschön«, hauchte er.

»Ähm, ich habe gerade Poseidon beleidigt, allen gezeigt, dass ich mein Temperament und meine Macht nicht kontrollieren kann und hatte fast schon wieder eine Art Nahtod-Erfahrung. Ich kann die Anziehungskraft gerade nicht erkennen«, sagte ich, nachdem ich tief durchgeatmet hatte.

»Wenn du deine Kraft dazu benutzt, Dinge wachsen zu lassen, Leben zu erschaffen, dann... wirst du praktisch unwiderstehlich.« Er stieß das letzte Wort unwillig aus, als ob er wirklich damit kämpfte, etwas zu widerstehen, mir zu widerstehen.

»Aber... untergräbt das Erschaffen von Leben nicht irgendwie das, worum es in deinem Reich geht?«

Er stieß einen langen Atemzug aus.

»Ja, ich weiß. Ich verstehe es auch nicht.«

Eine Welle der Erschöpfung überkam mich. Noch bevor ich etwas erwidern konnte, stolperte ich und mir wurde schwindlig. Hades war im Nu da, fing mich mit seinen starken Armen auf und stützte mich.

»Du riechst so gut«, sagte ich ihm benebelt und meine Sicht trübte sich.

Seine Muskeln spannten sich an. »Hast du eine

Ahnung, wie schwer es ist, dir jetzt nicht die Kleider vom Leib zu reißen?«, zischte er. »Ich kann dir nicht so nahe sein.«

Das war das Letzte, was ich ihn sagen hörte und dann wurde ich ohnmächtig.

ACHT

PERSEPHONE

Ich wachte in meinem Bett auf und durch schwere Augenlider hinweg sah ich, wie sich Hades silberne Augen in meine bohrten.

»Was ist passiert?«, murmelte ich verwirrt.

»Deine Kräfte kehren zurück. Du hast die Beherrschung verloren.« Der Kampf mit Poseidon kam mir in den Sinn und Beklemmung machte sich in meiner Brust breit.

»Oh bei den Göttern, das auch noch vor den Augen aller im Raum«, stöhnte ich und rieb mir mit der Hand über das Gesicht.

»Niemand außer den Göttern hat es gesehen. Weißt du noch, wie ich uns in Rauch verstecken kann?«

»Ach ja, die Rauchblase«, sagte ich und erinnerte mich an den glückseligen, gestohlenen Kuss in dieser Oase der Sicherheit, die er auf dem Ball geschaffen hatte.

»Poseidon kann das auch. Und er wollte nicht, dass jemand außer mir eure Unterhaltung mitbekommt.«

»Du sagtest, er fürchtet mich. Warum?«

Hades atmete laut aus. »Persephone, deine Kräfte und dein Zorn waren... einzigartig.«

Ein mulmiges Gefühl breitete sich in mir aus und ich war mir sicher, dass ich dieses Gespräch nicht weiterführen wollte.

»Nun, ich habe jetzt nur noch einen Teil meiner Kräfte und ich habe nicht vor, den Rest zurückzugewinnen. Ich bin mir also sicher, dass ich völlig harmlos bleiben werde«, sagte ich und setzte mich auf. »Wo ist Skop?«

»*Auf dem Boden. Dieser Arsch lässt mich nicht aufs Bett*«, hörte ich seine Stimme in meinem Kopf sagen.

»Du wirst die anderen Samen also nicht essen?« Hades starrte mich ungläubig an.

»Nein.« Ich senkte den Blick.

Ich war mir nicht sicher gewesen, aber jetzt war ich es. Diese dunkle, wütende Kraft, die mich durchströmte, wollte ich auf keinen Fall in mein Leben ziehen. Ich wusste, dass es Teil meiner schrecklichen Vergangenheit war, doch ich musste mich auf die Zukunft konzentrieren.

»Persephone, sieh mich an.« Ich hob meinen Kopf und tat, was er verlangte. Seine Haut glühte und seine Augen leuchteten hell. Er war *unfassbar* schön. »Du darfst niemals Angst vor deiner eigenen Stärke haben«, sagte er leise.

»Ich war noch nie stark«, antwortete ich ihm. Ich war unfähig, den bitteren Ton in meiner Stimme zu unterdrücken. »Ich habe mich jahrelang von anderen Leuten wie Scheiße behandeln lassen, weil ich nie stark war.«

Er schob das Kinn vor und in seinen Augen blitzte Wut auf. Orangefarbene Flammen flackerten in seiner Iris auf. »Sie haben mich gezwungen, dir deine Kraft zu nehmen, als ich dich weggeschickt habe. Du hattest eine solche Angst und ich durfte dir nicht helfen. Ich habe gebetet, dass die Angst dich verlassen würde, wenn du einmal in der Welt der Sterblichen fußgefasst hattest.« Seine Worte waren kaum mehr als ein Flüstern, aber sie trugen einen Kummer in sich, der unerträglich anzuhören war.

Meine Hand legte sich automatisch auf seine Wange. Das Bedürfnis, ihn zu trösten, ihm diese herzzerreißende Last abzunehmen, überwältigte mich.

»Am Ende habe ich es geschafft«, sagte ich. »Ich habe gelernt, mich zu behaupten. Als ihr in meinem Leben aufgetaucht seid, hatte es gerade begonnen, bergauf zu gehen und sich zu bessern.«

»In dir steckt eine Königin, Persephone. Meine Königin.«

Hitze stieg in mir auf, und mit einem Mal erkannte ich, dass es nichts auf der Welt geben konnte, dass sich besser anfühlte, als zu hören, dass dieser Mann mich seine Königin nannte. Ich hielt den Atem an und spürte, wie meine Wangen brannten.

»Ich war wohl gerade dabei, sie in mir zu finden«, sagte ich.

»Ich hoffe, sie bleibt bei dir, wenn du in deine Welt zurückkehrst.«

Körperlicher Schmerz durchstach meine Brust bei seinen Worten. Ich konnte meine Gefühle für Hades nicht mit meinen rationalen Gedanken in Einklang bringen.

Ich wollte hier weg. Ich wollte zurück nach Hause. Warum fühlte es sich dann also so an, als würde er mich betrügen, indem er davon sprach, mich zurückzuschicken?

»Willst du immer noch, dass ich gehe?«, fragte ich, bevor ich mich zurückhalten konnte.

»Ich wollte von Anfang an nicht, dass du gehst. Aber du kannst nicht hierbleiben.«

Ich schloss meine Augen und ließ mich zurück in die Kissen fallen. Dies war eine vollkommen sinnfreie Unterhaltung, die nur endlose Frustration verursachte. *Vergiss ihn, Persephone.*

»Warum bin ich ohnmächtig geworden?«, fragte ich ihn und öffnete meine Augen.

»Deine Kräfte haben dich ausgelaugt. Du musst aufpassen, dass dir das nicht in einer gefährlicheren Umgebung passiert.«

»Mitten in einem Tribunal zum Beispiel?«

»Ja.«

»Wie soll ich das machen?«

»Du wirst von jetzt an mit mir trainieren.«

»Was?« Ich setzte mich wieder auf und zog die Augenbrauen hoch.

»Jeden Tag. Ich werde dich im Kampf und in der Magie trainieren.«

Ich sollte ihn von jetzt an jeden Tag sehen? Es war schon schwer genug, nicht ständig an ihn zu denken. Wie zum Teufel sollte ich mich davon abbringen, ihn nicht ständig anzuschmachten, wenn ich *noch mehr* Zeit mit ihm verbrachte? *Rauch und Tod, Feuer und Leichen!*

»Gut. Aber keinen magischen Sex mehr«, sagte ich bestimmt.

Einer seiner Mundwinkel hob sich. »Einverstanden. Kein magischer Sex mehr.«

Ich unterdrückte die Enttäuschung darüber, dass er so bereitwillig zugestimmt hatte und nickte.

»Gut«, sagte er. »Und jetzt ruh dich vor dem Tribunal morgen aus. Es wird hart werden.«

»Okay. Und ... danke.«

»Jederzeit«, sagte er, und dann verschwand er.

In dieser Nacht besuchte ich den Atlasgarten nicht in meinen Träumen. Ich wünschte, ich hätte es getan, denn dieser beruhigende Ort war genau das, was ich jetzt brauchte. Und die fremde Stimme gab mir oft Informationen, die ich vorher nicht hatte.

Stattdessen träumte ich von Feuer und Blut. Schreie erfüllten meine Ohren, bis das Brüllen einer Bestie sie zu übertönen begann. Dann brach Hades durch die Flammen, riesig und monströs und blau und seine Augen brannten vor Wut. Um ihn herum verwandelte sich alles in Asche.

Ich wachte keuchend auf, vor Angst hämmerte mein Herz noch immer stark in meiner Brust, als ich mich verstört aufrichtete.

»*Sind Sie okay, Fräulein?*«, fragte Skop und hob seinen Kopf von den Pfoten. Ich nickte ihm zu. Der Raum war von schwachem Sternenlicht erleuchtet, das von der Decke schien. Da sowohl Poseidon als auch Hades seine Verantwortung als mein Wächter ignoriert hatten, war er an diesem Abend besonders fürsorglich gewesen.

»Es war nur ein Albtraum.«

»*Darüber sollten Sie mit Morpheus sprechen*«, sagte er und legte sich wieder hin.

Das wird nicht nötig sein, dachte ich und legte meinen Kopf wieder auf mein Kissen. Ich wusste genau, was der Traum bedeutete. Es war mein Unterbewusstsein, das mich daran erinnerte, dass Hades gefährlich war.

~

Am nächsten Tag kleidete ich mich in voller Kampfmontur und band mein Haar zu einem Zopf hoch, der mir die Strähnen aus dem Gesicht hielt. Wenn ich schwimmen sollte, konnte ich es nicht riskieren, dass mir mein Haar die Sicht nahm. Auch das Lederkorsett, das ich normalerweise über meinem Hemd trug, ließ ich weg. Es war schwer, und obwohl es einen gewissen Schutz vor den Schlägen bot, ging ich davon aus, dass mir Beweglichkeit bei diesem Tribunal nützlicher sein würde.

Ich setzte mich hin und während ich darauf wartete, dass mich jemand abholte, starrte ich in die offene Schachtel mit Granatapfelkernen auf der Kommode. Sie zogen mich magisch an und ich dachte an die schwarzen Ranken, die aus meinen Händen geschossen waren. Meine Kräfte. Die Ranken hatten sich stark, magisch und todbringend angefühlt. So eine Kraft hatte ich noch nie besessen. Ted Hammond blitzte in meinen Gedanken auf, gefolgt von einem Bild der schwarzen Ranken, die sich um seine Kehle wickelten, als er seine Hände nach mir austreckte. Eine hässliche Befriedigung erfüllte mich bei dem Gedanken. *Hör auf damit. So bist du nicht. Du bist nicht rachsüchtig*, wies ich mich streng an. Ich verdrängte das Bild und ersetzte es durch die Erinnerung an die Reben, die sich grün verfärbt hatten. Mit dem Boden verbunden zu sein und die Funken neuen Lebens in der Erde zu spüren, erfüllte mich mit einem freudigen Gefühl. Und das war in dem ausgehungerten Wintergarten gewesen. Die Vorstellung, eine solche Verbindung mit einem echten Garten herzustellen, ließ mich erschaudern.

Noch bevor der rationale Teil meines Gehirns merkte, dass ich mich bewegte, hatte ich meine Hand auf die Schachtel gelegt.

»Jetzt mal langsam«, schimpfte ich mit mir selbst, sprang von meinem Hocker auf und ließ den Deckel zuschnappen. »Ich *muss* besser darin werden, Versuchungen zu widerstehen.«

»*Bisher haben Sie mir sehr würdevoll widerstanden*«, sagte Skop.

»Kobold-Hunde sind nicht wirklich mein Typ.«

»*Könnte ich versuchen, Sie umzustimmen?*«

»Nö, lass mal.«

»*Es war einen Versuch wert.*«

Ich war erleichtert, als Hekate endlich an meine Tür klopfte. Das Warten machte mich nur nervöser.

»Bist du bereit?«, fragte sie und reichte mir eine Tasse Kaffee. Ich nahm sie dankend an.

»Nö. Aber Wasser ist besser als Höhen oder Dämonen«, sagte ich. »Und um ehrlich zu sein, ich freue mich, das Reich des Wassermannes zu sehen. Liegt es unter Wasser?«

»Aber sicher doch. Die Stadt ist über eine Menge von Unterwasserkuppeln verteilt. Ziemlich cool.«

»Wie bewegt man sich zwischen den verschiedenen Kuppeln hin und her?«

»Mit Tunneln. Oder man schwimmt. Es gibt viele Wassernymphen und anderes Meeresvolk im Reich des Wassermannes.«

»Meeresvolk? Gibt es auch echte Meerjungfrauen?«

Hekate lachte und schüttelte den Kopf. »Da haben wir es wieder. Du siehst aus wie ein Kind, dem gerade ein Wunsch erfüllt wurde. Ehrlich, du solltest mal dein Gesicht sehen.«

»Versuch du mal, dein ganzes Leben in New York zu leben und dann herauszufinden, dass all das hier echt ist«, erwiderte ich und nahm einen Schluck meines Kaffees. *Meerjungfrauen*. Bei den Göttern, ich wollte unbedingt eine sehen.

»Du hast ein spartanisches Skelett, Minotauren, einen verdammten Phönix und wer weiß, was sonst noch gesehen. Was ist so besonders an Meerjungfrauen?«

»Ich weiß es nicht«, log ich. Ich würde ihr meine tief verwurzelte Liebe für Kinder-Animationsfilme bestimmt nicht eingestehen.

»Spinnerin. Trink aus, wir müssen los.«

Der Raum, in den sie uns hinein gezaubert hatte, sah anderen Räumen ähnlich, die ich schon kannte. Ich wusste sofort, dass es sich um einen Thronsaal handelte, und zwar nicht nur wegen des mit riesigen Sesseln bedeckten Podiums, sondern auch, weil es wie im Thronsaal von Hades und im Speisesaal von Zeus keine Wände gab, sondern nur Säulen, die die Decke hochhielten. Doch die Aussicht hier...

Türkisblaues Wasser umgab uns und in der Ferne erkannte ich Hunderte glühende goldene Kuppeln. Sie schwebten auf verschiedenen Ebenen und waren alle durch Tunnel miteinander verbunden. In den meisten von ihnen konnte ich gerade noch einige weiße und bronzefarbene Gebäude ausmachen. Hinter der Stadt sah ich eine Herde riesiger Wale. Es war atemberaubend.

Ich stand auf dem weißen Marmorboden, den das Wasser blassblau aussehen ließ. Die Decke war mit der unglaublichen Unterwasserlandschaft bemalt. Sie wies pastellfarbene Koralle, Hunderte von bunten Fischen, und Bilder von Kreaturen, die aussahen, als kämen sie von einem anderen Planeten, auf. Die leeren Thronsessel waren alle schlicht, bis auf den in der Mitte, der wie eine Flutwelle geformt war. Er war glatt, wild und vollkommen perfekt.

»Wow«, hauchte ich.

»Ich weiß. Er mag mürrisch sein, aber Poseidon hat Geschmack«, sagte Hekate leise.

»Das weiß ich zu schätzen«, dröhnte Poseidons Stimme und Hekate zuckte zusammen.

»Scheiße.«

Die zwölf Götter erschienen mit weißen Blitzen auf dem Podium und auch der Kommentator erschien vor ihnen. Seine weiße Toga strahlte so sehr wie sein Lächeln.

»Guten Tag, Olymp!«

Meine Augen fanden Hades, dessen Rauch sich kräuselte. Etwas Silbernes blitzte in der Dunkelheit auf und ich unterdrückte einen freudigen Schauer. *Bei den Göttern, ich wurde immer schlimmer.*

»Willkommen im Reich des Wassermannes! Ich werde keine Zeit verschwenden und direkt an den Gastgeber übergeben.«

Hekate verbeugte sich tief und ich machte es ihr nach, als Poseidon vortrat und die anderen Götter sich auf ihre Plätze sinken ließen. Der Meeresgott sah aus wie am Abend zuvor, der Dreizack leuchtete im Licht und überragte den Gott um Längen.

»Ich habe mir eine Prüfung ausgedacht, die sich für die Königin eines olympischen Gottes eignet. Du musst den Edelstein wieder in den Dreizack einbringen. Du wirst die Prüfung allein bestehen müssen, aber sonst gibt es keine Regeln.«

Einen Edelstein für den Dreizack. Das klang gar nicht so schlecht, dachte ich und versuchte, den Teil über die Prüfung, der einer Königin würdig war, zu ignorieren. Und wenigstens wusste ich dieses Mal, was ich zu tun hatte. Kein Herumrennen und Raten und keine Versuche, dämliche Hinweise zusammen zu puzzeln.

»Du erhältst vorübergehend die Fähigkeit, unter Wasser zu atmen, und ein Ross«, fuhr Poseidon fort, und mir fiel die Kinnlade herunter. *Wie bitte? Er gab mir die Fähigkeit unter Wasser zu atmen und ein Pferd?*

»Aber auf keinen Fall bist du immun gegen all die anderen Gefahren des Ozeans. Verstanden?«

»Ähm«, sagte ich, aber er schlug seinen Dreizack auf den Boden, bevor ich noch etwas erwidern konnte.

»Lasst uns beginnen!«

NEUN

PERSEPHONE

Das kalte Wasser hüllte mich ohne Vorwarnung und ich keuchte. Meine Welt wurde auf den Kopf gestellt und meine Füße wurden unter mir weggezogen. Das Geräusch des rauschenden Wassers übertönte meinen Schrei und ich taumelte immer und immer wieder um die eigene Achse, während die Wellen um mich herum zusammenkrachten. Instinktiv hielt ich mir den Mund zu, doch salziges Wasser stieg mir in die Nase. Das Licht wurde schwächer und die Orientierungslosigkeit machte mich panisch. Ich trat um mich, suchte nach dem Boden oder irgendetwas Festem, konnte jedoch nichts finden. Meine Lungen brannten und ich schlug immer verzweifelter um mich. Dann hörte die wirbelnde Bewegung, die meinen Körper umher schleuderte, abrupt auf und helles Licht begann wieder durch das Wasser zu sickern. Ich versuchte, meine Beine wieder unter meinen Körper zu zwingen und paddelte auf der Stelle. Die Schmerzen in meiner Brust wurden immer stärker und ich sah mich hektisch um.

Ich befand mich auf dem Grund des Ozeans.

Direkt vor mir ragte ein riesiger, versunkener Marmor-Dreizack aus dem sandigen Meeresgrund, dessen drei Spitzen majestätisch an die Oberfläche ragten. Ich begann mich umzudrehen, um nach mehr zu suchen, aber die Atemknappheit ließ mich zusammenbrechen. Ich brauchte Luft.

»*Atme. Du kannst hier unten atmen.*«

»Hades!«

»*Atme.*«

Bei den Göttern, war das komisch. Ich schloss die Augen und unterdrückte jeden Instinkt meines Körpers, der mich anschrie, Mund und Nase fest verschlossen zu halten.

Zögerlich atmete ich ein.

Anstelle von Wasser füllte kühle Luft meine Kehle, dann meine Lungen. Vor Erleichterung lachte ich laut auf und ich öffnete die Augen wieder. *Ich konnte unter Wasser atmen.* Unglaublich. Langsam drehte ich mich im Kreis und versuchte mir so viel um mich herum einzuprägen, wie ich nur konnte.

Rechts von dem fünfzehn Meter hohen Dreizack, hoch oben und auf einer Plattform schwebend, befanden sich die zwölf Götter. Etwas abseits von ihnen waren die drei Richter. Ich warf ihnen allen einen spitzen Gesichtsausdruck zu und ließ meinen Blick weiter schweifen.

Der Meeresgrund war übersät von zerstörten Gebäuden, weißem Marmor und Bronzeklumpen, die sich in den Sand schmiegten. Nur ein Gebäude sah so aus, als hätte es dem widerstanden, was es versenkt hatte. Es war aber in keinem guten Zustand. Ich vermutete, dass der Edelstein, den ich ausfindig machen und in den Dreizack einsetzen musste, dort unten versteckt war. Ich war mir ziemlich sicher, dass es um mehr gehen würde, als ihn nur zu finden. Eine Schatzsuche war diesen sadistischen Bastarden nicht gefährlich genug.

Hatte Poseidon nicht etwas über ein Ross gesagt? Kaum war der Gedanke in meinen Kopf getreten, wurden meine Beine müde. Mit einem letzten Blick auf die Götter drehte ich mich um und schwamm auf das intakte Gebäude zu. Es hatte keinen Sinn, mich mit diesem Paddeln zu ermüden und nichts zu erreichen.

Das Wasser war kühl, aber nicht kalt, und es fühlte sich gut an zu schwimmen. Mein ganzes Leben lang war ich in Pools geschwommen, aber das Schwimmen im Meer war ein Luxus, den ich mir selten leisten konnte. Ich war froh, dass ich das Lederkorsett nicht trug und mich meine Arme leicht durch das Wasser schwingen konnte.

Ich erreichte den Eingang des Gebäudes und bekam eine Gänsehaut. Ich wurde langsamer. Das Gebäude sah so aus, wie man es von einem antiken griechischen Tempel erwarten würde. Es hatte eine dreieckige Fassade, die von rissigen Säulen gekrönt wurde. Es war einstöckig, und die Hälfte des Gebäudes schien im Sand versunken zu sein, so dass es stark schief stand. Ich spähte durch die Säulen in die Dunkelheit.

Etwas stürzte aus der Dunkelheit auf mich zu und instinktiv drehte ich mich um und zog *Faesforos* aus seiner Scheide an meinem Oberschenkel. Doch als ich sah, was da auf mich zu kam, ließ ich den Arm schlaff zur Seite und meine Kinnlade frei herunterfallen.

Es war ein Seepferdchen. Und nicht die Art von Seepferdchen, wie ich sie in meiner Welt in Aquarien gesehen hatte. Es war ein echtes Pferd, mit einem Fisch-schwanz, der sich statt der Hinterbeine unter ihm zusam-menrollte. Anstelle von Haaren hatte es einen festen

Überzug aus winzigen, schillernden Schuppen, die glänzten und das Licht wie Perlmutt einfingen. Es schüttelte sich und wieherte und hüpfte im Kreis um mich herum. Ungezügelte Freude erfüllte mich, als ich es beobachtete. Ich fühlte mich wie ein Kind, das ein Pony sah.

»Es ist ein Hippokamp. Sie sind nicht die intelligentesten Kreaturen, aber ziemlich zahm«, sagte Hades Stimme in meinen Gedanken.

»Darfst du mit mir reden?« Sobald ich den Gedanken an ihn projiziert hatte, hob mich ein heißer Schwall Wasser an und Poseidons Stimme hallte in meinem Kopf wider.

»Genug der Hilfe!«

Das heißt dann wohl »Nein«, dachte ich und streckte zögerlich eine Hand nach dem Hippokamp aus. Er stieß mit seiner großen, kalten Nase an meine Hand und gab ein freudiges Wiehern von sich. Ein Lächeln breitete sich weit auf meinem Gesicht aus und dann bemerkte ich einen einfachen Riemen über seinem Rücken und Steigbügel auf beiden Seiten. Ich schwamm an ihm hoch und über ihn hinweg, und er blieb vollkommen still im Wasser stehen, während ich meine Füße in die Steigbügel manövrierte. Ich konnte nicht sehen, wie der Riemen an seinem Rücken befestigt war, also vermutete ich, dass Magie im Spiel war. Die kalten Schuppen waren nicht so bequem wie ein Sattel, aber reiten würde definitiv besser sein als schwimmen. Ich versuchte, die in mir aufsteigende Sorge zu ignorieren, dass ich hier unten eine Weile bleiben musste, wenn sie erwarteten, dass ich diesen Burschen brauchen würde, um die Aufgabe zu lösen.

Sobald ich die Gebäuderuine wieder ins Visier nahm, hörte ich unter mir ein tiefes Grollen, und der Hippokamp schlug Alarm.

»Ganz ruhig, Kumpel«, sagte ich, rieb beruhigend seinen Nacken und sah hinunter. Der Sand auf der Lichtung in der Mitte des Gebäudes vibrierte, Staubwolken hoben sich ins Wasser. »Es bringt ja nichts, wir müssen herausfinden, was das ist. Komm schon?«, sagte ich und Adrenalin begann in meine Adern zu schießen. Etwas Schlimmes war im Anmarsch, das wusste ich. Der Hippokamp antwortete mit einem lauten Klickgeräusch. »Wie bringe ich dich dazu, vorwärts zu gehen?«

Meine Worte gingen im Wasser um mich herum unter und waren für mich nur noch als blubberndes Geräusch zu hören, aber mein Pferd schien sie perfekt zu verstehen. Es stürmte vorwärts, und ich griff ihm in den Nacken, überrascht von seiner Geschwindigkeit. Ich quietschte erschrocken auf, als ich merkte, dass er nicht langsamer wurde. »Langsamer!« Er wurde sofort langsamer und ich atmete tief durch. Vor meinem Gesicht bildeten sich Blasen. »Ein bisschen nach links?«, fragte ich ihn zaghaft und das Rumpeln wurde lauter. Wir drehten nach links ab. »Gut so. Und rechts?« Er änderte den Kurs und zog nach rechts. »Ausgezeichnet«, sagte ich ihm. »Holen wir uns dieses Juwel.«

Ich kam nicht umhin, einen Blick über meine Schulter zu werfen, als wir auf die Dunkelheit des Tempels zu galoppierten.

Ich wünschte, ich hätte es nicht getan.

Der Sand in der Lichtung begann sich zu bewegen und ich konnte gerade noch riesige schwarze Klauen aus dem Boden ragen sehen. Die Krallen sahen scharf und todbringend aus. Was auch immer da war, die Klauen allein waren größer als ich. Ich schauderte bei der Vorstellung, wie groß der Rest davon sein musste.

Wir ritten zwischen zwei Säulen hindurch und rasten in den Tempel hinein.

»Ein bisschen langsamer, Kumpel«, sagte ich und kniff die Augen zusammen, in der Hoffnung im Dunkeln besser sehen zu können. Der Hippokamp wurde tatsächlich langsamer, gab ein lustiges Quietschgeräusch von sich und begann zu leuchten. Ein sanftes blaues Licht ging von ihm aus, gerade genug, um weitere Säulen und die Überreste eines rissigen Marmorbodens ausmachen zu können. Etwas Großes krabbelte zu meiner Rechten und ich zuckte überrascht zusammen.

Ich versuchte nicht daran zu denken, was sich sonst noch hier verbergen könnte und trieb den Hippokamp an. »Das ist ein toller Trick. Du bist ein braver Junge. Ich werde dir einen Namen geben müssen«, sagte ich. Vorsichtig hüpften wir durch den Raum und ich suchte den Boden unter uns nach etwas ab, das wie ein Edelstein aussah. »Wie wäre es mit Buddy? Das passt gut zu dir.«

Er kicherte und ich nickte. »Buddy also.«

Ein lautes Kreischen drang von außerhalb des Tempels durch das Wasser an meine Ohren, und ich erschauderte. Wir mussten schneller arbeiten. Wir umrundeten den Raum, fanden jedoch nichts als noch mehr zerbrochenen Fels und Marmor und jede Menge große Krabben. Ich zog eine Grimasse, als mir klar wurde, dass wir tiefer in den Tempel vordringen mussten. Es gab zwei dunkle Türen im hinteren Teil des Raumes und wir schwebten auf sie zu. Ich wählte willkürlich die linke aus, lenkte Buddy darauf zu und wir schwammen hindurch.

· · ·

Es war stockdunkel und Buddys sanftes Leuchten half nur wenig gegen die penetrante Dunkelheit. Die Angst, nicht zu wissen, was vor einem in der Dunkelheit lag, war so alt wie die Menschheit selbst und jetzt kroch sie mir kalt über die Haut. Dann wurde es plötzlich warm. Ich blinzelte. Es war ein viel erdrückenderes Gefühl komplett unter Wasser zu sein, wenn das Wasser nicht angenehm kühl war. Aufkeimende Panik hämmerte in meiner Brust und Buddy ritt weiter langsam im Kreis. Das Wasser um uns herum wurde immer wärmer. Obwohl jeder Atemzug, den ich nahm, sich wie trockene Luft anfühlte, verengte sich mein Brustkorb, als bekäme ich nicht genug Sauerstoff. Mittlerweile konnte ich die Anzeichen einer anstehenden Panik nicht mehr leugnen. Bald würden große schwarze Flecken mein Sichtfeld bedecken und das Schwindelgefühl einsetzen.

»Lass uns später in diesen Raum zurückkommen«, sagte ich, und selbst meine unklare Unterwasserstimme klang atemlos. Buddy schien zuzustimmen, verschwendete keine Zeit und eilte zurück zur Tür. Die Düsternis der Eingangshalle schien fast hell im Vergleich zu dem dunklen Raum, den wir gerade verlassen hatten. Auch das Wasser, durch das wir uns hier bewegten, war gnädigerweise kühl und fühlte sich wie Balsam auf meiner Haut an. Ich atmete tief durch, als Buddy langsamer wurde, und streichelte geistesabwesend seinen Hals. Ich suchte die Halle erneut ab und mein rasender Puls beruhigte sich wieder. »Hoffentlich ist der Edelstein in dem anderen Zimmer«, sagte ich. »Denn ich will da nie wieder rein. Nie wieder.«

· · ·

Die Decke in dem zweiten Raum war rissig. Durch die Lücken drangen blaue Lichtstrahlen, die auf verrottete Holzkisten fielen. Wir befanden uns hier auf der Seite des Gebäudes, die nicht im Sand versank. Dankbarkeit für das zusätzliche Licht durchströmte mich.

»Okay. Schauen wir mal, was wir hier finden«, sagte ich nervös und ließ die Füße aus Buddys Steigbügeln gleiten. Ich schluckte meine Nervosität hinunter, trat auf die Kiste zu, die mir am nächsten war und griff nach dem Deckel. Ich hatte schon fast erwartet, dass das Holz unter meiner Berührung zerbröseln würde, aber es fühlte sich nicht danach an, als ich den Deckel anhob. Es gab kein Scharnier und der Deckel rutschte ab, schlug auf dem sandigen Marmor auf und verursachte eine Welle von Staub, die sich vom Boden erhob. Ich hörte ein schlürfendes Geräusch und erstarrte. Ich versuchte, nur mit langsamen, bedachten Bewegungen auf der Stelle zu schwimmen und sah mich nach der Ursache des Geräusches um. Aber nichts bewegte sich und ich atmete tief durch und schwamm über die offene Kiste hinweg, um in sie hineinzuschauen.

Bücher. Stapelweise Bücher, die wahrscheinlich vor Jahrhunderten im Meer versunken waren. Ich spürte einen Stich des Bedauerns darüber, dass sie ruiniert waren. Ein weiteres entferntes Kreischen zwang mich zur Konzentration. Ich musste die nächste Kiste durchsuchen.

Ich ging sie alle durch, und obwohl ich einige interessante Sachen fand, war unter ihnen kein Juwel. Da war ein unheimlich scharf aussehendes Schwert, eine große Kiste voller verrosteter Rüstungen und eine ganze Reihe von Kochutensilien, aber nichts, was nach einem Schatz aussah. Als ich über die Kisten hinweg zurück zu Buddy schwamm, seufzte ich. »Ich schätze, wir werden zurück in den Raum der Panik müssen«, sagte ich und erstarrte dann.

Um die erste Kiste, die ich geöffnet hatte, hatte sich eine Schlange gewickelt. Eine riesige Seeschlange. In einer Doku hatte ich mal gesehen, dass die Farben von Reptilien als Warnung für andere Tiere dienten, ihnen nicht zu nahe zu kommen. Dieses Vieh war neonorange und schrie förmlich »komm mir zu nah und du bist tot«. Es war außerdem riesig, hatte sich bereits dreimal um die Kiste geschlängelt und immer mehr von ihrem Schwanz schien wie aus dem Nichts zu erscheinen. Es befand sich zwischen mir, der Tür und meinem Hippokamp.

Würde es der Schlange wohl etwas ausmachen, wenn ich einfach an ihr vorbeischwimme, oder würde sie mich angreifen? Dann kam mir ein Gedanke, der mich davon abhielt, in einem großen Bogen hoch über das Vieh zu schwimmen: Was, wenn sie sich aus einem bestimmten Grund um diese Kiste gewickelt hatte? Bewachte sie die Kiste? *Aber diese Kiste war voll mit Büchern, nicht mit Edelsteinen.* Obwohl... Ich hatte keines der Bücher herausgenommen. Oder unter sie geschaut.

Mit rasendem Puls schwamm ich zurück zu der Kiste mit dem Schwert und hievte es hervor. Es war sauschwer. Ich verzog das Gesicht und ließ es sofort wieder fallen. Nie im Leben würde ich es durchs Wasser schwingen können. Außerdem wollte ich die Schlange nicht verärgern oder gar töten. Ich wollte sie nur dazu bringen, mir aus dem Weg zu gehen. Ich begann, die Kisten zu durchwühlen, warf Dinge heraus und suchte nach etwas, das die Schlange ablenken könnte. Sie bewegte sich nicht von der Kiste mit den Büchern weg. Doch sie hob den Kopf misstrauisch und ihre schwarzen Augen starrten mich regungslos an, während ich Teile des halbversunkenen Mülls durch das Wasser schleuderte.

Mein Blick fiel auf die verrostete Ritterrüstung. In meinem Kopf formte sich schnell ein neuer Plan. Dann hallte ein weiterer Schrei von draußen durch das Gebäude. Ich griff in die Kiste und holte ein verbeultes Schild heraus, auf dem eine Sonne eingraviert war. Es war schwer, aber bei Weitem nicht so schwer wie das Schwert, und es schien stabil. Ich kämpfte mit den Riemen auf der Innenseite und schlang schließlich meinen linken Unterarm hindurch. Es war groß genug, so dass es, wenn ich meinen Arm vor mich hielt, meinen Torso bis hinunter zur Taille bedeckte. Es war nicht ideal, aber es war das Beste, das ich finden konnte. Es würde reichen müssen.

»Los geht's«, sagte ich zu Buddy und schwamm auf die Schlange und die Bücherkiste zu.

ZEHN

PERSEPHONE

Der Kopf der Schlange bäumte sich auf, als ich mich näherte. Zischend zuckte eine gegabelte violette Zunge aus ihrem Maul. Angst schnürte mir die Kehle zu, aber ich schwamm weiter und bedeckte mich mit dem rostigen Schild. Ich schwamm hoch über der Schlange hinweg und blieb weit außerhalb ihrer Reichweite. Über der Kiste angekommen blinzelte ich hinunter und suchte nach etwas, das fehl am Platz aussah. Mein Blick blieb an einem ledergebundenen Buch hängen. Es hatte einen leuchtend orangefarbenen Einband, der unter ein paar anderen Büchern gerade noch sichtbar war. *Orange wie die Schlange.* War das ein Anhaltspunkt?

Ich bereitete mich mental auf den Aufprall vor, konzentrierte mich auf das Buch und platzierte meinen Körper im Wasser so, dass ich Kopf voran auf die Kiste gerichtet war. Dann erhob ich das Schild, holte tief Luft und tauchte ab.

Die Schlange griff an, sobald ich in Reichweite war, und traf das Schild mit solcher Wucht, dass ich zurückprallte und durchs Wasser geschleudert wurde.

Keuchend versuchte ich mich zu orientieren und sandte eine Million stummer Dankesgebete an die Götter, dass das alte Schild gehalten hatte und nicht zerbrochen war. Ich fühlte, wie das Wasser an mir vorbeirauschte und sah, wie die Schlange von der Kiste abgelassen hatte, um mich zu verfolgen. Das war vielleicht meine einzige Chance. Mit schnellen Zügen schwamm ich zu der Kiste, schob die anderen Bücher beiseite und schaffte es, meine Finger um den gebundenen Rand des orangefarbenen Buches zu schließen. Schützend hielt ich das Schild über meinen Rücken und keine Sekunde später hatte die Schlange mich eingeholt. Sie knallte gegen die Rückseite meiner Beine und ich fiel mit Karacho gegen die Kiste. Ich schlug mit dem Kinn auf, aber zum Glück landete ich auf einem matschigen Buch. Doch der Aufprall des Schildes auf die hölzerne Seite der Kiste schickte Schockwellen durch meinen Arm. Ich rollte mich so gut ich konnte ab und hielt noch immer das Buch umklammert. Ich sah das Ende des Schwanzes auf mich zukommen und zu meinem Entsetzen glühte es. Gerade noch rechtzeitig konnte ich das Schild herumzuziehen und den Schlag abwehren. Ein weiteres zischendes Geräusch ertönte und das Adrenalin schickte eine Woge der Energie in meine Beine. Ich ging in die Hocke und drückte mich mit aller Kraft gegen die Seite der Kiste, um mich nach oben außer Reichweite der Schlange zu katapultieren, aber ich war nicht schnell genug. Ich spürte einen brennend heißen Schmerz an meinem Knöchel und trat wie wild mit den Beinen aus, um mich in Sicherheit zu bringen. Als ich für einen Moment nach unten sah, erspähte ich das weit geöffnete Maul der Kreatur, mit rotem Blut am Ende einer der Reißzähne. Mein Blut.

Ich betete, dass es keine Giftschlange war, stürzte in

Richtung der Tür, zu Buddy. Verzweifelt versuchte ich, das schwere Schild von meinem Arm abzuschütteln und mein Herz hämmerte mir laut in der Brust.

»Los geht's!«, rief ich dem Hippokamp zu und schoss auf wackeligen Beinen auf ihn zu. Die Schlange hatte sich wieder um die Kiste gewickelt und ich machte einen großen Bogen um sie. In der düsteren Haupthalle versicherte ich mich verängstigt, dass sie mir nicht folgte, aber zum Glück war da nur Buddy.

Das Schild hing noch immer an seinem Riemen von meinem Arm und unter Stöhnen gelang es mir jetzt endlich mich mit zitternden Händen davon zu befreien, ohne das Buch fallen zu lassen. Ich trat auf der Stelle und versuchte den Schmerz zu ignorieren, der sich in meiner Wade ausbreitete. Wenn das nur ein normales, langweiliges Buch war, würde ich durchdrehen. Ich öffnete es und hielt den Atem an.

Hell leuchtend, in allen Farben des Ozeans schimmernd, lag dort ein breiter, flacher Edelstein, eingebettet in eine Vertiefung, die aus den Seiten des Buches herausgeschnitten war. Erleichterung durchströmte mich und ich griff triumphierend nach ihm und ließ das Buch auf den Boden fallen.

»Geschafft«, sagte ich zu Buddy und erlaubte mir ein Lächeln, als ich den wunderschönen Stein hochhielt, um ihn ihm zu zeigen. Der zuckende Schmerz in meinem Bein verwandelte mein Lächeln jedoch schnell in eine Grimasse. Ich zog mein Knie an die Brust und drehte meinen Unterschenkel, damit ich einen Blick auf die Wunde werfen konnte, die mir die Schlange zugefügt hatte. Es war ein kleiner Schnitt, aber er war blutverschmiert und strahlte in einem schwachen Orangeton.

Mist. Das sah ganz und gar nicht gut aus. Aber ich

konnte mich doch heilen, oder nicht? Ich versuchte die Kräfte in meinem Körper zu erspüren und mich überkam eine Welle der Müdigkeit. Ich wusste nicht, ob sie von der körperlichen Anstrengung während des Kampfes mit der Schlange herrührte oder von etwas Schlimmerem. Gift zum Beispiel.

Ich steckte den Edelstein vorsichtig in meine Tasche, trat zu Buddy hinüber und zwängte meine Füße in die Steigbügel. Es fühlte sich gut an, meine Beine auszuruhen und mich auf seinen kalten Rücken zu setzen. Ich sackte zusammen, da das Adrenalin von dem beängstigenden, pechschwarzen Raum und auch der Begegnung mit der Schlange langsam abebbte.

»Mal sehen, ob ich meine Kräfte beherrsche«, murmelte ich, schloss die Augen und konzentrierte mich auf das Gefühl, das ich im Wintergarten erlebt hatte.

Selbst nach einer Minute war alles, was ich fühlen konnte, ein erbärmliches Kribbeln in meiner Brust, und ich war mir ziemlich sicher, dass ich mich nicht gerade selbst heilte. Mein Knöchel pochte immer noch schmerzhaft.

»Gut. Ich gebe auf. Bringen wir es hinter uns«, sagte ich resigniert, öffnete die Augen und klopfte Buddy auf den Nacken. Wir wippten zusammen durch das Wasser und er wieherte glücklich. Was mir jetzt zu tun blieb, war, das Tribunal zu beenden und mir dann Hilfe zu suchen. Ein durchdringendes Kreischen hallte von draußen durch die Kammer. Ich biss die Zähne zusammen und spürte, wie sich mein Puls beschleunigte. Mental bereitete ich mich auf das vor, was als Nächstes kommen würde.

»Schon gut, schon gut, ich komme ja schon!«, schrie ich und lenkte Buddy an den rissigen Säulen an der

Vorderseite der Ruine vorbei zu dem, was dieses furchtbare Geräusch verursachte.

»Scheiße. Scheiße, Scheiße, Scheiße«, raunte ich, als wir das sinkende Gebäude verließen und in den strahlend blauen Ozean auftauchten.

Das Vieh zwischen mir und der Dreizack-Statue ließ die Seeschlange geradezu zahm wirken.

Meine Haut kribbelte und jede Faser meines Körpers wies mich an, mich umzudrehen und wegzurennen, und um der Götter willen, ja nie wieder umzukehren. Im Zentrum der Lichtung war jetzt eine wirbelnde Masse Sand, als ob jemand einen Whirlpool im Meeresgrund eingeschaltet hätte. Und aus diesem Strudel ragte die abscheulichste Kreatur hervor, die ich je gesehen hatte. Sie hatte die gleiche Form und Farbe wie ein Wurm, aber war so breit wie ein Haus, und ihr Kopf... war nichts als ein riesiges Maul. Nadelscharfe Zähne säumten ihren runden Kiefer und riesige, klauenartige schwarze Hörner umgaben die Außenseite ihres Kopfes. Ihre Haut sah abstoßend aus, rissig und faulig und lederartig. Große Tropfen von etwas, das die Farbe von Blut hatte, spritzten von ihr ab, als sich das widerwärtige Geschöpf durch das Wasser wälzte. Etwa acht Meter ihres Körpers stachen aus dem aufgewühlten Sand heraus, und als der Hippokamp sich plötzlich aufbäumte, merkte ich, dass wir uns nur knapp außerhalb der Reichweite der Kreatur befanden.

»Jetzt siehst du dich Charybdis gegenüber«, dröhnte Poseidons Stimme, und die Kreatur kreischte, als sie ihren Namen hörte.

Ein Adrenalinstoß wischte jeden Gedanken an den Schmerz in meinem Bein weg und löste die anfängliche Lähmung beim Anblick des Monsters auf. Meine Sicht fokussierte sich scharf und ich streichelte Buddy, der unter mir vor Angst zitterte.

»Ich brauche deine Hilfe, Buddy. Wir sind viel schneller als dieses Ding«, sagte ich und verlieh meiner Stimme einen Ton von Zuversicht. Ich betete nur, dass alles gut gehen würde. »Aber wir müssen jetzt sofort los, bevor das Ding noch weiter aus dem Sand herauskommt. Los!«

Der Hippokamp erwachte zum Leben und sauste so schnell über Charybdis hinweg, dass ich spürte, wie meine Gesichtshaut bei dem Wasserstrom zu den Ohren gezogen wurde. Ich blickte nach unten auf das Ungeheuer und in mir stieg die Aufregung. Wir hatten es geschafft. Wir würden die Dreizack-Statue in kürzester Zeit erreichen.

Doch in der nächsten Sekunde stockte mir der Atem und es fühlte sich an, als fiele mir ein Stein in die Magengrube. Das Vieh ließ sich zurück in das Loch fallen und sein massives rundes Maul bildete das Epizentrum des Sand-Whirlpools unter uns. Ein Wasserstrahl schoss daraus hervor und schlug direkt in uns ein. Buddy quietschte unter mir und Panik durchflutete mich. Unter uns blitzte eine zweite Reihe rasiermesserscharfer Zähne hinter der ersten hervor. Die Zähne waren gezackt, dreckig und jeder einzelne so groß wie ich. Wir waren in dem strudelnden Wasserstrahl gefangen. Wie Treibsand saugte er uns hinunter.

»Du schaffst das!«, drängte ich den Hippokamp, mein Herz hämmerte und wie hypnotisiert sah ich zur Dreizack-Statue hinauf.

Doch Buddy schaffte es nicht. Er strampelte und hüpfte und quietschte aber langsam, doch unaufhaltsam wurden wir zu dem schrecklichen Schlund der Kreatur gezogen.

Ich schaute verzweifelt zwischen dem Dreizack und Charybdis hin und her. Sand und Meerwasser wirbelten immer schneller um uns herum. Buddy bewegte sich jetzt rückwärts, sein verzweifelter Schwanz war nicht in der Lage, schnell genug gegen die mächtige Anziehungskraft des Monsters anzukommen. Ich fühlte mich nutzlos. Ich saß auf seinem Rücken und konnte nichts tun. Wenn der Hippokamp nichts gegen die Kraft des Strudels ausrichten konnte, um uns zu befreien, war es aussichtslos, dass ich es mit Brustschwimmen schaffen würde. Ich musste etwas anderes tun. Mir musste etwas einfallen. Ich musste tun, was ich am besten konnte.

Ich richtete meinen Blick auf die mittlere Spitze des Dreizacks und konzentrierte mich ganz auf Poseidon. Wie gebannt dachte ich daran, was er zu mir gesagt hatte, wie er mir vorgeworfen hatte, dass meine Gegenwart eine Bedrohung für den Olymp darstellte. Ich dachte an die Art, wie Eris mich auf dem Maskenball behandelt hatte, wie herablassend und grausam sie mich angesehen hatte. Ich dachte an Zeus und sein beschissenes, aufgeblasenes Anspruchsdenken und den Scheiß, den er Hades zumutete.

Schwarze Ranken brachen aus meinen Handflächen hervor und etwas Elektrisches brannte durch meinen ganzen Körper. Dieses Mal spürte ich weder Angst noch Schrecken vor dem, was hier geschah. Dieses Mal hatte ich die Kontrolle darüber. Dieses Mal *wollte* ich die

Ranken heraufbeschwören. Ich schleuderte sie auf den Dreizack zu und die Kraft erfüllte meinen gesamten Körper. Sie schlängelten sich durch das Wasser und wickelten sich um den mittleren Zacken.

Buddy quietschte wieder, und als ich auf ihn hinunter sah, bemerkte ich, dass meine Arme schwach grün glühten. Wir waren dem Erfolg so nah.

Charybdis befand sich jetzt nur noch wenige Meter unter uns, und trotz meines neuen Gefühls der Kraft erzitterte ich vor Angst, als ich an den scharfen Zähnen vorbei in den schwarzen, fauligen Schlund der Bestie blickte.

Auf keinen Fall wollte ich dort hinein.

Ich zog kräftig an den Lianen, wollte, dass sie hielten, wollte, dass sie stärker waren als der Strudel.

Und sie waren es.

Ich schrie vor Schmerz auf, als meine Handgelenke mit einem Ruck nach oben gezogen wurden. Die Ranken machten ein schreckliches Schnappgeräusch und schon schossen wir durch das Wasser nach oben. Tränen strömten mir aus den Augen, die ich gegen den starken Wasserstrom nicht offenhalten konnte. Ich sah den Dreizack erst, als es zu spät war und Buddy und ich mit dem kalten Marmor zusammenknallten. Der Schmerz in meinen Handgelenken war so unerträglich, dass ich den Aufprall kaum bemerkte.

Ich hatte Mühe, mich zu orientieren und zu spät bemerkte ich, dass das Monster uns noch immer errei-chen konnte. Wieder hörte ich dieses grässliche Krei-schen, schüttelte den Kopf und blinzelte. Buddy warf mich mit einem Wiehern nach vorne, ich klammerte mich an seinen Hals und durch den Dunst des Sandsturms sah ich, wie der Charybdis sich aus seinem Loch erhob.

Dieser Anblick war alles, was ich brauchte, um wieder in Aktion zu treten. Ich schob meine Hand in die Tasche, schrie auf vor Schmerz und bemerkte erst dann, dass die Ranken aus meinen Handflächen verschwunden waren. Keuchend zog ich den Edelstein aus der Tasche. Ich hatte nur noch Sekunden, bevor die Bestie uns erreichten würde.

»Los!« drängte ich den Hippokamp, und wir stürmten hinauf auf die Spitze des zentralen Stachels zu, wo ein Edelstein fehlte. Hitze umhüllte uns und ich wusste, dass es der faulige Atem des Charybdis war. Dann wurde es dunkel um uns herum. Aus den Augenwinkeln sah ich die riesigen Zähne. Adrenalin durchflutete meinen Körper.

Jetzt war der Moment. Jetzt oder nie.

Ich schrie, als ich mich von Buddys Rücken stürzte und den Edelstein in die leere Vertiefung knallte. Der Ring der Zähne begann sich um uns zu schließen.

ELF

PERSEPHONE

Die blutverschmierten Zähne waren einen halben Meter von uns entfernt, als weißes Licht aufblitzte. Zum ersten Mal, seit ich an diesen verdammten Ort angekommen war, war ich dankbar für dieses Licht. Es bedeutete, dass ich an einen anderen Ort transportiert wurde, und in diesem Moment konnte buchstäblich

kein Ort schlimmer sein als diese schreckliche Situation.

Ich fand mich auf dem Boden von Poseidons Thronsaal wieder. Ich war trocken und saß auf dem Hintern. Ich versuchte aufzustehen, als sich das Licht verflüchtigte, aber ich fiel sofort wieder auf den Steinboden zurück. Mein Bein...

Die Wunde an meinem Knöchel hatte sich schwarz verfärbt, und das zerrissene Leder meiner Hose verriet, wie geschwollen mein Bein war. Als ich die Hand ausstreckte, um sie zu berühren, durchzuckte mich Angst und Schmerz. Dieser Schmerz schoss mir von den Handgelenken mit einer solchen Intensität meine Arme hinauf, dass ich mich kaum auf etwas anderes konzentrieren konnte.

»Du hast den falschen Edelstein benutzt«, dröhnte Poseidon. Ich blinzelte zu ihm hoch. Er stand vor seinem Thron. Die anderen elf Götter saßen hinter ihm, genauso wie sie es vor Beginn des Tribunals getan hatten. Sein Gesicht sah anders aus als vorher, als kämpfe er innerlich mit etwas.

»Wo ist Buddy?«, fragte ich, ehe ich mich zurückhalten konnte.

Poseidon legte den Kopf schief. »Die Art, wie du meinen Hippokamp behandelt hast, ist lobenswert. Mach dir keine Sorgen, er ist in Sicherheit.«

»Zum Glück. Was soll das heißen, ich habe den falschen Edelstein benutzt?«, sagte ich durch zusammengebissene Zähne hindurch. Ich versuchte, meine Finger zu krümmen. Schmerz schoss mir in die Unterarme hinauf. Mir wurde übel.

»Dieser Edelstein war nicht derselbe wie die anderen beiden im Dreizack. Sie waren türkis und der, den du gefunden hast, war blau. Der richtige Edelstein war in einem der anderen Räume. Du wirst jetzt gerichtet werden.«

Mir fiel die Kinnlade herunter und bevor ich noch zu streiten beginnen konnte, wurde ich unterbrochen.

»Und nun zu den Richtern«, ertönte die Stimme des Kommentators hinter mir.

Ich drehte mich auf meinem Hintern um, und konnte keine Rücksicht darauf nehmen, wie ich dabei aussah. Ich konnte nicht aufstehen und ich konnte meine Hände nicht benutzen. Versuchen aufzustehen und dann wieder hinzufallen, würde noch viel schlimmer aussehen. Mein Kopf schwirrte, als ich die

Richter ansah, und neue Wellen von Schmerz durchzuckten mich.

»Radamanthus?«

»Null Punkte«, sagte der fröhliche Richter lächelnd.

Ich spürte, wie sich die Wut in meinem Gesicht abzeichnete.

»Aeacus?«

»Null Punkte«, sagte der ernste Mann.

»Minos?«

»Null Punkte.«

Ich starrte sie an. Dann lösten sie sich auf. Die Ungerechtigkeit pochte in mir und dann blitzte es wieder weiß und ich verschwand.

Als das Licht verblasste, erkannte ich, dass ich nicht in meinem eigenen Zimmer war. Ich lag auf einem Bett und sah mich vorsichtig um. Wellen der Wut rollten mir noch immer durch die Adern. Jedes Zucken des Schmerzes, der mir durch die Arme und Beine fuhr, machte es schlimmer.

Ich bin an einer Schlange und diesem verdammten Seeungeheuer vorbeigekommen und habe überhaupt nichts dafür bekommen? Das war kompletter Schwachsinn! *Du willst eh nicht gewinnen, warum zum Teufel bist du dann wütend?* Die rationale Stimme in mir schnitt durch meine Wut. Und sie hatte recht. Ich wollte nicht gewinnen, ich wollte nur überleben. Ich hatte also ein gutes Ergebnis erzielt.

Aber es fühlte sich nicht gut an. Ich fühlte mich gar nicht gut.

Ein dumpfes Gefühl überkam mich, als ich versuchte,

meine Umgebung wahrzunehmen. Meine Sicht wurde immer trüber.

»Ist sie in Ordnung?«, fragte eine drängende Männerstimme. Ich versuchte, mich nach ihrer Quelle umzuschauen, aber dann fühlte es sich an, als zögen sich Wattebauschen um mich zusammen.

»Ich weiß es nicht, geh aus dem Weg, verdammt!«, antwortete eine weibliche Stimme. Mein Gehirn registrierte gerade noch, dass es Hekate war, bevor ich ohnmächtig wurde.

»Weißt du, du solltest aufhören, nach jedem Tribunal bewusstlos zu werden. Das ist kein guter Look.«

Ich setzte mich auf und Hekate sprang zurück, bevor ich ihr versehentlich einen Kopfstoß verpasste.

»Meine Hände!«, sagte ich und die Angst verpasste mir eine Gänsehaut. Ich hatte meine Hände nicht benutzen können… Ich hob sie schnell an und sah erleichtert, wie sich meine Finger problemlos krümmten. Meine Hände funktionierten wieder und sie taten überhaupt nicht weh.

»Es ist alles wieder in Ordnung mit ihnen. Deine Ranken haben dir beide Handgelenke gebrochen. Das ist alles.«

Ich schaute sie ungläubig an. »Das ist alles? Ist das dein Ernst?«

»Vollkommen ernst. Die zu reparieren war kein Problem, aber das Gift in deinem Knöchel war eine ganz andere Geschichte. Das Zeug hat dich fast umgebracht.«

»W-wirklich?«

»Ja. Gut, dass einer der mächtigsten Götter der Welt

eine Schwäche für dich hat«, sagte sie mit einem Augenzwinkern.

»Hades?«

»Er hat dich geheilt. Wenn das jemand herausfindet, wird er ernsthafte Probleme bekommen. Aber um ehrlich zu sein, bin ich mir nicht sicher, was Zeus ihm noch antun kann.« Sie seufzte und ließ sich auf die Bettkante fallen. Die Matratze war schmal und ich sah mich um, während ich ihre Worte verarbeitete. *Hades hatte mich geheilt.*

»Wo bin ich?«

»Auf der Krankenstation.«

Ich nickte. Das erklärte die Metallschränke an den Wänden und die drei anderen Einzelbetten.

»Wo ist Skop?«

»Hades hat ihn nicht hierhergelassen. Er will nicht, dass Dionysos erfährt, dass er dich geheilt hat.«

»Also... Erwarten die anderen Götter, dass ich an dem Schlangengift sterbe?«, fragte ich. Mein Magen knurrte laut. Ich hatte einen Bärenhunger.

»Nö, so schlimm wird es schon nicht. Er wird sich eine Geschichte ausdenken, dass die Apotheke das richtige Gegenmittel auf Lager hatte. Das wird auch irgendwo sein, aber wir hatten keine Zeit, es zu suchen.«

»Danke. Dafür, dass du mich schon wieder gerettet hast.«

»Ich habe nichts getan. Das war alles der Chef«, sagte sie, aber das Lächeln, das sie mir schenkte, war so echt wie jedes andere, das ich bisher gesehen hatte. »Ich weiß, das wird dir nicht gefallen, aber wir müssen zu Poseidons Party gehen.«

»Du machst wohl Witze.« Mein Magen verdrehte sich bei dem Gedanken. Ich brauchte etwas Zeit, um über die Tatsache hinwegzukommen, dass ich anscheinend fast gestorben wäre. Schon wieder.

»Keine Witze. Er hat der Welt öffentlich gesagt, dass er ein Fest zu deinen Ehren veranstalten würde, wenn du überlebst. Das wird er also jetzt tun müssen, und du wirst dabei sein müssen.«

»Und ich habe noch nicht einmal einen Punkt erhalten! Ich habe versagt!«

»Aber du hast überlebt. Also zieh dich an.«

Hekate reichte mir ein langes gelbes Kleid mit kleinen weißen Gänseblümchen, die den Rock zierten. Ich nahm ihr Angebot an, mein Make-up und meine Haare zu etwas Vorzeigbarem zu zaubern, und saß still, während ihre Augen milchig weiß leuchteten.

Es war lächerlich. Sie hätten mich für diesen verdammten Wettbewerb sterben lassen. Und sie haben mich mit einem falschen Edelstein ausgetrickst. Ich meine, ernsthaft, wer hätte in so einer Situation bemerken sollen, dass die Farbe etwas anders war? *Jeder, der genauer hinsah*, antwortete die kritische Stimme in mir, die ich jahrelang versucht hatte zu unterdrücken. Ich spürte, wie sich meine Augen mit wieder aufquellender Wut verengten.

»Was für ein Haufen Scheißkerle«, verkündete ich. Weiße Flüssigkeit sickerte aus Hekates Augen hervor.

»Jep. So, fertig.«

Ich hatte keinen Spiegel zur Hand, aber ich vertraute ihr. Sie hatte mich schon vorher zurechtgemacht.

»Außer Hades«, fügte sie hinzu und ging zur Tür. »Er ist kein so großer Idiot wie die meisten anderen.« Ein

Schauer tanzte mir über die Haut bei dem Klang seines Namens. Ich hielt mich davon ab, die Augen zu verdrehen. Ich musste über diese Verliebtheit hinwegkommen. Und zwar sofort.

Ich folgte Hekate durch die Tür in einen langen Korridor, der wie gewohnt mit Fackeln beleuchtet war. Diese jedoch brannten in einem normalen Orangeton, statt des blauen Feuers, das in der Unterwelt so verbreitet war.

»Wusstest du, dass es der falsche Edelstein war?«, fragte ich Hekate, unfähig die Wut zu verdrängen, die ich immer noch darüber empfand, betrogen worden zu sein.

»Nun, es war ziemlich offensichtlich, dass sich der echte Schatz in der dunklen Kammer befand. Alles andere wäre zu leicht gewesen.«

»Leicht?« Ich blieb stehen, die Augenbrauen so weit hochgezogen, wie nur möglich. »Leicht? Diese Schlange hat mich fast umgebracht!«

»Klaro, aber die Zustände in dem dunklen Raum waren so unangenehm, dass man es nicht länger als eine Minute aushalten konnte. Es war offensichtlich die schlimmere Option von beiden.« Ich nahm meinen Weg durch den Korridor wieder auf und stapfte geradezu hinter ihr her, die Fäuste geballt.

»Dieser Ort ist furchtbar«, zischte ich.

»Das sagst du immer. Weißt du, du könntest einige der Bewohner beleidigen, wenn du so weitermachst.«

»Die meisten der Bewohner sind Schwachköpfe«, schnauzte ich.

»Ich gehe davon aus, dass du damit nicht mich meinst«, antwortete Hekate und blaues Licht flackerte gefährlich um sie herum auf. Unsicherheit durchbrach meine Wut.

»Nein! Bei den Göttern, nein. Natürlich nicht.«

»Gut. Obwohl ich wirklich ein schrecklicher Kotzbrocken sein kann«, sagte sie mit einem Achselzucken, und ihr blaues Licht verblasste.

Ich bezweifelte es nicht.

Am Ende des Korridors befand sich eine kurze Treppe, die nach unten führte. Als wir unten ankamen, ließ meine Wut schlagartig nach. Ich erkannte, wo wir waren. Wir betraten das Tunnelsystem, das ich zuvor gesehen hatte, welches die Kuppeln im Reich des Wassermannes miteinander verband. Und es war ein atemberaubender Anblick.

Die Tunnelwände waren durchsichtig und boten einen ungehinderten Blick auf die leuchtenden goldenen Kuppeln um uns herum. Ich konnte jetzt viel deutlicher sehen, was sich im Inneren der nächstgelegenen befand; weiße und bronzefarbene Gebäude, die einen belebten Hof voller Stände umgaben. Die meisten Leute, die ich ausmachen konnte, waren Menschen und sie trugen Kleidung im asiatischen Stil. Überall sah ich bunte Saris und bestickte Stoffe.

»Das Reich des Wassermannes ist berühmt für seine Schmuckmärkte«, sagte Hekate und hielt dann inne. Ich war stehen geblieben und starrte. »Wir befinden uns hier auf der Ostseite, wo das Einkaufsviertel liegt. Die Westseite der Stadt ist förmlicher, mit Versammlungshallen und großen Tempeln. Und im Norden werden die Kuppeln größer und spärlicher, weil es alles Bauernhöfe sind.«

»Bauernhöfe?«

»Ja. Es ist Poseidon wichtig, sich hier unten selbst zu

versorgen. Deshalb legt er Wert auf seine Bauernhöfe. Ich weiß nicht, wie viel von seiner Kraft er verbraucht, um hier unten etwas anzubauen, aber es ist ihm wichtig und er tut es. Er traut den anderen Göttern nicht.«

»Er traut mir auch nicht«, murmelte ich und sah mir die schöne Unterwasserstadt genau an. »Warum ist er nur so launisch?«

»Es kann nicht leicht sein, der Bruder von Zeus zu sein. Nach einer Ewigkeit der Schikane würde jeder wohl so werden. Hades...«, begann sie, hielt dann aber inne. Ich drehte mich zu ihr um und sie biss sich auf die Lippe.

»Erzähl weiter...«

»Hades geht mit Zeus auf eine andere Art um«, sagte sie langsam. »Und er hat mehr Gründe, Zeus nicht zu mögen, als Poseidon es je hatte.«

»Warum?«

Hekate seufzte.

»Hades sollte es eigentlich sein, der dir das sagt«, sagte sie, fuhr aber fort. »Als Zeus seine Geschwister vor Cronos gerettet und Krieg gegen die Titanen geführt hatte, wurde er automatisch zum Herr der Götter. Und als er die allmächtigen Rollen in der neuen Welt verteilte, stellte er sicher, dass er Herrscher des Himmels wurde. Die beiden verbleibenden mächtigsten Reiche gab er an seine Brüder weiter. Den Ozean und die Unterwelt. Das eine ein Ort der lebensspendenden, fließenden Kraft, das andere ein Ort des dunklen und schrecklichen Elends.«

»Hades hat sich nicht selbst dafür entschieden, König der Unterwelt zu werden?«, fragte ich leise.

Hekate schüttelte traurig den Kopf. »Nein. Das hat er nicht. Zeus hat die Entscheidungen getroffen. Die drei Brüder nahmen die epischen Kräfte an, die von ihnen verlangt wurden, um ihre Domänen zu regieren. Poseidon erhielt die ultimative Kontrolle über das Wasser, Zeus über die Stürme und den Himmel und Hades... Er ist nicht der Gott des Todes. Thanatos ist der Gott des Todes. Aber Hades war gezwungen, ein Wesen zu werden, das über das Reich der Toten herrschen und es kontrollieren konnte.«

»Ein Monster«, flüsterte ich und eine Gänsehaut erschien auf meinen Unterarmen.

»Ja. Er musste mehr gefürchtet werden als jeder andere Gott. In der Unterwelt hausen nicht nur die Toten, sondern auch die gefährlichsten Götter und Monster, die im Tartarus gefangen sind. Wenn sie oder die Toten sich erheben würden... würde der Olymp fallen.«

In meinem Kopf drehte sich alles, als ich versuchte, mir einen Hades vorzustellen, der nicht von Rauch und Tod umgeben war, sondern einen Hades, der Herr über die Meere oder den Himmel war, statt der Unterwelt. Wäre er anders? Verdammt, ich wusste kaum etwas über ihn, woher sollte ich das wissen? Und es war ja nicht so, dass Zeus und Poseidon auf ihre eigenen Arten nicht auch furchterregend waren. Bis zu einem gewissen Grad waren sie alle Monster.

»Hasst er seine Brüder?«, fragte ich. War er ein Ausgestoßener? Ich erinnerte mich an die Jahre, die ich mich jeden Abend im Wohnwagen meiner Eltern in den Schlaf geweint hatte. Ich wusste, wie es sich anfühlte, ein Ausgestoßener zu sein. Ich wusste, wie anders die Leute einen behandelten.

»Das musst du ihn selbst fragen. Ich würde sie nicht als Freunde bezeichnen. Aber Hades ist nicht dumm. Im Laufe der Jahre hat er sich mit den wenigen Wesen in dieser Welt verbündet, die stärker sind als Zeus.«

»Oceanus?«, fragte ich und erinnerte mich daran, was

Skop mir über Zeus erzählt hatte, und dass er sauer war, dass der Meeresgott zurückgekehrt war.

Hekate sah mich überrascht an. »Ja. Woher weißt du das?«

»Von Skop. Oceanus ist ein Titan, richtig? So wie du?«

»Ja, außer, dass er etwa eine Trillion Mal mächtiger ist als ich. Er, Prometheus, Atlas, Nyx, Helios und ein paar andere Titanen blieben im Krieg neutral. Sie halten sich aber entweder bedeckt oder sind verschwunden. Zeus verachtet die Titanen. Aber Oceanus ist vor Kurzem zurückgekehrt.«

»Wieso hat er dann nicht das Meer von Poseidon zurückerobert?«

»So leicht geht es nicht«, sagte Hekate und begann den Tunnel hinab zu schreiten. Ich folgte ihr. »Poseidon herrscht über dieses Reich, nicht über alle Meere. Sicher, er hat Macht über das Wasser, aber er besitzt es nicht. Das Reich des Hephaistos liegt auch unter dem Meer und besteht aus riesigen vulkanischen Schmieden.«

»Oh. Kann ein Gott mehr als ein Reich haben?«

»Interessant, dass du danach fragst«, sagte sie. »Nein.«

Ich wartete darauf, dass sie weitersprach, aber sie blieb still, das Geräusch unserer Sandalen auf dem Glastunnelboden war alles, was zu hören war.

»Was ist so interessant daran?«, fragte ich schließlich.

»Sprich mit Hades darüber. Ich bin mir sicher, dass du es besser verstehen wirst, wenn er es dir erklärt.« Ich verdrehte die Augen, aber insgeheim sehnte ich mich nach einer Ausrede mit ihm zu sprechen.

ZWÖLF

HADES

Warum war sie noch nicht hier? Das letzte Mal, als ich sie gesehen hatte, war Persephone so weiß wie der Marmor unter meinen Füßen gewesen. Das schwarze Gift dieser verfluchten Schlange war fast bis zu ihrer Hüfte hinaufgestiegen. Selbst mit der Fähigkeit, mich innerhalb von Sekunden von Ort zu Ort zu zaubern, hatte ich es nicht gewagt, sie auch nur für einen Moment zu verlassen, um das Gegenmittel zu suchen. Ich wusste nicht, wie viel Zeit sie noch hatte, bevor das Gift ihr Herz erreichte, und dann wäre es zu spät gewesen.

Bei dem Gedanken an ihren Tod breitete sich das Grauen in meiner Brust aus. Deshalb war sie weggeschickt worden! Ich hatte mir einen Teil meiner Seele herausgerissen - um sie zu beschützen. Und jetzt war sie hier und stand jeden zweiten verdammten Tag an der Schwelle des Todes.

Ich merkte, dass die Temperatur anstieg und atmete langsam durch, um mich zu beruhigen. Poseidon ging mir seit Beginn des Tribunals aus dem Weg und Zeus hatte ich noch gar nicht gesehen. Beide würden mich heute Abend reizen, da war ich mir sicher. Ich musste mein Temperament besser in den Griff bekommen. *Ich musste Persephone sehen, lebendig, leuchtend und gesund.*

Das Fest zu ihren Ehren fand im Innenhof einer wunderschön dekorierten kleinen Kuppel statt. Ein riesiger kreisförmiger Pool füllte die Mitte des hellen Backsteinbodens und Meerjungfrauen, Wasserwesen und Meeresgeister planschten, spielten und klimperten mit ihren Wimpern, um die Aufmerksamkeit der Gäste zu erregen. Nicht, dass irgendjemand die Gesichter der Meerjungfrauen angeschaut hätte; sie waren alle vollkommen nackt und es waren nicht nur ihre Wimpern, die sie geschickt einsetzten, um die Aufmerksamkeit auf sich zu ziehen. Ich beachtete sie kaum und suchte die Menge in der Kuppel noch einmal ab. Viele der niedrigeren Götter waren anwesend, redeten und lachten unter den glitzernden goldenen Lichtern und dem Blau des Ozeans.

»Sie wird bald hier sein, Hades«, hörte ich Hera in meinem Geist sagen. Ich schaute seitlich an der Reihe der Thronsessel entlang zu ihr, aber ihr Blick war auf die Menge gerichtet.

»Ich weiß«, antwortete ich unwirsch.

»Ich habe mit ihr gesprochen, weißt du. Nach dem Maskenball.« Mein Herz setzte einen Schlag aus. »Sie ist mir ein Mysterium. Zu viel von deiner grimmigen Königin liegt zu tief vergraben, um es wieder hervorholen zu können.«

Ich dachte an Persephones eigene Worte und Wut und Schmerz erfassten mich. *Ich habe mich jahrelang von anderen Menschen wie Scheiße behandeln lassen, weil ich nie stark war.* Das hatte ich ihr angetan. Sie war eine der stärksten Frauen gewesen, die ich je gekannt hatte, und ich hatte sie schutzlos und allein gelassen.

»Sie wird nicht mehr lange im Olymp sein«, sagte ich zu Hera und zwang mich meine Gefühle herunterzuschlucken. Es musste so sein. Das hatte ich schon vor sechsundzwanzig Jahren akzeptiert.

»Da wäre ich mir nicht so sicher. Stärke, die aus der Überwindung eines Traumas entsteht, ist etwas ganz anderes als blutgeborene Arroganz. Es ist wahre Stärke.«

»Was?«

»Ihre Erfahrungen als Mensch haben sie verändert. Anstatt zur Macht geboren zu sein, musste sie sich ihre verdienen. Und je mehr wir sie durchmachen lassen, desto stärker wird sie. Vielleicht sogar stärker, als sie vorher war.«

»Nein«, schnauzte ich. Doch innerlich war ich von Gefühlen von Aufregung und Angst hin und her gerissen. Stärker als sie vorher war? Hatte Poseidon recht, sie zu fürchten? Aber wenn ich mir sie mit all ihrer wahren Macht vorstelle, wie sie an meiner Seite herrscht ...

Mein Körper reagierte sofort auf diese glorreiche Vision, die ungebeten in meinem Geist aufblühte. Persephone auf dem Rosenthron, prächtig in einem ihrer kühnen schwarzen Korsettkleider, mit einer Krone aus Onyx auf dem Kopf und schwarzen Ranken, die sich aus ihren Handflächen wanden, während sie vor Macht glühte. Erregung pochte in mir.

Genau in dieser Sekunde betrat sie die Kuppel, und sie hätte nicht weniger aussehen können als die Frau, die ich mir vorgestellt hatte. Sie trug ein gelbes Kleid mit weißen Blümchen darauf und ihre Augen waren weit aufgerissen vor Ehrfurcht. Sie sah zart und jung und lebendig und unschuldig aus und... *Und ich wollte sie umso mehr.*

Ihr Blick fand mich fast sofort und ein Blitz von etwas Tieferem als Verlangen durchfuhr mich. Ich konnte es nicht mehr aushalten. All meine Entschlossenheit, ihr aus dem Weg zu gehen und sie nur aus der Ferne zu begehren, löste sich auf und innerhalb einer Sekunde stand ich vor ihr.

»Oh! Hallo«, sagte sie, und ich konnte ihrer Stimme anhören, wie nervös sie war. Hatte sie immer noch Angst vor mir?

»Hallo. Ich bin froh, dich so ... gesund zu sehen.«

»Ich habe gehört, dass ich das dir zu verdanken habe«, sagte sie. Ich konnte sehen, wie ihre Augen mein rauchiges Äußeres absuchten, und ich ließ den Rauch vor meinem Gesicht gerade lange genug verpuffen, damit sie mich sehen konnte. Etwas erwachte in ihren grünen Augen zum Leben. Ein Hauch ihrer Macht schimmerte durch. Meine Erregung begann wieder zu pochen.

»Gern geschehen«, sagte ich und die Worte klangen schroffer, als ich es beabsichtigt hatte.

»Ich, ähm«, begann sie und biss sich dann auf die Unterlippe.

Ich stöhnte fast laut auf, als meine Aufmerksamkeit auf ihren Mund gelenkt wurde.

»Ich habe vorhin mit Hekate gesprochen und sie sagte, ich sollte dich etwas fragen.«

»Okay?«

»Es ist etwas Privates.«

»Oh. Richtig.« Meine Rauchblase breitete sich um uns herum aus. Sie sah sich stirnrunzelnd um.

»Wird das nicht sehr verdächtig aussehen?«, fragte sie mich.

»Nein. Für alle anderen sieht es so aus, als würdest du mit einem übereifrigen Griffon sprechen.«

Ein Lächeln breitete sich auf ihrem Gesicht aus. »Darf ich dich bitte sehen?«

Ich ließ den Rauch, der mich vor der Welt verbarg von mir abfallen und sah, wie ihre Brust anschwoll, als sie Luft holte.

»Wieso trägst du Kleidung aus der Welt der Sterblichen und keine Toga?«, fragte sie mich.

»Es macht Zeus wütend.« Ich zuckte mit den Schultern. »Außerdem steht es mir.« Ich schenkte ihr mein verruchtestes Lächeln und sie verdrehte die Augen.

»Das denkst du.«

»Ist dir das lieber?«, fragte ich und ließ mein Hemd verschwinden. Farbe stieg ihr in die Wangen und ihre Augen weiteten sich. Und ich wusste, dass ich mir die Lust, die ich in ihnen sehen konnte, nicht nur einbildete.

»Zieh dein Hemd wieder an!«, quietschte sie. Meine Erektion war mittlerweile so angeschwollen, dass es schmerzte und ich ließ sie mein eigenes Verlangen auf meinem Gesicht sehen. Ich beschwor mein Hemd wieder herauf.

»Du hast gesagt, wir würden keinen magischen Sex mehr haben!«, schimpfte sie und ich senkte den Kopf.

»Das habe ich. Ich entschuldige mich zutiefst.«

»Lügner.«

»Worüber wolltest du mit mir sprechen?«

Ihr schönes Gesicht veränderte sich, ein ernsthafter Zug legte sich in ihren Ausdruck. »Hekate sagte etwas darüber, dass Götter nicht mehr als ein Reich haben können, und ich sollte dich danach fragen, weil du es besser erklären kannst.«

»Hekate sollte besser aufhören, dir Dinge über den Olymp zu erzählen, denn du bleibst nicht hier«, schnauzte ich.

Dieses Thema ließ die Realität der Situation wie einen Hammer auf mich einschlagen.

Schmerz flackerte über ihr Gesicht, aber sie verschränkte die Arme und hob ihr perfektes Kinn an.

»In dem Fall kann es ja nicht schaden, es mir zu sagen«, erwiderte sie.

Ich wollte ihr jedes meiner Geheimnisse erzählen. Ich würde alles dafür geben, mit ihr zu reden wie früher und jemanden zu haben, dem ich meine Probleme anvertrauen konnte. Aber es war unmöglich. Was würde es nützen?

»Sag es mir«, forderte sie, und als ich in ihr entschlossenes Gesicht blickte, versagte meine Entschlossenheit ein zweites Mal an diesem Abend.

»Gut. Zeus bestraft mich, weil ich ein dreizehntes Reich erschaffen und es mit neuem Leben gefüllt habe. Es gelang mir, es eine Weile vor den anderen Göttern verborgen zu halten, aber schließlich fanden sie es heraus. Zeus zerstörte jedes Lebewesen darin, als er es fand.« Ich war mir bewusst, dass meine Stimme vor Wut hart geworden war, als ich den letzten Satz herausbrachte.

Entsetzen erfüllte ihre Augen. »Warum?«

»Um mich zu bestrafen. Aber er hat es vermasselt. Ich war in der Lage, eine der Kreaturen zu verstecken, die ich erschaffen hatte. Eine Meereskreatur, die sich als unglaublich mächtig herausstellte. Und wenn ein Reich einmal erschaffen ist, kann es nicht zerstört werden. Also gab ich es Oceanus, bevor Zeus sich überlegen konnte, was er damit machen wollte. Oceanus ist eines der wenigen Wesen, mit denen er sich nicht anlegen kann.« Ich erinnerte mich an die Wut im Gesicht meines Bruders, als er dem Vorschlag zugestimmt hatte. Er hatte keine andere Wahl gehabt. Und für eine kurze Zeit hatte ich gedacht, ich hätte gewonnen.

Bis ich sie gesehen hatte, wie sie da in meinem Thronsaal stand. Gleich am nächsten Tag hatte Zeus die Hades Tribunale angekündigt, da er wusste, wie wenig ich noch einmal heiraten wollte. Der letzte Akt seiner Rache für mein Vergehen war es, dich zu finden und hierher zurückzubringen. In dem Wissen, dass ich dich entweder ein weiteres Mal verlieren oder als Mensch sterben sehen würde.«

»Was für ein verdammtes Arschloch«, hauchte sie, noch immer mit geweiteten Augen.

»Ja. Baron Arschloch.«

»Und was ist mit der Meereskreatur passiert, die du gerettet hast?«

»Sie lebt und steht unter dem Schutz von Oceanus. Der Rest des Olymps wird erfahren, dass es ein neues Reich gibt, wenn die Tribunale vorbei sind. Ich glaube, Zeus versucht noch immer einen Weg zu finden, das zu verhindern. Doch außer einer Kriegserklärung an Oceanus sehe ich keinen Weg, wie er das erreichen kann.«

Persephone starrte zu mir hoch, ihr Gesicht konzentriert und nachdenklich.

»Warum hast du es getan? Warum hast du seinen Zorn riskiert?«

Ich fuhr mir mit der Hand durchs Haar und überlegte. Sollte ich ihr die Wahrheit sagen?

»Nachdem ich dich verloren hatte, konnte ich mit all der Dunkelheit nicht mehr umgehen«, sagte ich leise. »Du hast Licht und Leben an diesen Ort gebracht, und ich war besessen davon, es irgendwie zu ersetzen.«

»Du hast also neues Leben geschaffen? Aus dem Nichts?« Sie starrte mich an, als sei ich verrückt.

»Ich wusste nicht, ob ich es wirklich schaffen würde. Ich habe viel Hilfe von Hekate gebraucht. Sie ist eine Titanin und viel stärker, als sie zugibt, und...« Ich hörte auf zu reden. Ich plapperte und das war keine Eigenschaft eines guten Königs. Ich richtete mich auf und versuchte, etwas meiner Würde wiederherzustellen. Doch in Persephones Augen sah ich nichts als Emotionen.

»Du hast buchstäblich Leben erschaffen, um mich zu ersetzen?«, fragte sie flüsternd.

»Ja. Das Loch, das du in meinem Herzen hinterlassen hast, ließ sich mit nichts anderem füllen.«

»Hat es funktioniert? Hat es das Loch gefüllt?«

»Nein.«

Einen Augenblick später war sie in meinen Armen, ihre Lippen auf die meinen gedrückt. Sie glühte geradezu mit verzweifeltem Verlangen. Ein Stromstoß zuckte durch meinen Körper. Die Kraft, die ich tief in mir ständig unter Kontrolle halten musste, flackerte auf. Mit den Fingern fuhr ich ihr durchs Haar, streichelte ihren Kopf und zog sie so nah an mich heran, wie es nur möglich war. Jedes Quäntchen Willenskraft verließ mich, als ihr Verlangen mich durchströmte.

»Ich brauche dich«, murmelte sie, ihre Lippen auf

meine gedrückt. Sie hob ihre Hand an meine Wange und drückte mich leicht von sich, um mir in die Augen sehen zu können. Die ihren leuchteten intensiv und ihre Pupillen waren geweitet. Ich legte eine Hand auf ihr Steißbein und drückte sie an meinen muskulösen Körper. Jeder Faser ihres Körpers schien sich anzuspannen als sie meine Erregung spürte.

»Ich brauche dich mehr«, hauchte ich. Sie lächelte schelmisch.

»Ach, wirklich?«, flüsterte sie und ließ ihre Hand zum Bund ihres Rocks sinken. Ich war so hart, dass ich anfing, mir Sorgen zu machen, dass ich nicht in der Lage sein würde, mich zurückzuhalten.

Zentimeter für Zentimeter begann sie, den langen, fließenden Stoff ihres Rocks hochzuziehen. Ich holte tief Luft, als ich sah, wie immer mehr von ihren schönen Schenkeln enthüllt wurde, und atmete ihren göttlichen Duft ein. Kurz bevor der Saum ihre Hüfte erreichte, hielt sie inne und schob sich die Hand zwischen die Beine, doch der Stoff versperrte mir die Sicht.

Oh, bei den Göttern, ich stand kurz davor zu explodieren. Ich musste sie berühren. Doch das hier war der falsche Ort. Sie war zu besonders. Das hier war zu besonders.

»Du verdienst es, angebetet zu werden«, röchelte ich. »Und das kann ich hier nicht tun. Wenn ich dich endlich berühre, will ich dich meinen Namen schreien hören. Ich will sehen, wie du kommst, immer und immer wieder.«

Ihr Gesicht errötete noch mehr und ihre Lippen teilten sich. Ich fuhr mit einer sanften Bewegung um den Rand ihres Mundes, zog ihr Gesicht dicht an meines und küsste sie wieder, tief und langsam. Sie stöhnte leise, als sie den Kuss erwiderte, und die Lust pochte schmerzhaft in mir. Ich könnte sie einfach hier und jetzt nehmen…

»Du hast recht«, sagte sie atemlos und trat von mir zurück, wobei ihr Rock wieder bis auf den Boden fiel. »Wir sollten eigentlich auf einer Party sein.«

DREIZEHN

PERSEPHONE

Ich versuchte, mich auf das zu konzentrieren, was Leute zu mir sagten, aber es war nahezu unmöglich. Eine Waldnymphe wiederholte zum fünften Mal, dass sie es super unfair fand, dass bei meinem letzten Tribunal ein falscher Edelstein dabei gewesen war und ich nickte, aber meine Gedanken waren ganz auf Hades fixiert. Er wirkte wie ein verdammter Magnet auf mich. Meine rationalen Gedanken gingen flöten, sobald ich ihn sah. Doch ich musste zugeben, dass die meisten Mädchen wohl einen Typen küssen würden, der eine ganze Welt erschaffen hatte, mit neuen Lebensformen und allem Drum und Dran, um zu versuchen, sie zu ersetzen. Es stand außer Frage, dass er mich geliebt hatte. Und es gab keinen Zweifel daran, dass die sexuelle Chemie zwischen uns immer noch vorhanden war.

»*Mein Fräulein!*«, tönte die Stimme in meinem Kopf, die ich den ganzen Abend über am dringendsten hatte hören wollen, abgesehen von der von Hades.

»Skop!« Ich drehte mich schnell um und erschreckte das Mädchen, das mit mir gesprochen hatte. Ich fiel auf die Knie und begrüßte den kleinen Hund, der durch die Menge auf mich zu hüpfte. Er blieb stehen und wedelte wie wild mit dem Schwanz.

»*Hören Sie auf, ständig fast zu sterben! Sie bringen mich noch um!*«

Ich lachte laut auf. »Das will ich auf keinen Fall. Ich werde rücksichtiger sein müssen.«

»*Das sind echte Ärsche, Ihnen keine Punkte zu geben, wissen Sie. Totale Ärsche.*«

»Finde ich auch. Aber wenigstens bin ich noch am Leben.«

»*Sie sollten wirklich noch einen Samen essen. Vielleicht würde mehr Kraft...*«

»Langsam, Hitzkopf«, sagte ich und stand wieder auf. »Meine Kraft war stark genug, um mir beide Handgelenke zu brechen. Ich brauche nicht noch mehr davon, danke auch.«

»*Wenn Sie mehr Kraft hätten, hätten Sie sich vielleicht nichts gebrochen. Oder Sie wären gleich verheilt.*«

»Lass uns jetzt nicht darüber reden«, sagte ich und bemerkte, dass das Mädchen, das mit mir gesprochen hatte, verwundert eine Augenbraue hochgezogen hatte.

»Tut mir leid«, sagte ich und lächelte sie an. »Ich muss mich gerade um meinen Hund kümmern. Es war nett, dich kennenzulernen.«

Skop folgte mir, als ich mich von ihr entfernte und die Menge nach Hekate absuchte. Ich entdeckte sie im Gespräch mit Hedone und Morpheus.

»Wo bist du eigentlich gewesen?«, fragte ich Skop.

»*Oh, ähm, die Wassernymphen im Schwimmbad haben keine Kleider an. Ich war ein bisschen abgelenkt.*«

»Hätte ich mir denken können. Du warst so froh, mich lebendig zu sehen, dass du erst eine halbe Stunde lang ein paar nackte Frauen angeglotzt hast, bevor du gekommen bist, um dich zu vergewissern, dass es mir gut geht.«

»*Ganz genau. Das ist eine ziemlich große Sache. Eine halbe Stunde Brüste ist wirklich nicht lang genug, um sie wirklich zu würdigen.*«

»Ach so.«

»*Vor allem, wenn es viele Brüste sind. In der Tat, jetzt, da ich für Ihre Sicherheit gesorgt habe, müsste ich zurück und sie noch einmal überprüfen.*«

»Nach den vielen Brüsten sehen?«, wiederholte ich.

»*Ja.*«

»Bis später dann«, seufzte ich und er trottete schwanzwedelnd in Richtung Pool davon.

»Dieser Kobaloi ist eine echte Landplage«, sagte ich, als ich meine Freunde erreichte. Morpheus lachte und Hedone warf mir einen mitfühlenden Blick zu.

»Sie sind dafür bekannt, Plagegeister zu sein. Ich hoffe, er macht dir nicht allzu viel Ärger?«

Ich fühlte mich sofort schuldig über Skop geklagt zu haben und schüttelte den Kopf.

»Nein, nein, er ist wirklich in Ordnung, solange man keine nackte Meerjungfrau ist. Ich glaube sogar, dass er sich um mich sorgt.«

»Wirklich?« Morpheus hob überrascht die Augenbrauen.

»Ja. Solange keine Brüste zwischen ihm und mir stehen, würde er sicher alles tun, um mich zu beschützen.«

»Er ist schließlich auch dein Wächter«, sagte Hekate. »Hast du mit dem Chef gesprochen?«

»Ähm, ja«, antwortete ich und versuchte mir nicht ansehen zu lassen, was vorgefallen war.

»Oh, es ist immer schön, Zeit mit dem Mann zu verbringen, den man am Ende vielleicht heiratet«, strahlte Hedone und Morpheus legte seinen Arm um ihre nackten Schultern.

Ich verbrachte die ganze Party über mit den dreien. Zwar antworte ich allen höflich, die mich ansprachen, aber ich tat mein Bestes, Minthe und den anderen Göttern aus dem Weg zu gehen. Hades verschwand immer wieder aus meinem Blickfeld. Er verblieb in seiner Rauchform und sah mich immer nur lange genug an, um mir einen Blick in seine silbernen Augen zu gewähren. Ich bedauerte bereits, das Richtige getan und unsere kurze Begegnung beendet zu haben.

Ich lauschte Hedones heiserer Stimme, die auf verschiedene Kuppeln im Ozean zeigte und mir von ihren berühmten Bewohnern oder Geschäften erzählte. Dann schwamm eine Gruppe Schildkröten direkt über uns hinweg, und ich reckte mich erfreut, als die Kleinste Purzelbäume schlug. Die Kuppel war kühl und fühlte sich stabil an. Das Material, aus dem die Kuppeln und Tunnel gefertigt waren, sah nach Glas aus, aber ich vermutete, dass es sich um etwas Mysteriöseres, Göttlicheres handelte. Die kleine Schildkröte stieß mit dem Kopf gegen die Kuppel auf der anderen Seite meiner Hand und sauste dann zurück zum Rest der Familie, die sich hatte davontreiben lassen.

»Dieser Ort ist fantastisch«, sagte ich. *Und er hätte auch Hades gehören können, wenn die Brüder von Zeus verschiedene Reiche bekommen hätten.*

»Ja, es ist einer meiner Lieblingsorte«, antwortete Hedone.

»Wo wohnst du?«, fragte ich sie.

»Im Reich der Fische, im Reich der Aphrodite.«

»Wie ist es dort?«

»Es ist ein tropisches Paradies. Es ist sehr schön. Und sehr exklusiv; nicht viele dürfen dort leben. Aber es gibt viele Partys und viele wichtige Leute besuchen es regelmäßig.«

»Das klingt toll«, sagte ich.

Hedone lachte leise. »Ich bin mir nicht sicher, ob es der richtige Ort für jemanden ist, der Partys und das Teilen seiner Partner nicht mag«, sagte sie.

»Hm«, antwortete ich. Nein. Vielleicht war das wirklich nicht so mein Ding.

So erstaunlich das Reich des Wassermannes auch war, so dankbar war ich, als Hekate uns am Ende des Abends wieder zurück in mein Zimmer brachte. Ich war erschöpft. Und in meinem Kopf schwirrte noch immer das, was mir an diesem Abend über Hades erzählt worden war. Eines der ersten Dinge, die Hekate über ihn erwähnt hatte, war, dass er anders war als die anderen Götter und dass er nicht das war, was er zu sein schien. Und sie hatte Recht gehabt.

»Skop, was hält Dionysos von Hades?«, fragte ich den Kobaloi, als ich unter die Decke kroch.

»*Dass er ein bisschen seltsam ist. Und mürrisch.*«

»Hm.«

»*Warum? Fangen Sie an, ihn zu mögen?*«

»Könnte sein.«

»*Nun, das kann keine schlechte Sache sein, wenn Sie*

ihn heiraten wollen. Obwohl mir nicht klar ist, warum Leute überhaupt heiraten wollen.«

»Die Begrenzung auf ein Paar Brüste ist nicht so deins?«

»Nö. Definitiv nicht. Unbegrenzte Brüste. Auf jeden Fall.«

Ich hatte nie viel über die Ehe nachgedacht. Ich war nie eines der Mädchen gewesen, die schon im Alter von zehn Jahren ihren Hochzeitstag vor Augen hatte und auch als Teenager oder gar als Erwachsene habe ich mir nie viele Gedanken darüber gemacht. Ich war noch nie in einer ernsthaften Beziehung gewesen, weil ich die Gesellschaft der Männer, mit denen ich ausgegangen war, nicht interessant genug fand, um sie ständig sehen zu wollen. Mein Bruder sagte, ich sei zu wählerisch und das solle auch so bleiben. Er wollte nur das Beste für seine kleine Schwester. Ich fragte mich, was Sam von dem König der Unterwelt als meinem zukünftigen Partner halten würde, und der Gedanke an seinen Gesichtsausdruck, wenn er Hades jemals sehen würde, ließ ein bittersüßes Lächeln auf meinen Lippen zucken.

War der Grund, warum ich mich noch nie für jemanden interessiert hatte, dass ich für Hades bestimmt war? Die Leidenschaft, die ich für ihn empfand, war so intensiv, so etwas hatte ich noch nie in meinem Leben gefühlt. *Seelenverwandt. Füreinander bestimmt. Gebunden.* Wenn ich zurück nach New York ginge, wäre ich dann dazu bestimmt, den Rest meines Lebens allein zu verbringen? Oder mit jemandem, der mir nie das Gefühl geben würde, das Hades mir gab?

Oder war das alles nur Lust? Wenn wir unseren

Gefühlen nachgaben und uns alles von der Seele redeten, würde dann die Realität wieder über uns einstürzen und nichts als Tod, Dunkelheit und Geheimnisse zurücklassen?

Ich stieß einen langen Atemzug aus. *Ich musste die Tribunale verlieren, am Leben bleiben und nach Hause kommen.* Das war der Plan und ich musste mich daran halten.

Trotz der Tatsache, dass ein umwerfend schöner Gott mich anbeten wollte.

Feuer. Überall Feuer. Und Schmerz. Jemand hatte seine Hand um meine Kehle gelegt... Ich blinzelte und versuchte, den Kopf zu drehen, und erkannte erschrocken, dass es der Mann war, dessen Frau ich getötet hatte. Seine Augen glühten wild vor Wahnsinn und mein Körper verkrampfte sich vor Schmerz. Aber ich hob meine Hand, *Faesforos* war bereit zuzuschlagen. Ich würde ihn töten.

»Nein«, versuchte ich zu stöhnen, doch kein Laut drang über meine Lippen. Ich bemühte mich, meine Handgelenke zurückzuhalten. Ich verdiente den Tod für das, was ich getan hatte. Sollte er mich doch umbringen. Sollte er mir doch das Leben nehmen, im Tausch für das seiner Frau. Der Dolch bewegte sich unaufhaltsam auf ihn zu und mir drehte sich der Magen um, als ich spürte, wie die Spitze sein Fleisch durchbohrte und dann zwischen seinen Rippen versank.

Ich erwachte mit einem Schrei, schnappte nach Luft und hatte für einen kurzen Moment keine Ahnung, wo ich war.

»*Mein Fräulein?*« Skop stand vor dem Bett und ich starrte ihn an. Mein Puls raste und Schweiß lief mir über Nacken und Rücken. »*Mein Fräulein, was ist passiert?*«

»Ein Albtraum«, flüsterte ich und schmeckte Blut auf der Zunge. »Nur ein Albtraum.«

Ich war bereit gewesen, diesen Mann zu töten. Und nicht nur im Traum, sondern im wahren Leben. In jener Nacht im Ballsaal. Mein Körper hatte ohne Zutun meines Kopfes reagiert, mein Überlebenswille war stärker als meine Abscheu vor dem, was getan werden musste.

Die Götter hatten recht mich zu fürchten. In mir steckte ein Monster, das Töten würde, um am Leben zu bleiben.

Mir war schlecht.

Du hast getan, was jeder getan hätte, versuchte ich mir einzureden und wünschte, ich könnte aus meiner Haut fahren.

An Schlaf war nicht mehr zu denken. Mein Herz hämmerte mir in der Brust und das Gefühl der Klinge, die in den Mann eindrang, fühlte sich immer noch zu real an. Ich stapfte ins Bad, drehte das Wasser in der Dusche auf und ließ es so heiß laufen, wie ich es nur ertragen konnte.

Aber es half nicht. Wasser konnte nicht wegwaschen, was ich diesem Mann angetan hatte. Ich hatte sein Leben vielleicht nicht mit meinen eigenen Händen ausgelöscht, aber ich war dazu bereit gewesen, es zu tun. Und ich war diejenige, die den Tod verdient hatte, wenn ich wirklich seine Frau getötet hatte; nicht er.

Der Wunsch zu hören, dass es nicht meine Schuld

war, von meiner Schuld freigesprochen zu werden, ließ mich an den Atlasgarten denken. Ich musste mit der Stimme sprechen. Ich musste hören, dass es nicht mein Verschulden war.

»*Geht es Ihnen gut?*«, fragte Skop, als ich aus dem Badezimmer zurückkehrte und zu meinem Bett marschierte.

»Ich lege mich wieder schlafen«, sagte ich entschlossen, zog die Bettdecke zurück und kletterte ins Bett.

»*Ähm, ja, gute Idee*«, sagte er und sprang neben mir auf die Decke. Doch anstatt sich im Kreis zu drehen und dann auf die Seite zu fallen, wie er es normalerweise tat, legte er den Kopf wachsam auf die Vorderpfoten.

»Mir geht's gut, Skop«, sagte ich. »Ich bin nur verwirrt.«

Es dauerte gefühlt Stunden, bis ich wieder einschlief. Meine Gedanken zogen mich immer wieder zu Dingen, die ich nicht verstand, oder über die ich nicht genug Informationen hatte, um sie zu verstehen.

Aber schließlich hörte ich das Vogelzwitschern und das leise Wasserplätschern und der wunderschöne Garten materialisierte sich um mich herum. Eine Welle der Erleichterung überkam mich, die Schuldgefühle und Angst fielen augenblicklich von mir ab. Ich ging auf den Brunnen zu und sah, dass Hunderte von Schmetterlingen auf den steinernen Ringen saßen, die die riesige Last des Atlas bildeten.

»Sie sind atemberaubend«, murmelte ich, als ich näher kam.

»*Sie sind mehr, als sie zu sein scheinen*«, antwortete die Stimme.

»Ja. Ich kann mir vorstellen, dass sie es sind. Alles ist das hier.«

Die Stimme gluckste. »*Du lernst schnell, Persephone.*«

»Ich bin wütend«, sagte ich und setzte mich auf den Rand des Brunnens.

»*Ja.*«

»Ich muss wissen, ob ich hätte sterben sollen, anstatt des Mannes, der mich angegriffen hat.«

»*Kleine Göttin, du bist nicht schuld an den Ereignissen in deinem Leben. Du kannst dich auch nicht dafür bestrafen, dass du dein eigenes Leben verteidigt hast. Du hast innere Stärke. Du bist stärker, als du es dir selbst erlaubst zu sein. Und das ist nicht falsch oder schlecht.*«

»Aber ich wusste nicht, dass ich jemanden umbringen könnte. Ich will nicht in der Lage sein, jemanden zu töten.«

»*Die Regeln im Olymp sind nicht dieselben wie in der Welt der Sterblichen. Man darf nicht denselben Maßstab anwenden.*«

»Tod ist doch aber Tod, egal wo man ist.«

Eine längere Pause entstand und ich strich sachte über die Wasseroberfläche. Die Schmetterlinge flogen wie zu einem einzigen Organismus vereint in die Luft. Ich bewunderte die Masse an Farben und wie hypnotisiert sah ich zu, wie ihre winzigen Flügel schlugen.

»*Der einzige Weg, etwas über deine Vergangenheit herauszufinden und dich mit deiner Zukunft zu versöhnen, ist deine Erinnerungen zurückzugewinnen.*«

»Aber wie? Hades will es mir nicht sagen.«

»*Der Fluss Lethe.*«

»Wo ist er?«

»*Ich weiß es nicht, aber wenn du deine Kräfte wieder-*

hast, wirst du ihn finden können. Warum hast du noch keinen weiteren Samen gegessen?«

»Die Reben haben mich erschreckt«, gab ich zu und sah mich in dem ruhigen Garten um. Die Sonnenblumen wiegten sich in der Brise.

»Beim nächsten Mal wirst du weniger Angst haben. Und die Leute um dich herum werden dir beibringen, wie du deine Kräfte kontrollieren kannst.«

»Beim letzten Mal hast du gesagt, ich solle den Menschen um mich herum nicht trauen.«

»Das darfst du auch nicht. Aber du kannst von ihnen lernen.«

Ich nickte. »Okay.«

»Danke, dass du mich besucht hast, kleine Göttin«, sagte er, und der Garten verschwand.

VIERZEHN

PERSEPHONE

»Ich weiß ehrlich nicht, worauf du so lange gewartet hast«, sagte Hekate und starrte den Granatapfelkern in meiner Hand an.

Als sie am Morgen an meine Tür geklopft hatte, hatte ich sie gebeten, bei mir zu bleiben, während ich den nächsten Samen aß. Nur für den Fall der Fälle.

»Ich sagte doch, ich wollte mich nicht überwältigen«, sagte ich.

Sie verdrehte die Augen. »Wie auch immer. Iss den Samen einfach.«

»Und du wirst verhindern, dass meine Kraft irgendetwas Verrücktes tut? Dass ich die Kontrolle verliere?«, fragte ich und schaute ihr ernsthaft ins Gesicht.

»Ja, ja, ich habe dir bereits gesagt, dass ich dafür sorgen werde, dass du nichts Verrücktes anstellst«, lachte sie.

»Nun gut.«

. . .

Ich holte tief Luft und betrachtete den kleinen Samen. Die Reben hatten mir im Reich des Wassermannes geholfen. Ohne sie wäre ich wahrscheinlich gestorben. Und das Gefühl, als sie im Gewächshaus grün geworden waren... Wenn man mir beibringen konnte, wie ich meine Kräfte richtig und sicher einsetzen konnte, dann waren sie vielleicht das, was ich brauchte, um die nächsten fünf Tribunale zu überleben. *Und um den Fluss Lethe zu finden und meine Erinnerungen zurückzubekommen.*

Bevor ich es mir ausreden konnte, steckte ich mir den Samen in den Mund. Letztes Mal war ich zu verzweifelt und voller Schmerzen gewesen, um den Geschmack wahrzunehmen, aber dieses Mal... Er war süß und absolut köstlich.

»Mmmm«, murmelte ich.

»Fühlst du dich irgendwie anders? Als ob du Sachen in die Luft jagen willst?« Hekates Augen glänzten vor Erregung.

Ich schluckte. »Nein.« Außer einem ganz leichten Kribbeln spürte ich nichts.

Hekates Miene verwandelte sich in Enttäuschung. »Schade.«

»Ich mache mir Sorgen um dich«, sagte ich.

»Wahrscheinlich berechtigt.«

Ich seufzte und sah mich in meinem Schlafzimmer um. Ich fühlte mich unruhig und nervös. Ich hatte zwar nicht wirklich mit einen Energieschub gerechnet, aber jetzt fühlte ich mich gleichzeitig erleichtert und frustriert.

»Ich habe genug von diesem Zimmer, können wir woanders hingehen? Wie wäre es mit einer Tour durch die Unterwelt?«

»Das geht nicht, leider.«

»Warum nicht? Wenn ich hier leben will, sollte ich mehr darüber wissen.«

»Stimmt, aber du darfst erst in Runde 3 raus.«

Ich runzelte die Stirn. »War ja klar. Wenn das so ist, dann gehe ich in den Wintergarten.«

»Okay, aber vergiss nicht, dass heute Abend das nächste Tribunal angekündigt wird.«

»Wie zum Teufel sollte ich das vergessen?«, sagte ich und öffnete die Schlafzimmertür. Schrecken hatte sich auf Hekates Gesicht gelegt und ich sah sie stirnrunzelnd an. Sie starrte zu meinen Füßen hinunter und ich folgte ihrem Blick.

Ein eiskalter Schauer lief mir über den Rücken. Vor mir lag eine Kinderpuppe auf dem Boden. Sie war verkohlt und verbrannt und an ihrer Vorderseite steckte ein Zettel. Das darauf geschriebene Wort war unverkennbar: Mörderin.

Hekate war in Sekundenschnelle an meiner Seite. Ihre Augäpfel wurden weiß. Ich spürte, wie mein Herz laut zu klopfen begann, Angst und Abscheu krochen mir die Kehle hinauf.

»Die Puppe ist weder magisch noch gefährlich«, sagte sie und Skop erschien an meiner anderen Seite.

»Es ist... Es ist eine Botschaft«, flüsterte ich.

»*Es ist krank*«, sagte Skop. Seine sonst so fröhliche Stimme klang jetzt angespannt.

»Habe ich ein Kind getötet?« Ich sah Hekate an und konnte nicht verhindern, dass mir heiße Tränen in den Augen brannten. »Bitte, bitte sag mir, dass ich kein Kind getötet habe.« Der Gedanke war mir völlig unerträglich. Meine Gedanken überschlugen sich.

»Natürlich hast du das nicht. Jemand will dir nur Angst einjagen, das ist alles«, antwortete Hekate, ihr

Gesicht war so wütend, wie ich es noch nie gesehen hatte.

»Wer?«

»Ich weiß es nicht. Aber Hades muss davon erfahren. Bleib in deinem Zimmer«, sagte sie und griff nach der Puppe.

Bilder blitzten in meinem Kopf auf. Bilder aus Träumen, die ich mein ganzes Leben lang hatte. Um mich herum brennende Leichen; Männer, Frauen und Kinder gleichermaßen.

»Skop, bewach die Tür«, sagte Hekate. Dann schlug sie sie zu und verschwand mit der fürchterlichen Puppe.

»Was, wenn ich das verdient habe? Was, wenn ich eine Mörderin bin?«

»*Mein Fräulein, ich kenne Sie noch nicht so lange, aber ich bezweifle das ernsthaft.*«

»Du hast mich damals nicht gekannt, als ich noch mit einem Gott verheiratet war, der Menschen in Stücke reißt, und Zeit mit Irren verbrachte, die zum Spaß Leute foltern. Sie haben sogar versucht, dich in verdammtem Sand zu ertränken, zu ihrer Unterhaltung! Und ich war mal Teil von ihnen!« Tränen liefen mir über das Gesicht und meine Stimme wurde immer lauter. Skop blickte mich von der verschlossenen Tür aus an.

»*Das Leben im Olymp ist gefährlich. Jeder, der hier geboren ist, akzeptiert das. Wenn man mit dem Feuer spielt, verbrennt man sich schon mal. Ich kannte das Risiko, das ich einging, als ich den Job, Sie zu beschützen, angenommen habe. Und Sie müssen akzeptieren, nicht mehr diejenige zu sein, die Sie einmal waren. Was zählt, ist die Gegenwart.*«

»Wie kann ich akzeptieren, was vorgefallen ist, wenn man mir so etwas vor meine verdammte Tür legt?« Eine schwarze Ranke brach aus meiner Handfläche hervor und krachte mit der Kraft eines Güterzuges gegen die besagte Tür. Das Holz zersplitterte. Ich schrie und Skop sprang aus dem Weg. Die Ranke peitschte durch die Luft.

Eine Wand aus schwarzem Rauch baute sich vor mir auf und die Ranke wurde abrupt langsamer, als bewege sie sich durch Sirup.

»Bring deine Ranken unter Kontrolle, Persephone«, sagte Hades laut.

Doch Wut und Angst hatten sich in mir angestaut und ich konnte nicht mehr klar denken.

»Sag mir nicht, was ich tun soll!«, brüllte ich und zog an der Ranke. Der Rauch hielt sie fest, und in einem Anflug von Wut, zog ich noch fester.

»Hört auf, mit mir zu spielen, verdammt! Ihr alle!«

Hades trat aus dem Rauch hervor und sah mir in die Augen. Meine Wut brach zusammen und er schloss seine Hand langsam um die gefangene Ranke. Sofort begannen sich schwarze Linien von der Ranke aus über seine Haut auszubreiten. Sie schlängelten sich um seine Finger, dann um den Rest seiner Hand. Ich sah mit offenem Mund zu, wie sie vor mir aufblühten. Winzige schwarze Blätter erschienen wie Tattoos auf seiner Haut. Nun verschwanden sie unter dem Ärmel seines Hemdes.

Eine neue Energie begann durch mich meinen Körper zu pochen. Sie fühlte sich dunkel und stark und köstlich kraftvoll an.

»Was machst du da?«, flüsterte ich. Das Gefühl war wundervoll, aber ein Teil von mir wusste, dass es falsch war.

»Ich tue gar nichts. Du tust das.« Mit seiner anderen Hand knöpfte er sich das Hemd auf und enthüllte die schwarzen Ranken, die sich nun über seine Brust ausbreiteten und sich um seine harten Muskeln schlangen. »Wenn sie mein Herz erreichen, werden sie versuchen, mir meine Kraft zu nehmen.«

Ich zuckte bei seinen Worten zurück und die Ranken verschwanden augenblicklich von meiner Handfläche. Das glückselige, mächtige Gefühl ebbte ab und die Tätowierungen, die sich über Hades Körper schlängelten, verblassten ebenso schnell.

»Deine Kraft nehmen?« Mein Atem war flach und mir war schwindelig.

»Ja. Das würdest du nie können, denn ich bin zu stark und meine Macht ist zu gut bewacht.«

»War es das, was dieses Gefühl war? Deine Kraft?«

»Meine Verteidigungskraft, ja. Du hast dich schon wieder überanstrengt. Du musst dich setzen.«

Ich wollte mich wehren, aber meine Beine fühlten sich wie Gummi an. Ich war schon zweimal ohnmächtig geworden, weil ich meine Kräfte benutzt hatte, und ich war nicht so dumm, Widerstand zu leisten. Ich stolperte rückwärts, bis ich mein Bett hinter mir spürte, und setzte mich. Hades schnippte mit dem Finger, ohne den Blick von mir abzuwenden, und eine neue Tür erschien hinter ihm, anstelle der zerbrochenen.

»Warum hat meine Ranke versucht, deine Kraft zu stehlen?«

»Alle Götter haben Waffen, Persephone. Das ist deine.« Er kam langsam auf mich zu, schnippte wieder mit dem Finger und ein Kelch erschien in seiner Hand. Er bot ihn mir an und ich nahm ihn mit zitternden Händen entgegen. Ohne einen Blick hineinzuwerfen, schluckte ich das Getränk hinunter. Die Trägheit wich mir langsam aus den müden Gliedern. Es war der köstliche Wein, den auch Hekate mir gegeben hatte.

Hades setzte sich neben mich auf das Bett. »Wir alle haben unterschiedliche Kräfte. Deine schwarzen Ranken sind aggressiv. Aber du hast auch andere Kräfte. Wie die grünen Ranken, mit denen du Dingen Leben geben kannst.«

Ich starrte ihn an. Verworrene Emotionen brodelten noch immer in mir.

»Das blaue Licht um dich herum, als du den Mann getötet hast. Das, das sich in Leichen verwandelte...«

Er nickte. »Das ist meine aggressive Kraft. Ich ziehe sie aus den Toten.«

Ich erschauderte. Es klang wie etwas aus einem Horrorfilm.

»Wer hat mir diese Puppe an die Tür gelegt?«

»Ich weiß es noch nicht. Aber ich werde es herausfinden.« Sein Kiefer spannte sich an und seine Augen funkelten wild.

»Ist die Notiz darauf wahr? War ich eine Mörderin?«

»Nein, Persephone.«

»Aber ich habe auf diesen Mann eingestochen.«

»Er hat dich fast erwürgt. Jeder hätte genauso reagiert, wie du es getan hast. In dieser Welt und in deiner Welt auch.«

»Nicht, wenn sie es verdient hätten, zu sterben.«

Hitze brannte um mich herum und Hades Augen wechselten die Farbe von Silber zu elektrischem Blau.

»Wage es ja nicht, so etwas zu sagen, Persephone. Dieses Drecksstück, das versucht hat, dich zu töten, und seine Freunde sind meine Feinde, nicht deine. Wieder einmal musst du für meine Missetaten leiden. Es tut mir leid.«

Bei seinen Worten blühte die Hoffnung in mir auf. Konnte das wahr sein? Ich trank den Rest des Weins und versuchte, meine chaotischen Gedanken zu ordnen und meinen rasenden Puls zu verlangsamen. Hades würde denjenigen finden, der mir die Puppe dagelassen hatte. Und die Stimme im Garten hatte mir einen vagen Plan dargelegt, wie ich meine Erinnerungen zurückbekommen konnte. Im Moment waren meine dringendsten Probleme diese verdammten Reben.

»Du sagtest, du würdest mir beibringen, meine Magie zu kontrollieren«, erinnerte ich ihn und reichte ihm den Kelch. Seine Augen nahmen wieder ihre normale Farbe an und die Temperatur im Raum sank wieder.

»Ja. Und ich werde dich lehren zu kämpfen. Und zwar sofort.«

»Jetzt sofort?«

»Allerdings.«

FÜNFZEHN

PERSEPHONE

»Wie kommt es eigentlich, dass du immer dann auftauchst, wenn ich dich brauche?«, fragte ich und ging neben Hades die mit blauen Fackeln beleuchteten Korridore entlang. Ich hatte darauf bestanden, zu Fuß zu dem Trainingsraum zu gehen. Ich fühlte mich klein, seine breiten Schultern füllten den Raum aus.

Er war so viel größer als ich. Aber ich fühlte mich eher sicher, als dass ich eingeschüchtert war.

»Ich habe dir doch schon gesagt, dass deine Kraft wie ein Leuchtfeuer für mich ist.«

»Wie sieht sie aus?« Er sah mich von der Seite an.

»Grünes Licht.«

»Du und Hekate, ihr leuchtet beide blau«, sagte ich.

»Ja. Meistens jedenfalls. Das ist die Farbe, die ich für die Macht der Unterwelt gewählt habe.«

»Wer hat dann die Farbe Grün für mich gewählt?«

»Deine Mutter. Sie hat die Farbe Grün für alle Naturkräfte ausgewählt.«

Meine Schritte gerieten ins Stocken. *Meine Mutter.*

»Aber ich habe doch schon Eltern. Zu Hause.« Die

Worte kamen mir nur langsam über die Lippen und Hades blieb stehen und drehte sich zu mir um.

»Ich weiß. Aber davor... Davor hattest du hier eine Mutter. Die Göttin der Ernte«, sagte er sanft.

»Demeter?«, fragte ich zögerlich und erinnerte mich an die Mythologien, die ich gelesen hatte.

»Ja.«

»Wo... Und wo ist sie jetzt?«

»Sie wurde seit kurz nach deiner Geburt nicht mehr im Olymp gesehen.«

»Oh. Und wer war mein Vater?«

»Das weiß niemand.«

Zu der langen Liste von Dingen, die ich nicht richtig verarbeiten konnte, kam nun die Tatsache hinzu, dass meine Eltern nicht wirklich meine Eltern waren. Ich hätte erwartet, Traurigkeit oder Wut zu empfinden, aber stattdessen war alles, was ich fühlte, eine Art hohle Gleichgültigkeit. Ein unbewusster Teil von mir schien bereits erwartet zu haben, dass ich eine Familie im Olymp hatte, als ich akzeptierte, dass dieser Ort real war. Ich hatte nur noch nicht bewusst darüber nachgedacht oder mir erlaubt, es überhaupt in Betracht zu ziehen. Was für einen Unterschied machte es schon für mich? Meine wirkliche Familie war sicher und wohlbehalten in New York und auf keinen Fall würde ich je akzeptieren, dass jemand anderes als meine Eltern oder mein Bruder meine Familie sein könnte. Vielleicht wurde ich woanders geboren, aber das war nichts weiter als Biologie.

»Wer hat mich aufgezogen, nachdem meine Mutter und mein Vater verschwunden sind?«, fragte ich Hades.

»Holz- und Waldnymphen. Im Reich des Stiers.«

»Des Stiers? Wessen Reich ist das?«

»*Dionysos*«, antwortete Skop in meinem Kopf und

Hades sprach den Namen des Weingottes laut aus. Ich schaute auf den kleinen Hund hinunter.

»Bist du deshalb hier? Hat Dionysos mir deshalb freiwillig eine Wache zur Verfügung gestellt?«

Skop wedelte mit dem Schwanz.

»Es hat übrigens Jahre gedauert, bis du mir davon erzählt hast«, sagte Hades und setzte seinen Weg fort. »Ich glaube nicht, dass du es je jemand anderem anvertraut hast. Du bist einfach eines Tages auf einer von Aphrodites Partys aufgetaucht und hast dich als Demeters Tochter und Göttin des Frühlings vorgestellt. Und du hast unverschämt gut ausgesehen.«

»Ernsthaft?« Ich beeilte mich, ihn einzuholen und meine Augen von seinem Hintern loszureißen, an den sich mein Blick unweigerlich geheftet hatte.

»Jep. Ich wusste sofort, dass du keine normale Göttin warst.«

»Wie lange waren wir verheiratet?«

Er machte eine Pause, bevor er antwortete. »Vier Jahre.«

»Das ist nicht lang für einen unsterblichen Gott«, sagte ich langsam.

»Nein. Ist es nicht.« Er strahlte eine Traurigkeit aus, die ich körperlich spüren konnte, als wären wir miteinander verdrahtet. Ich versuchte, etwas Tröstliches zu sagen, aber ich nichts kam mir in den Sinn.

Wir gingen den Rest des Weges zum Trainingsraum schweigend nebeneinanderher. Hades hielt die Tür für mich auf, als wir dort ankamen.

»Dir ist klar, dass ich dich wütend machen muss, damit wir trainieren können?«

»Wütend ist in Ordnung. Aber versuch mich nicht

wieder zu Tode zu erschrecken«, sagte ich und stellte mich auf die Trainingsmatten.

»Keine Sorge«, sagte er leise. »Wie ich dir schon gesagt habe, haben wir alle unsere Kräfte. Eine von meinen ist es, Leute ihre schlimmsten Ängste spüren zu lassen. Ich habe sogar einen Hund, der dieselbe Kraft hat.«

»Du hast einen Hund?« Ich drehte mich um und starrte ihn an.

»Ja. Mehrere sogar, um genau zu sein. Aber Kerberos ist der Wichtigste.«

»Moment. Ist das nicht der mit drei Köpfen?«

Hades nickte. »Ich nehme an, er existiert in eurer menschlichen Mythologie?«

»Ja, und er ist ziemlich furchterregend.«

»Er ist ungefähr so furchterregend wie ich«, kicherte Hades und krempelte sich die Ärmel hoch.

Ich neigte den Kopf. »Dir ist schon klar, dass das ziemlich furchterregend ist, oder?«

Sein schönes Gesicht wurde ernst, als das Lächeln verschwand. »Ja. Das weiß ich. Aber nicht alle meine Kräfte drehen sich um Angst.« Er hielt die Hand in die Höhe, die Handfläche war mir zugewandt. »Gib mir deinen Dolch.«

Ich zog *Faesforos* aus seiner Scheide an meinem Oberschenkel und zögerte, bevor ich ihn an Hades reichte. In Windeseile hatte er das Messer genommen und die Klinge quer über seine erhobene Handfläche gezogen. Ich keuchte auf. Goldenes Blut lief ihm aus der Wunde den Unterarm hinunter.

»Was machst du?«

»Götterblut wird Ichor genannt. Und ist golden. Aber

das ist nicht das, was ich dir zeigen wollte.« Der Schnitt begann silbern zu glühen und nahm die Farbe seiner Augen an. Dann zog sich die Haut wieder zusammen und versiegelte die Wunde. »Heilung ist etwas, das du lernen musst, wenn die Tribunale gefährlicher werden. Dein Körper wird einen Teil der Arbeit erledigen, wenn du dich ausruhst, aber du musst lernen, dich sofort zu heilen.«

»Welche anderen Arten von Magie gibt es?«

»Viele verschiedene Arten. Eine Macht kennst du bereits und magst sie nicht besonders; die Macht, die uns von Ort zu Ort transportiert. Nur sehr mächtige Götter verfügen über diese Fähigkeit. Die Macht über Lust und Liebe sind weit verbreitete Gaben. Ebenso wie die Macht, andere wütend zu machen.«

»Welche Kräfte habe ich?«

»Deine schwarzen Ranken schützen dich sowohl durch ihren physischen Einsatz als auch durch ihre Fähigkeit, anderen die Kraft zu entziehen. Deine grünen Ranken lassen Dinge wachsen und geben der Natur Kraft. Deine...« Er brach ab, seine Augen legten sich auf meine. »Es lohnt sich wahrscheinlich nicht darauf einzugehen, bevor wir nicht wissen, ob du diese spezielle Kraft überhaupt wiedererlangt hast.«

Ich spürte, wie meine Augenbrauen sich zusammenzogen. »Was? Welche besondere Kraft?«

Hades gesamter Körper hatte sich versteift. »Wir werden darauf eingehen, wenn es sich ergibt«, wiederholte er mit strenger Stimme.

Empörung stieg wie eine Flutwelle in mir auf. »Ich bin kein Kind«, schnauzte ich.

Ein gefährlicher Funke flackerte in seinen Augen auf. »Ich bin dein König«, antwortete er mit kalter und harter

Stimme. »Du wirst tun, was dir befohlen wird.« Schwarzer Rauch begann um ihn herum zu flackern.

Ich wusste nicht, ob er mich absichtlich anstachelte, um meine Kraft hervor zu kitzeln, oder ob er wirklich ein Arschloch war. So oder so brauchte ich nicht mehr als diesen Auslöser.

»Fick dich«, antwortete ich und hob meine Handflächen, um die schwarzen Ranken hervor zu bringen. Sie brachen aus meinen Händen heraus und ich fühlte eine Welle der Freude, als sie genau dorthin zielten, wo ich sie haben wollte.

Hades wich ihnen nicht aus und sie begannen sich sofort um seine Schultern zu wickeln. Er verengte die Augen und ein Lächeln breitete sich auf seinen Lippen aus.

»Ich mag dieses Hemd und ich habe das Gefühl, dass du versuchen wirst, es zu ruinieren.« Mit einem kleinen blauen Schimmer verschwand sein Hemd und ich spürte, wie meine Lianen erschlafften, weil meine Konzentration bei dem Anblick seiner nackten Haut nachließ. Neue Gedanken, die ganz und gar nichts mit Kämpfen zu tun hatten, nahmen meine ganze Aufmerksamkeit in Anspruch.

Dann traf mich eine Welle der Macht und ich stolperte zurück. Ich zuckte mit den Handgelenken, straffte die Lianen wieder und zog an ihnen, um nicht hinzufallen.

»Bastard«, knurrte ich. »Das ist unfair.«

Seine Augen verdunkelten sich mit etwas, das definitiv Lust hätte sein können. Plötzlich erschien ein enges schwarzes T-Shirt und bedeckte seinen perfekten Körper. Ich unterdrückte einen enttäuschten Seufzer.

»Besser so?«, fragte er und eine weitere Welle der

Macht traf mich. Ich umklammerte meine Lianen fester und versuchte herauszufinden, was ich als Nächstes tun sollte.

»Viel besser«, log ich und versuchte mich daran zu erinnern, wie es sich angefühlt hatte, als die Ranken sich in Tattoos verwandelt hatten.

Damals war ich wütend und verängstigt gewesen. Ich war immer noch voller aufgestauter Frustration und Anspannung, aber wenn ich in Hades Nähe war, konnte ich auf diese Wut nicht so einfach zugreifen, denn es war hautsächlich Angst, die mich dazu brachte, die Kontrolle zu verlieren. Das Einzige, worüber ich hier die Beherrschung verlieren würde, war mein Verlangen nach ihm. Vor allem, wenn er wieder sein Hemd auszog.

Ich spürte Vorfreude in mir aufsteigen, als ich in sein unfassbar schönes Gesicht blickte und mich an seine Worte erinnerte: *»Ich will dich anbeten.«* Ich sah wie seine Augen von den Lianen, die um seine Brust gewickelt waren, zu meinen wanderten und sich überrascht weiteten.

Sein Ausdruck veränderte sich und ein räuberischer Hunger füllte sein Gesicht. Seine Lippen teilten sich und er griff mit beiden Händen nach den Lianen. Ich stolperte mit einem Schrei auf ihn zu und hielt den Atem an.

Meine Lianen hatten eine goldene Farbe angenommen. Sie glänzten und glitzerten golden.

»Ich denke, es ist an der Zeit, dass wir über deine andere Kraft sprechen«, sagte Hades. Seine Stimme war tief und leise und so voller Verlangen, dass sich mein Innerstes zusammenzog. »Deine goldenen Ranken bewirken das Gegenteil von den schwarzen. Sie teilen deine Kraft.« Er atmete schwer und zog mich langsam an sich heran.

»Was meinst du damit?«, fragte ich und tat so, als würde ich mit ihm Tauziehen, aber es war nur ein halbherziger Versuch. Die Wahrheit war, dass ich nichts mehr wollte, als an ihn herangezogen zu werden.

»Wenn deine goldenen Ranken das tun«, sagte er und drehte die Unterarme so, dass ich die goldenen Ranken-Tätowierungen sehen konnte, die auf ihnen erschienen, »kann ich fühlen, was du fühlst.«

Ich hörte auf an den Ranken zu ziehen und mein Mund fiel auf. Hitze stieg mir ins Gesicht.

»Du kannst fühlen, was ich fühle? Ist das so wie Gedankenlesen?«

»Ich kann es dir zeigen«, sagte er, kaum hörbar.

Blaues Licht begann um die goldenen Ranken zu leuchten. Es ging von seinem Körper aus und zischte an ihnen entlang in meine Richtung. Als es meine Handflächen erreichte, stöhnte ich unwillkürlich auf.

Ich konnte sein Verlangen nach mir *spüren*. Mehr noch, ich konnte es sehen. Bilder schossen mir durch den Kopf, wir beide auf dem größten Bett, das ich je gesehen hatte. Doch ich bemerkte die schönen Pfosten und schwarzen Vorhänge, die es schmückten kaum, denn - oh bei den Göttern - ich sah und fühlte das Geschehen durch seine Augen. Er sah auf mich herab, wie ich nackt vor ihm auf den Laken lag, und heilige Scheiße, ich sah eine Million Mal besser aus, als ich es in Wirklichkeit tat. Eine Reihe von Bildern begann vor mir aufzublitzen, so schnell, dass sie mir wie Wasser durch die hohle Hand liefen; ich, wie ich mich rittlings auf seinen Schoß setzte, er, wie er sein Gesicht zwischen meinen Schenkeln vergrub, ich, wie ich mich mit gespreizten Beinen vor seinem harten, pochenden Glied beugte.

»Oh Götter«, keuchte ich laut. Die Bilder hörten

abrupt auf vor meinem inneren Auge zu flackern. Ich sah ihn an und erkannte meine eigene Lust in Hades Augen wieder. »Du sagtest, keinen magischen Sex mehr!«, quengelte ich.

»Du hast angefangen!«

»Was?«

»Die hier waren das«, sagte er durch aufeinandergebissene Zähne und wedelte mit meinen goldenen Ranken. »Du bist es, die mir diese Bilder gerade schickt.«

»Was!«, schrie ich und die goldenen Ranken verschwanden augenblicklich.

Hades sackte zusammen. Er atmete hörbar tief durch, aber seine Augen schienen noch immer wild. »Warum hast du mir nicht gesagt, dass ich diese magischen Sex-Kräfte habe?«, forderte ich und versuchte erfolglos, das dringende Bedürfnis zwischen meinen Beinen zu ignorieren.

»Weil ich nicht wusste, ob sie wieder da sind oder nicht.«

Meine Augen flackerten zu seiner Leiste. Ich hatte gerade einen flüchtigen Blick auf das erhascht, was in seiner Jeans steckte und jetzt konnte ich an nichts anderes mehr denken. Ich wollte ihn nicht nur mit jeder Faser meines Körpers. Ich brauchte ihn auch. Das Pochen wurde schmerzhaft und mir wurden die Knie weich. Entweder würden wir jetzt sofort übereinander herfallen oder ich musste sofort hier weg.

»Vielleicht sollten wir das Training auf später verschieben«, stieß er hervor.

Abgrundtiefe Enttäuschung erfüllte mich. *Aber ich brauche dich doch.*

»Hekate kann dir vor dem nächsten Tribunal beibringen, dich zu heilen.«

»Okay«, sagte ich knapp.

Er sah mir ins Gesicht. »Es tut mir leid, Persephone. Wenn ich noch eine Sekunde länger hierbleibe, werde ich mich nicht mehr zurückhalten können.«

Dann verschwand er, bevor ich ihm sagen konnte, dass er das nicht musste.

HADES

Oh verdammt, bei der Liebe aller Götter, die goldenen Ranken waren zurück. Es war aus für mich. Es gab jetzt keine verdammte Möglichkeit mehr, ihr zu widerstehen, wenn sie da so grün und goldfarben leuchtete und mir jede Köstlichkeit zeigte, die sie mit mir anstellen wollte. Ich drehte die Temperatur in der Dusche noch weiter herunter, um meinen Körper mit eiskaltem Wasser zu bombardieren. Es würde nicht funktionieren - nichts würde funktionieren außer Persephone besinnungslos zu vögeln - aber ich wusste nicht, was ich sonst machen sollte. Ich würde mich mit niemand anderem erleichtern können und es mir selbst zu besorgen, hatte schon vor Jahrhunderten aufgehört zu wirken.

Es wurde immer schwieriger daran zu glauben, dass ich in der Lage sein würde, sie gehenzulassen. Wenn sie ihre ganze Kraft wiedererlangte, wenn diese goldenen Lianen am Ende in der Lage waren, mehr als nur ihr sexuelles Verlangen mit mir zu teilen...

Erinnerungen an sie wandten sich vor meinem inneren Auge, wie unsere Körper sich umschlangen und wie diese schönen Ranken mein monströses Herz mit Leben und Licht erfüllten. Ich hatte ihr gesagt, dass sie die Unterwelt verändert hatte, als sie hier gewesen war, sie heller gemacht hatte. Ich hatte ihr auch gesagt, dass ich versucht hatte, Leben zu erschaffen, um das Loch zu füllen, das ihre Abwesenheit in mir hinterlassen hatte. Aber sie konnte nicht wissen, dass sie meine einzige Chance war, den Schaden, den dieser Ort mir zugefügt hatte, wiedergut zu machen. Den Schaden, den mein Bruder mir zugefügt hatte.

Ich war nicht immer ein Monster gewesen. Für mich war es noch abstoßender, Leben zu nehmen, als für die meisten meiner Geschwister. Deshalb hielt Zeus mich für schwach und bevorzugte Poseidon. In den ersten Jahrzehnten meiner neuen Rolle hatte mich der Umgang mit den Toten traurig gemacht. Ich empfand Mitleid und Empathie für die Seelen, die in meinem Reich ankamen. Aber das war nicht auf Dauer haltbar. Als König war es meine Aufgabe, über die Schuldigen zu richten. Von mir wurde nicht erwartet, dass ich mich mit unbedeutenden Dieben oder reumütigen Ehebrechern beschäftigte, denn ich musste mich mit dem Abschaum des Olymps auseinandersetzen, mit dem Schlimmsten jeder Spezies. Tag für Tag sah und hörte ich von den zunehmenden Grausamkeiten, zu denen die Sterblichen fähig waren, und ihre oberflächlichen und egoistischen Motive. Je mehr Strafen ich für ihre unaussprechlichen Taten aussprechen musste, desto weniger kümmerte ich mich um sie.

Und als die Reiche meiner Brüder aufblühten und sie beide Ehefrauen fanden, verwandelte sich meine Traurigkeit in Bitterkeit.

Die Bestrafungen wurden zu einer Möglichkeit, meiner aufgestauten Wut Luft zu machen. Ich redete mir ein, dass diejenigen, die sie erhielten, sie verdient hatten, und ignorierte die Tatsache, dass ich es jetzt genoss, zuzusehen, wie Männer bei lebendigem Leibe gehäutet wurden oder wie das Fleisch unter ihrer Haut in Flammen stand. Ich ignorierte die Tatsache, dass die Quelle der Macht, die immer heiß in mir gebrannt hatte, immer dunkler wurde.

Je grausamer meine Bestrafungen dieser Schuldigen wurden, desto mehr Respekt schien ich von meinen Brüdern zu erhalten. Schon bald ließen sie mich in Ruhe, zufrieden damit, dass ich die Aufgabe erledigte, die Zeus mir aufgetragen hatte. Ich umgab mich mit Rauch, verbannte jeden aus meinem Reich und wurde zu einem Monster, wie es dem König der Unterwelt gebührte.

Doch dann traf ich Persephone. Irgendwie erkannte nur sie, was tief in mir begraben war. Und dieselbe lebensspendende Kraft, mit der sie Pflanzen nährte und wachsen ließ, war vier Jahre lang durch ihre schimmernden Ranken in mich geflossen und hatte Teile von mir geheilt, die ich für immer verloren geglaubt hatte.

Bis sie mir entrissen wurde.

Bevor ich wusste, was geschah, hatte ich mit der Faust gegen die Marmorwand der Dusche geschlagen. Sie brach in sich zusammen und Wasser spritzte durch den Raum.

»Verdammt noch mal!«, rief ich und stampfte mit dem Fuß auf. Die Wand setzte sich augenblicklich wieder zusammen. *Was sollte ich nur tun?* Ich war mir nicht sicher, ob ich es verkraften konnte, sie wieder zu verlieren.

Der Rest des Tages zog sich quälend langsam dahin und meine Gedanken glitten ständig zu den Bildern ab, die Persephone mir geschickt hatte.

»Chef, passen Sie auf, das ist wichtig«, sagte Hekate und riss mich aus einer intensiven Vision von Persephones weichen Lippen, die sich um die Spitze meines Schwanzes legten.

»Wie bitte, was?«, fragte ich und rutschte unbehaglich auf meinem Sitz herum. Blöde verdammte Erektion.

»Kerato sagt, er hat Neuigkeiten. Über die Fraktion der Untoten des Frühlings.« Ich setzte mich auf und war sofort hellwach.

»Ich will ihn sofort im Thronsaal sehen.«

»Mein Herr.« Der Minotaur verbeugte sich tief, als ich mit einem Blitz auf meinen Thron erschien.

»Welche Neuigkeiten hast du?«

»Wir haben jemanden gefangen genommen, von dem bekannt ist, dass er eng mit dem Angreifer verbunden ist.«

»Wo ist er jetzt?«

»*Sie* ist in den Gefängnisgruben.«

»Bringt sie zu mir.«

In mir kochte die Wut. Die Erinnerung daran, was dieser Mann meiner Königin fast angetan hatte, ließ mein Blut in meinen Adern aufwallen. Unter all dem Zorn spürte ich auch die Erregung darüber, die mit dem Wissen einherging, dass ich kurz davor war, einem Lebewesen Terror zuzufügen. Ich würde zu ihrem schlimmsten Albtraum werden und ihre ganze Welt, ihr ganzes erbärmliches Leben in meinen Händen halten.

Ich warf einen Blick auf den Rosenthron. Als Persephone neben mir gesessen hatte, war ich in der Lage gewesen, diese Erregung zu kontrollieren; sie sogar bändigen. Doch als sie weg war, war die Erregung zurückgekehrt und das Monster in mir nahm wieder die Oberhand, genährt von Angst und Tod.

Gier erzitterte in mir und meine dunkle Macht bäumte sich erwartend auf. Fünf Minuten später marschierte Kerato wieder in den Saal, eine zerlumpte Frau in Ketten hinter sich her schleifend.

»Wie heißt du?«, fragte ich. Meine Stimme zischte wie tausend Schlangen. Der Rauch, der mich umgab, war eiskalt.

»Daphne«, antwortete sie und sank vor mir auf die Knie. Ihre Stimme klang zu stark, zu trotzig. Anspannung erfasste meinen Körper.

»Du kanntest Calix?«

»Er war mein Bruder.« Sie hielt ihren Blick auf den Boden gerichtet und ihr Körper war tief über die Knie gebeugt. Schmutziges blondes Haar versteckte ihr Gesicht vollständig vor meinem Blick.

Ich hasste sie.

»Dein Bruder hat versucht, Persephone zu töten.«

»Ja.«

»Warum?«

»Sie hat seine Frau getötet.«

»Woher weißt du das?« Das war es, was ich herausfinden musste, bevor ich ihr erbärmliches Leben beendete. Das war es, was für mich keinen Sinn ergab, und was eine echte Gefahr darstellte. Niemand sollte sich an

Persephone erinnern können, außer meinen engsten Beratern und den anderen elf olympischen Göttern.

»Ich... ich weiß es einfach«, sagte sie.

Ich schickte ihr eine Rauchfahne entgegen, und meine Magie tauchte in ihren Geist ein und stellte genüsslich alles auf den Kopf, um das zu finden, was am tiefsten vergraben lag und ihr mehr Angst machte als alles andere auf der Welt.

Sie schrie auf, warf den Kopf mit vor Angst geweiteten Augen zurück. »Stopp! Bitte!«

»Sag mir, woher du von Persephone weißt.«

»Als wir sie bei den Hades Tribunalen sahen, wussten wir es plötzlich«, keuchte sie, Tränen liefen ihr über das Gesicht. »Bitte, bitte mach, dass es aufhört.«

»Woher wusstet ihr es?«

»Wir haben es gesehen. Calix und ich haben gesehen, was passiert ist, und er hat sich an seine Frau erinnert.« Ihre Haut war blass wie Schnee geworden, aber ich war zu sehr auf meine Fragen konzentriert, um mich darum zu kümmern, was sie sah.

»Was ist mit dem Rest der sogenannten Untoten des Frühlings?«

»Sie alle haben es auch gesehen, sobald sie in den Flammenschalen erschienen war. Sie alle erinnerten sich daran, wen sie verloren hatten.« Ich hatte Mühe, ihre Worte durch ihr Schluchzen hindurch zu verstehen, und ich zog meinen Rauch ein wenig zurück. Sie fiel sofort nach vorne.

»Wie viele sind es?«

»Ich habe nur zwei weitere getroffen«, würgte sie hervor.

»Ihre Namen.«

»Nicos und Lander.« Ich sah Kerato an.

»Lander war der erste Mann, den wir gefangen genommen haben. Er ist tot«, sagte der Minotaur unwirsch. Die Frau wimmerte. «Wir werden jetzt nach diesem Nicos suchen.«

»Gut. Bringt sie zurück in die Gruben, aber lasst sie am Leben. Vielleicht können wir sie noch gebrauchen.« Wenn es noch mehr von diesen Idioten gäbe, könnte sie als Köder nützlich werden.

Ich hörte das Schluchzen der Frau kaum, als Kerato sie aus dem Thronsaal schleppte. Wie hatten sich diese Leute daran erinnern können, was passiert war? Das war unmöglich ohne das Wasser

des Flusses Lethe. Und die Lage des Flusses war eines der am besten gehüteten Geheimnisse im Reich der Jungfrau. Der Gedanke, dass sich jemand aus meinem eigenen Reich gegen mich verschworen hatte ließ meinen Körper vor Wut brennen. Die farbigen Flammen an den Rändern des Raumes sprangen empor, alle blitzten zusammen im hellstem Blau auf. Ich würde jedes einzelne Mitglied der Untoten des Frühlings vernichten und dafür sorgen, dass derjenige, der dahintersteckte, eine Ewigkeit in der Hölle des Tartarus verbringen würde.

SIEBZEHN

PERSEPHONE

Eigentlich war es gut, dass Hades gegangen war, bevor etwas passiert war. Ich schüttelte den Kopf und sandte eine kleine grüne Ranke aus meiner Handfläche in die Erde des Blumenbeetes. Köstliche Energie summte durch mich hindurch und meine Haut kribbelte. Die Erinnerung an das Bild von Hades, dessen Augen dunkel lüstern glänzten, wie er zwischen meinen Beinen zu mir aufblickte, blitzte in meinen Gedanken auf. Ein Stromstoß durchfuhr mich und ich stockte als ein Spross direkt vor mir durch die Erde schoss. Ich zog meine Ranken zurück und der blassgrüne Trieb hörte auf zu wachsen.

»*Ich vermute, das kommt davon, wenn man an Loverboy denkt*«, sagte Skop.

Ich drehte mich zu ihm um, zu überrascht, um zu widersprechen. Er schüttelte seinen kleinen Hundekopf und fing wieder an, im Dreck zu wühlen. Für ein Geschöpf, das gar nicht wirklich ein Hund war, liebte er es, zu graben.

»Klopf, klopf«, ertönte Hekates Stimme aus dem Türrahmen des Wintergartens. Ich stand schnell auf.

»Hallo«, rief ich und drehte mich um. Sie schlenderte zwischen den Blumenbeeten langsam auf mich zu.

»Viel grüner sieht es hier noch nicht aus«, sagte sie und sah sich um.

»Nun, ich glaube, ich habe gerade herausgefunden, wie man Dinge schneller wachsen lassen kann«, sagte ich und deutete auf den Spross.

»Oh, was ist das?«

»Eine duftende Platterbse.«

»Schön. Die Ankündigung des nächsten Tribunals wird heute Abend über die Flammenschalen erfolgen. Es wird also keine imposanten Zeremonien oder Herumkasperei geben.«

Ich versuchte, meine Gefühle nicht auf mein Gesicht zu projizieren, doch ich musste versagt haben, denn Hekate sah mich stirnrunzelnd an. »Ich dachte, du würdest dich freuen? Du sagst doch immer, du hasst diese Veranstaltungen.«

Aber dann würde ich ihn heute Abend nicht mehr sehen können.

»Oh, ja, ich wollte nur...« Ich rang nach Worten, aber erst sah Hekate Skop streng an, und dann mich. Langsam breitete sich ein Lächeln auf ihrem Gesicht aus.

»Du hast gehofft, heute Abend Hades zu sehen«, sagte sie freudig.

»Skop! Du Verräter!«

»*Ich habe ihr nichts gesagt*«, sagte er, ohne mich anzuschauen.

»Als ob.«

»Sie ist praktisch seine beste Freundin. Sie wird sowieso bald wissen, dass ihr zwei rummacht.«

»Wir machen nicht rum!«

»Warum versteckt er dann dich oder mich buchstäblich jedes Mal in einer Rauchwolke, wenn er mit dir zusammen ist?«

»Privatsphäre vor perversen Zwergen«, sagte ich und mein Gesicht brannte.

»Weil ihr bumst.«

»Wir bumsen nicht!« Mein Protest war so enthusiastisch, dass ich die Worte versehentlich laut aussprach. Hekate gab ein bellendes Lachen von sich.

»Du und ich, liebe Persy, müssen uns bei einem Gläschen Wein mal wieder unterhalten. Wie wäre es, wenn wir uns heute Abend die Ankündigung des Tribunals bei mir ansehen und ein bisschen etwas trinken? Ein echter Mädelsabend.«

»Das klingt fantastisch«, sagte ich und war selbst überrascht, wie sehr ich mich nach etwas so Normalem wie einem Mädelsabend sehnte. Das klang wirklich nach genau dem, was ich brauchte. Ein Abend mit Hekate und kein Hades weit und breit. Das war eine Chance, meinen Kopf frei zu bekommen.

Hekates Zimmer war deutlich schöner als meins, wenn auch nicht nach meinem Geschmack eingerichtet. Sie musste mich mit Magie dorthin befördern, denn ich durfte nirgendwo anders hin als in den Wintergarten und den Trainingsraum. Als das Licht sich um uns herum auflöste, sah ich ein geräumiges Wohnzimmer. Die steinernen Wände und die hohe Decke strahlten ein dämmriges Tageslicht aus, doch der Raum selbst war in einem dunklen, eleganten Stil gehalten. Der Boden war mit dunkelgrauem Teppich bedeckt und zwei schwarze Sofas im gotischen Stil, mit verschnörkelten Details über den geschwungenen Holzrahmen, dominierten den Raum. Die Wand zu meiner Rechten bestand aus einem riesigen schwarzen Bücherregal, das bis an den Rand mit in Leder gebundenen Bänden gefüllt war. An der gegenüberliegenden Wand verlief ein langer Tresen aus dunklem Holz, ebenfalls im gotischen Stil, und an der Wand darüber hing abstrakte geometrische Kunst in Hunderten von Blautönen. Die Theke war mit exotisch aussehenden Objekten bedeckt, und ich war im Inbegriff, einen glühenden Schädel in die Hand zu nehmen, als Hekate mich aufhielt.

»Fass das nicht an«, sagte sie laut und ich erstarrte.

»Okay. Warum nicht?«

»Du weckst sonst Kako auf. Und ich habe heute Abend einfach nicht den Hals für seinen Scheiß.«

»Kako?«

»Der böse Geist, der in diesem Schädel lebt.«

»Ach so«, sagte ich und sah mir den Schädel genauer an. »Natürlich wohnt ein böser Geist in deinem Wohnzimmer.«

»Ich bin eben die Göttin der Geister«, sagte sie achselzuckend und beugte sich vor, um eine der vielen Türchen unter der Theke zu öffnen.

»Gibt es noch etwas, das ich nicht anfassen sollte?«, fragte ich und schaute an den aufgereihten, glänzenden und schimmernden Gegenständen entlang. Da war eine Phiole, in der etwas Neonorangefarbenes glänzte, eine gebogene Klinge mit winzigen eingravierten Wirbeln, eine große Perle, die in dem schwachen Licht schimmerte und viele andere Dinge. Ich wollte das alles anfassen.

»Alles. Lass einfach die Finger von allem hier.«

Ich verzog das Gesicht und trat von der Theke zurück. Die hintere Wand des Raumes fehlte, an ihrer Stelle war ein großer Torbogen, und im dahinter liegenden Raum konnte ich ein massives Himmelbett erkennen, das von daran drapiertem, feinem schwarzen Stoff umgeben war. Es erinnerte mich an das Bett, in dem ich Hades und mich gesehen hatte und wandte mich schnell ab, um mich auf eins der Sofas zu setzen.

»Wo ist deine Flammenschale?«, fragte ich.

»Oh, ja«, sagte sie, richtete sich auf und stellte zwei Gläser auf den Tresen. Ihre Augen wurden weiß, leuchteten blau und dann erschien eine massive Eisenschüssel auf einem Ständer vor der Couch. Eine orangefarbene Flamme flackerte in der Mitte.

»Das sind also so etwas wie Fernsehgeräte? Senden sie rund um die Uhr ein Programm?«

»Man kann damit miteinander reden, wie mit einem Videotelefon, oder die Götter können darauf Nachrichten versenden. So etwas halt.«

»Und die Leute im Olymp haben mir bei den Tribunalen bisher damit zugeschaut?«

»Jawohl.«

»Irre«, hauchte ich.

»Es funktioniert genau wie eure Videotelefone. Athena ist sehr stolz auf eure Zivilisation. Ihr habt es ziemlich schnell weit gebracht.«

»Das muss ja schön für sie sein«, sagte ich trocken. Ich konnte es immer noch nicht verstehen, dass meine Welt nur ein Experiment einer gelangweilten Göttin war.

Bei dem Gedanken bekam ich Kopfschmerzen, also wechselte ich das Thema. »Was trinken wir?«

»Meine Cocktail-Spezialität«, sagte sie. »Aber mir fehlt etwas. Warte hier. Und fass nichts an!«

Hekate flitzte aus dem Zimmer und Skop sprang sofort zu mir auf die Couch.

»*Berühren Sie den Schädel! Bitte, bitte berühren Sie den Schädel, Fräulein!*« Sein Schwanz wedelte mit einer irrsinnigen Geschwindigkeit und sah mich flehend an.

»Nein! Auf keinen Fall«, sagte ich und vermied es, ihn anzuschauen. Der Instinkt das Hündchen zu streicheln war zu stark.

»*Wie langweilig*«, brummte er und setzte sich.

»Weißt du, Skop, es gibt viele Wörter, die mich beschreiben, aber langweilig ist keines davon. Ich habe magische Sex-Kräfte, verdammt noch mal.«

»*Was?*«

»Ja.«

»*Ich will magische Sex-Kräfte*«, sagte er.

»Ich dachte, du bist schon ein Gott im Bett.«

Sein Schwanz wedelte noch schneller. »*Und ob.*«

Hekate erschien in einem hellen Blitz wieder im Raum. Sie hielt einen großen Metallkrug in der Hand, und ihr Erscheinen unterbrach Skop dankenswerterweise.

»Wie kommt es, dass du das da nicht einfach heraufbeschwören konntest?«

»Ich kann Wein beschwören, aber nicht das«, sagte sie mit einem spitzen Unterton. Ich hob die Augenbrauen, als sie etwas Limonengrünes aus dem Krug in zwei Gläser goss. Ich hätte schwören können, dass Rauch daraus hervorquoll.

»Bist du dir sicher, dass du diesen Drink schon einmal gemischt hast?«, fragte ich zaghaft.

»Jep. Und jetzt, da du deine Kräfte zurückhast, kannst du es endlich trinken.« Sie fügte noch mehr Dinge hinzu, den Rücken zu mir gewandt, damit ich nichts sehen konnte. Dann schritt sie zur Couch hinüber und reichte mir den Cocktail. Er war noch grün, doch er roch nach Kirschen.

»Wie nennst du diesen Trank?«

»Spartanischer Geist.«

»Prost«, sagte ich, stieß mit ihr an und nahm einen Schluck. Ich schmeckte bittere Kirsche, saure Brombeere und süße Erdbeere auf einmal und meine Zunge kribbelte. »Das schmeckt fantastisch!«

»Ich weiß«, sagte sie, nahm selbst einen großen Schluck und setzte sich neben mich. »Oh, schau!«

Ich hob meinen Blick von meinem neuen Lieblingsgetränk und sah, wie sich die Flammen in der Feuerschale aufbäumten und weiß glühten. Dann verblassten sie und ein kristallklares Bild des Kommentators erschien in der Mitte der Schale.

»Guten Abend, Damen und Herren des Olymps!«

»Mannomann, ich hasse ihn«, murmelte ich.

»Ja, er ist verdammt nervig«, stimmte Hekate zu.

»Ich bin mir sicher, dass wir alle darauf brennen, zu erfahren, was unsere kleine Persephone als Nächstes erleben wird!« *Unsere kleine Persephone?* Bei den Göttern, ich wollte ihm eine reinhauen. »Sie hat bis jetzt Prüfungen durchstanden, in denen es hauptsächlich um Ruhm und Gastfreundschaft ging.«

Ein ungutes Gefühl durchzuckte mich. Die anderen beiden Werte waren Intelligenz und Loyalität.

»Nun hat das Warten ein Ende! Morgen Nachmittag wird sie sich ihrer ersten Intelligenzprüfung stellen!«

»Bedeutet das, dass ich nicht an den Rand des Todes getrieben werde?«, fragte ich und wandte mich an Hekate.

Sie verzog entschuldigend das Gesicht. »Wahrscheinlich nicht, nein.«

»Hier ist Ihr Gastgeber, um Ihnen mehr zu erzählen«, sagte der Kommentator und verschwand aus dem Bild.

Mein Atem stockte, als der schwarze Rauch von Hades schimmernd vor uns erschien. Sein Thronsaal war hinter ihm sichtbar. Es war seltsam, ihn jetzt in seiner Rauchgestalt zu sehen, wo ich doch wusste, welche Perfektion darunter lag.

»Als Königin der Unterwelt wird von Persephone erwartet werden, dass sie sich in meinem Reich aufhält«, sagte er und seine Stimme klang fest und kalt. Ein Schauer lief mir über den Rücken. »Wir müssen daher ihre Fähigkeit testen, in gefährlichen Umgebungen zu überleben. Sie wird in einem todbringenden Teil des Reichs der Jungfrau gefangen werden und wird entkommen müssen.« Er gab ein Zischen von sich und verschwand.

Ich sah Hekate an, meine Nerven blank. »Wo werden sie mich gefangen halten?«

»Ich weiß es nicht, aber er klang ziemlich sauer. Das wird auf keinen Fall seine Idee gewesen sein.« Hekate sah besorgt aus. »Das ist das Werk von Zeus, er zwingt Hades dazu, der Welt mehr von seinem Reich zu zeigen. Bei den Göttern, der Typ ist ein Arschloch.«

Ich nahm einen großen Schluck von meinem Drink und nickte. »Ja. Das ist er wirklich.«

Keiner von uns beiden sprach für ein paar lange Minuten, dann räusperte ich mich.

»Ich sollte wahrscheinlich nicht zu viel trinken, wenn ich morgen einen Wettkampf bestreiten muss.«

Hekate schnaubte. »Du hast jetzt Heilkräfte. Du wirst keinen Kater bekommen.«

»Ist das dein Ernst?«

»Ja.«

»Keinen Kater mehr? Nie wieder?«

»Jap.«

»Wie zum Teufel kann es sein, dass hier nicht jeder permanent betrunken ist?«

»Einige sind es. Mich eingeschlossen.«

Ich lachte und nahm noch einen großen Schluck von meinem spartanischen Geist.

»Wenn sie dich irgendwo einsperren, sollten wir vielleicht versuchen herauszufinden, was du mitnehmen musst. Bist du klaustrophobisch?«

»Nicht mehr als andere«, sagte ich und dachte nach. »Ich würde in Panik geraten, wenn man mich in einem brennenden Raum einsperren würde.« Ich lächelte, aber Hekate tat es nicht. »Oh. Werden sie mich in einem brennenden Raum einschließen?«

»Ich will dich nicht anlügen, Persy. Ein großer Teil der Unterwelt besteht aus brennenden Räumen.«

»Oh, Scheiße.«

»Ja. Nimm *Faesforos* und benutze deine Ranken. Wenn es ein Intelligenztest ist, musst du eine Art Rätsel lösen oder eine knifflige Frage beantworten, um rauszukommen.«

Ich stöhnte. »Wenn es wie auf dem Ball ist, wo es um Götter und ihre Familien und Mächte geht, werde ich das nicht schaffen.«

»Ganz ehrlich, ich habe keine Ahnung. Alles könnte infrage kommen.«

»Sollen wir ein paar grundlegende Dinge über Götter durchgehen, nur für den Fall der Fälle?«, fragte ich sie.

Sie hob zweifelnd eine Augenbraue. »Persy, hast du eine Ahnung, wie lange es dauert, die Geschichte der Götter zu erlernen? Es gibt hier buchstäblich Schulen, die nur das unterrichten.«

»Oh.« Ich dachte über ihre Worte nach. Die Schulen im Olymp müssen ganz anders sein als das Höllenloch, das ich besucht hatte. »Wie war deine Schulzeit denn so?«, fragte ich sie.

»Ich bin nicht zur Schule gegangen. Ich bin ein Titan.«

Ich runzelte die Stirn. »Und?«

»Also, bis vor Kurzem hat Zeus nicht erlaubt, dass Titanen in den Akademien ausgebildet werden. Athene hat ihn inzwischen davon überzeugt, dass die gefährlichen Titanen-Sprösslinge unter ihrer Aufsicht sicherer sind, aber er hasst uns immer noch. Wie so viele im Olymp.«

»Warum? Ich meine, ich weiß über den Krieg und so Bescheid, aber das ist doch schon ewig her oder nicht?«

»Titanen sind stark. Sie sind die ursprünglichen Götter, mit denen alles begonnen hat. Wenn sie böse werden, sind sie richtig böse. Und das macht den Leuten Angst.«

»Sind die wirklich Bösen nicht alle im Tartarus?«

»Ja, und es hat seit Jahrtausenden keine völkermordenden Titanen mehr gegeben, aber das hindert die Menschen nicht daran, Geschichten zu erzählen, um Ängste zu schüren.« Ihr Blick war hart und frustriert.

Ich dachte darüber nach, was Hades gesagt hatte. *»Hekate ist viel stärker, als sie vorgibt.«*

»Versteckst du deine Macht, damit die Menschen dich nicht fürchten?«, fragte ich zögernd.

Ihre Augen fixierten meine und es dauerte eine Weile, bis sie antwortete. »Früher schon, ja. Aber in der Zeit, in der ich hier mit Hades gelebt habe, habe ich Vertrauen zu ihm gefasst. Und ich habe mir einen Ruf im Reich der Jungfrau aufgebaut. Die Leute legen sich nicht mehr mit mir an.«

Nicht mehr? Ist Hekate auch schikaniert worden? Die Art, wie Eris auf dem Ball mit ihr gesprochen und sich über ihr Titanen-Erbe lustig gemacht hatte, trat mir in Erinnerung. Wie zum Teufel konnten Hades und Hekate, zwei der härtesten Menschen, die ich je kennengelernt hatte, Opfer von Mobbing sein? Entschlossenheit erfüllte mich und ließ Kraft und Mut durch meine Adern fließen. Wenn sie beide ihre Vergangenheit und ihre Feinde überwunden hatten und so mächtig geworden waren, dann konnte ich das auch. Und ich wette, sie hatten beide Schlimmeres ertragen als Ted Hammonds eklige Hände und Sticheleien. *Aber waren sie nicht zu weit gegangen?* Der ständig in mir präsente Zweifel drang für einen Moment an die Oberfläche, aber ich unterdrückte ihn wieder.

»Ich bin am Verhungern. Was essen wir?«

PERSEPHONE

»Hat Skop also recht? Schläfst du mit Hades?« Hekate stellte die Frage so beiläufig, dass ich mich fast an meinem Rindfleisch verschluckte.

»Nein! Skop hat nicht recht!«

»Du willst es aber«, grinste sie.

»Hekate, was passiert, wenn olympische Götter heiraten? Hades hat etwas von einem Bund gesagt, aber er war frustrierend vage.«

»Ich weiß es nicht.« Sie zuckte mit den Schultern. »Ich bin keine Olympierin. Aber sie heiraten auf Lebenszeit. An der Spitze gibt es keine Scheidungen.«

»*Hab ich doch gesagt*«, sagte Skop und mampfte zu meinen Füßen an einem Steak.

»Ihr beide wart ein richtig tolles Paar.«

»Er ist ziemlich... intensiv«, sagte ich vorsichtig.

»Kein Witz. Du hättest ihn mal sehen sollen, nachdem du gegangen bist.«

Bei dem Gedanken daran durchzuckte mich ein Schmerz in der Brust. Ich war von seiner Stärke überrascht.

»Er hat gesagt, du hättest ihm mit dem dreizehnten Reich geholfen.«

Hekates Ausdruck veränderte sich und sie sah weniger frech aus als vorher, etwas Tieferes schaute hindurch. »Er hat dir davon erzählt?«

»Ja.«

»Gut. Ich möchte, dass du die Tribunale gewinnst, Persy. Ich weiß nicht, was vorher passiert ist oder warum du gegangen bist, aber ich schwöre, was immer es war, es kann nicht so schlimm sein, wie wenn du wieder gehst. Ich kenne Hades schon seit einer langen Zeit. Einer sehr langen Zeit. In den paar Jahren, die ihr zusammen wart, ist er fast wieder sein normales Selbst gewesen.«

Wie war es möglich, dass ich einen so großen Einfluss auf das Leben von jemandem gehabt habe, von dem ich bis jetzt nicht einmal wusste, dass es ihn gab? Und nicht nur irgendjemand, sondern *ein verdammter Gott*.

»Ich fühle mich auf eine Weise zu ihm hingezogen, wie ich es noch nie erlebt habe«, gab ich zu. »Ich kann es nicht erklären.«

Hekate stand auf und sammelte unsere leeren Gläser ein. »Er ist auch verdammt sexy«, sagte sie und ging zum Tresen.

»Ich glaube, es könnte mehr als das sein. Ich mache mir Sorgen... Ich mache mir Sorgen, dass ich jetzt, da ich ihn getroffen habe, nie wieder solche Gefühle für irgendwen anderes haben werde.«

Sie lachte leise. »Die Götter mögen dir helfen, wenn du tatsächlich mit ihm vögelst.«

»Das wird nicht passieren«, sagte ich bestimmt. »Das würde für keinen für uns beiden gut sein, wenn ich doch eh...« Ich brach ab und sie drehte sich zu mir um.

»Wenn du eh gehst? Glaubst du immer noch, dass du nicht gewinnen kannst?«

Traue niemandem. Die Stimme aus dem Atlasgarten ratterte durch meine Gedanken.

»Nichts ist sicher«, sagte ich ausweichend.

»Hm«, sagte sie und wandte sich wieder den Cocktails zu. Ich musste wieder das Thema wechseln.

»Und was ist mit dir? Wer hält dich hier auf Trab?« Ich drehte mich zu ihrem himmlischen Bett um und weitete die Augen.

Sie seufzte schwer und ich runzelte die Stirn. Das war nicht die Reaktion, die ich erwartet hatte.

»Persy, ich werde dir jetzt etwas sagen«, sagte sie und brachte zwei volle Gläser zurück zur Couch.

»Okay.«

»Weißt du noch, als ich dir erzählt habe, dass ich Hunderte von Liebhabern hatte?«

»Ja.«

»Das war eine Lüge.«

»Okay«, sagte ich und legte den Kopf schief.

»Ich habe keine Liebhaber.«

»Warum lügst du dann?«

»Weil ich keine Liebhaber habe, niemals. Und nie gehabt habe.« Sie nahm einen großen Schluck von ihrem Getränk und sah weg.

»Oh«, sagte ich und versuchte, meine Überraschung zu verbergen.

»Die Leute verurteilen mich, wenn sie herausfinden, dass ich zölibatär lebe, also lüge ich.«

Ihr Tonfall war abwehrend und mein Verstand schaltete sich ein und versuchte sich vorzustellen, wie ein Leben ohne Sex aussehen würde. Ich meine, ich war selbst kein Experte in dem Bereich, aber es hatte die letzten Jahre meines Lebens auf jeden Fall belebt, auch wenn die Typen nur vorübergehend Teil meines Lebens gewesen waren. Aber das war mein Leben und Hekate musste ihre eigenen Gründe haben, keinen Sex zu wollen.

»Warum zum Teufel sollte ich über dich urteilen?«, fragte ich sie. »Du entscheidest, was du mit deinem Körper machst.«

Sie schaute mich an, ihre Augen waren voller Emotionen. So hatte ich sie noch nie zuvor gesehen.

»Ich wünschte, es wäre meine verdammte Wahl« murmelte sie.

»Ist es das nicht?«

Ich runzelte die Stirn.

»Es ist kompliziert.« Ihre lässige Art kehrte zurück und sie lehnte sich gegen die Couch. Sie legte den Knöchel übers Knie und nippte an ihrem Drink. »Eine meiner unangenehmeren Kräfte ist die Nekromantie‹, sagte sie. Ein unwillkürlicher Schauder überkam mich bei dem Gedanken.

Zombies hatten mich schon immer zu Tode erschreckt. »In einer perfekten Welt«, fuhr sie fort, »müsste ich diese Kraft nie einsetzen. Aber im Falle eines katastrophalen Schlamassels könnte sie extrem wichtig sein. Denn von allen Göttern können nur Hades und ich das tun. Thanatos und die Schicksalsgötter können den tatsächlichen Tod herbeiführen, aber wir sind die einzigen, die Leichen beleben und die Seelen der Toten kontrollieren können.« Ich bemühte mich, meine Abscheu nicht auf meinem Gesicht widerzuspiegeln.

»Was für eine Art von Zusammenbruch würde von dir verlangen, so etwas zu tun?«

Sie ließ einen langen Atemzug aus. »Wenn Hades

die Kontrolle über die Unterwelt verliert. Oder komplett aus dem Olymp entfernt wird. Die Untoten sind eines der wenigen Dinge, die Götter zu Fall bringen könnten.«

Mir stockte der Atem. Die Möglichkeit, dass Hades aus dem Olymp entfernt werden könnte verursachte mir eine Gänsehaut. War das eine höfliche Formulierung für seinen Tod? Ich dachte, er sei unsterblich?

»Könnte... Könnte das passieren?«

»Im Olymp kann alles passieren«, sagte sie bitter.

Ich nahm einen beruhigenden Schluck von meinem Cocktail. »Du hältst ihm also den Rücken frei?«

»Irgendwie schon, ja. Eine solch dunkle Macht muss ausgeglichen werden. Hades hat Teile seiner eigenen Seele geopfert und körperliche Teile seines Selbst an die Unterwelt verloren. Er ist zu stark und die Anforderungen an seine Macht sind zu hoch, als dass er anders leben könnte. Aber für mich habe ich gelernt, dass ich ein persönliches Opfer bringen und meine Seele intakt halten kann.«

»Du hast also Sex aufgegeben?«

»Ich war noch Jungfrau, als ich hierherkam und körperliche Liebe war das, was ich damals am meisten wollte. Es war das größte Opfer, das ich bringen konnte, um meine Seele zu retten.«

»Aber die Liebe hast du nicht aufgegeben? Nur den Sex?«

»Persy, zeig mir einen Mann, der einen lieben wird, ohne einen zu berühren«, sagte sie und diesmal lag Bitterkeit in ihrer Stimme. »Und außerdem, warum sollte ich mich in Versuchung bringen? Warum sollte ich mich in jemanden verlieben und es nie körperlich ausdrücken können? In dem Moment, in dem ich nachgebe und meine Jungfräulichkeit verliere, würde ich meine wertvollste Kraft verlieren.«

»Scheiße«, sagte ich leise.

»Ja.«

»Aber was ist, wenn du diese Kraft nie benutzen musst? Sicherlich wird Hades nirgendwo hingehen, er ist doch einer der Super-Götter, oder nicht?«

»Hades ist der unbeständigste der Götter. Wir wissen nicht, was die Zukunft bringt. Ich kann meinen Wunsch, mich ein bisschen zu amüsieren, nicht gegen die mögliche Zerstörung des gesamten Olymps abwägen«, sagte sie und sah mich hochmütig an. »Das Risiko kann ich nicht eingehen.«

Ich stieß einen Seufzer aus. »Ich hoffe, der Olymp weiß, was du für sie aufgibst«, sagte ich.

Hekate schnaubte. »Verdammt noch mal, verstehst du es nicht? Ich bin Titanin, nichts als Abschaum.«

»Warum tust du es dann?«

»Persy, ich bin vielleicht größenwahnsinnig, aber ich kann nicht riskieren, dass die Welt an die Untoten fällt, wenn ich es hätte verhindern können. Ich sagte doch, Titanen haben seit Ewigkeiten keinen Völkermord mehr begangen.« Sie lächelte schief. »Außerdem gibt es sowieso niemanden, den ich unbedingt vögeln wollte.«

Als Hekate mich in mein eigenes Zimmer zurückbrachte, war ich betrunken. Und zwar so richtig betrunken. Nach ihrer großen Enthüllung und meinem Eingeständnis meiner verwirrten Gefühle für Hades hatte sich das Gespräch leichteren Themen zugewandt. Hekate hatte verlangt, jede schreckliche und peinliche Begegnung zu hören, die ich jemals mit einem Mann gehabt hatte, und auch Skop hatte eine Reihe höchst unterhaltsamer Anekdoten geliefert. Wir hatten darüber gesprochen, was für Ärsche Zeus und Poseidon waren, und es hatte sich gut angefühlt zu lästern.

»Weißt du was, Skop«, rief ich durch die Tür, während ich mir im Badezimmer die Lederhose auszog.

»*Das Fräulein hat jetzt doch Lust auf Koboldschwanz?*«, antwortete er hoffnungsvoll.

»Nein. Ich denke nur, dass ich vielleicht Hades besuchen sollte.« Ich zog das seidene Nachthemd an, das jeden Abend sauber und gefaltet in meinem Kleiderschrank auftauchte und stolperte, als ich in die kurzen Shorts trat.

»*Das liegt daran, dass Sie sturzbesoffen und geil sind*«, sagte er.

»Manche Leute bekommen überhaupt keinen Sex. Ich sollte dankbar sein. Ich sollte das Beste daraus machen.« In meinem berauschten Zustand schien das die vernünftigste Aussage zu sein, die ich je gemacht hatte. Warum sollte ich mir diese Freude nicht gönnen? Besonders mit einem Gott.

»Also, wie bringe ich ihn dazu, hierher zu kommen?«

HADES

»Weißt du, was du bist?«, brüllte ich und die Kraft quoll aus meinem ausgestreckten Finger hervor.

Zeus lächelte mich träge an, schnippte mit der Hand und blockte meine Kräfte. Das hätte er nicht tun müssen Er war stark genug, um meine Ausbrüche abzufangen.

»Was bin ich, Hades?«

»Du bist ein kolossales Arschloch, genau wie sie gesagt hat!«

In den Augen meines Bruders brannte ein gefährliches Feuer.

»Ich hatte keine Ahnung, dass sie für so viel Unterhaltung sorgen würde, als ich sie zurückbrachte«, sagte er, schlenderte an den Rand meines Thronsaals und blickte zu den endlosen Flammen hinunter. Wut donnerte mir durch den Körper. Diese dunkle Macht musste sich entladen.

»Zeus, ohne mich wird der Olymp fallen. Glaubst du wirklich, dass es das Risiko wert ist, mich in meine Schranken zu weisen?«, zischte ich und versuchte, mich zu beruhigen.

»Soll das eine Drohung sein?«, fragte er und hob die Augenbrauen, als er sich zu mir umdrehte.

Er war in seiner wahren Gestalt, genau wie ich. Uralt und glühend mit der kaum zu bändigenden Kraft des Himmels war sein Gesicht mit so viel Wut gezeichnet, wie ich in meinem Inneren brennen fühlte.

»Du hast das verursacht, Hades. Du hast die Gesetze gebrochen. Du hast dich mir absichtlich widersetzt. Hast du erwartet, dass ich zulasse, dass du mich demütigst und meine Regeln vor der ganzen Welt heruntermachst?« Tödliche Wut ging aus jedem seiner Worte hervor und ich spürte, wie der Rauch von meiner Haut aufstieg.

»Du hast sie alle getötet. Ein gesamtes Reich voller Unschuldiger. Bis auf eine einzige Kreatur. War das nicht Strafe genug? Musstest du wirklich riskieren, sie hierher zurückzubringen, nur um mich leiden zu sehen?«

Seine Augen verengten sich. »Du teilst also Poseidons Ansicht, dass sie immer noch gefährlich ist?«

»Sie kann nicht hierbleiben.«

»Dessen bin ich mir sehr wohl bewusst.«

»Also zwingst du sie jetzt in ein Tribunal, bei dem mein Reich sie töten wird? Verabscheust du mich so sehr?« Der Rauch, der von mir abging, begann zu brennen. Flammen tropften wie Flüssigkeit von meinem Körper auf den Marmorboden.

»Sie ist stärker als du denkst, Hades.«

»Das hat deine Frau auch gesagt«, knurrte ich. Zeus hatte Hera nicht verdient. Das hatte er noch nie. In seinen Augen leuchteten lilafarbene Blitze und Donnergrollen dröhnte durch den schwebenden Thronsaal.

»Wir reden nicht über meine Frau, Bruder, wir reden über deine.«

»Du brauchst mich, Zeus. Vergiss das nicht. Himmel,

Meer und Unterwelt. Wenn eines von den dreien fällt, fällt der Olymp. Und über wen wirst du dann herrschen?«

»Du, lieber Bruder, bist unsterblich. Wo, glaubst du, könntest du hingehen, dass ich dich nicht finden würde?« Er blitzte und tauchte Zentimeter vor meinem Gesicht wieder auf. Wutentbrannte Spannung jagte durch meinen Körper und als Reaktion darauf strömte schwarze Magie durch meine Adern. Mein Monster war hellwach und bereit, Zeus die Hölle heißzumachen. »Verlass die Unterwelt und ich werde dein Leben noch elender machen, als es schon seit Jahrhunderten ist«, zischte er.

Dachte er, ich drohe zu gehen? Ich lachte bellend.

»Du verstehst mich völlig falsch, Zeus. Vollkommen falsch. Ich werde das Reich der Jungfrau nicht verlassen. Niemals. Ich werde hierbleiben, bis nichts mehr übrig ist. Der ganze Olymp wird um mich herum brennen, die Untoten werden die Welt überfluten und die Lebenden mit ihren verrottenden Leichen ertränken, und ich werde hier sein, genau da, wo du mich hinbeordert hast.« *Alleine. Gebrochen, krank und unfähig, die Dunkelheit in mir zu kontrollieren.*

Für einen Sekundenbruchteil sah ich einen Anflug von Zweifel über das Gesicht meines Bruders flackern. Doch dann verschwand der Ausdruck und stattdessen legte sich ein selbstgefälliges Grinsen auf seine Züge. Er verschränkte die Arme, trat einen Schritt zurück und legte den Kopf schief.

»Das ist eine gefährliche Drohung.«

»Es ist keine Drohung. Es ist die Konsequenz davon, dass du zu weit gegangen bist.«

»Willst du mir sagen, dass du labil bist, kleiner Bruder?«

»Nein, Zeus«, log ich. »Ich habe meine Macht so gut unter Kontrolle wie eh und je. Aber ich würde dir raten, mich nicht zu testen.«

Er betrachtete mich einen Moment länger, dann seufzte er.

»Wir werden sehen, wie sich dein kleiner Mensch morgen schlägt. Ihre Prüfungen sind nicht gefährlicher als die der anderen Teilnehmer.«

»Blödsinn«, schnauzte ich.

Er lächelte mich an. »Bis morgen, Bruder«, sagte er und verschwand.

Ein langes, lautes Brüllen entfuhr mir und der Raum füllte sich mit Flammen.

Sie krochen über das Podest, und ich fühlte, wie sich die Dunkelheit in mir aufbaute, als sie meinen Thron erreichten und die Schädel sich blau färbten, als das Feuer sie berührte.

Dann durchbohrte ein Lichtstrahl meinen eigenen Schädel und meine Wut überschlug sich während sich mein Fokus verschob. *Persephone.* Da war ihr Licht, ihre Magie. Ich schloss meine Augen und sandte meine Sinne durch den Palast, auf der Suche nach ihrem grünen Puls. Und da war sie. In ihrem Schlafzimmer. Warum hat sie ihre Magie jetzt benutzt? Hat sie nur geübt? Oder hatte es derjenige, der die Puppe auf ihrer Türschwelle zurückgelassen hatte, geschafft, hineinzukommen? Der Gedanke reichte aus, um meine Wut neu zu entfachen und ich begab mich sofort an ihre Seite.

»Oh Mann, du siehst wirklich wütend aus«, sagte sie, während ich meinen Kopf in dem kleinen Raum herumwirbelte, um nach der Bedrohung zu suchen.

»Was?« Mein Instinkt sagte mir, dass hier nichts Gefährliches war, aber mein Herz klopfte trotzdem unkontrolliert. »Warum ...« Ich brach ab. Sie trug ein rosafarbenes Spaghetti-Top und dazu passende Shorts aus Seide, und ihr weißes Haar hing ihr locker über die Schultern. Ihre Pupillen waren geweitet und ich konnte Kirschen riechen. »Hast du getrunken?«, fragte ich sie langsam.

»Spartanischer Geist.«

»Das lässt sich nicht leugnen, bei dem Geruch«, sagte ich und ließ den Rauch um mich herum verblassen, wobei ich spürte, wie sich mein rasender Puls zu verlangsamen begann. »Du solltest wissen, dass Hekates Cocktails gefährlich sind.«

»Ah, aber es scheint, dass meine neuen Kräfte Kater heilen können«, sagte sie. Aufregung schwang in ihrer nuschelnden Stimme. »Das ist die beste Nachricht, die ich erhalten habe, seit ich hierhergekommen bin.«

Ich konnte mir ein Lächeln nicht verkneifen. Sie war glücklich. Ich wünschte mir nichts sehnlicher, als sie glücklich zu sehen. Abgesehen von vielleicht einer anderen Sache, die ich genauso sehr wollte... Mein Blick fiel auf den tiefen Ausschnitt ihres Seidenoberteils.

»Wofür hast du deine Magie benutzt?«, fragte ich.

»Ich, ähm, wollte dich sehen. Aber ich habe die Kommode irgendwie kaputt ge- ähm.« Sie gestikulierte zu ihrem Schminktisch, der komplett in zwei Teile zersplittert war.

Ich hob meine Augenbrauen. »Es ist nie ratsam, Magie zu benutzen, wenn man betrunken ist«, sagte ich und schnippte mit den Fingern. Das dunkle Holz des Schminktisches begann sich wieder zusammenzusetzen.

»Warum nicht? Wenn du einfach alles in Ordnung

bringen kannst, was ich verbocke?« Ihre Worte waren zwar neckisch gemeint, aber viel zu wahr. Wie sehr ich mir wünschte, dass ich alles reparieren konnte.

»Ich werde deinen Schlamassel nicht umsonst in Ordnung bringen«, sagte ich, verschränkte die Arme und schob die dunklen Gedanken beiseite. Ich war jetzt hier und sie wollte meine Gesellschaft. Das konnte ich nicht ablehnen, ganz gleich, wie viel Energie noch immer gefährlich nahe an der Oberfläche meines Geistes lungerte.

»Ach ja? Was berechnest du so für die Reparatur von Schminktischen?«

»Ich möchte dich sehen«, sagte ich, senkte meine Stimme und fixierte sie mit meinen Augen.

Sie schluckte. »Du kannst mich sehen«, sagte sie.

»Ich will dich ganz sehen.« Ihre blasse Haut färbte sich, aber sie hielt meinem Blick stand.

»Willst du meine Trunkenheit ausnutzen?«, sagte sie und sprach jedes Wort sorgfältig aus.

»Wolltest du nicht, dass ich genau deshalb herkomme?«

Ihre Augen lösten sich von meinen und ich wusste, dass ich recht hatte. Sie wollte mich genauso sehr wie ich sie. Das hatten mir die goldenen Ranken gezeigt. Aber sie spürte den Bund zwischen uns noch nicht. Sie fühlte nicht die Verbindung zwischen uns, die wieder zum Leben erwacht war, als ich sie in meinem Thronsaal gesehen hatte und die seitdem jeden Tag ein klein wenig heller glühte. Ich würde wissen, wenn sie es auch fühlen würde. Es würde ins Leben platzen, sicher und fest, allgegenwärtig und ewig.

»Da hast du vielleicht recht«, sagte sie und schwankte.

»Wie wäre es damit«, sagte ich, während sich meine Wut von vorhin mit meiner Erregung vermischte. Aufgestaute Energie tobte in mir, wie ein Sturm auf dem Meer. In diesem Zustand wollte ich sie nicht zu etwas drängen, das sie später bereuen könnte.

Aber ich würde sicher nicht einfach so gehen.

Ich schnippte mit den Fingern und der Kobaloi bellte, als ihn mit einer rauchigen Blase umhüllte. Diese Aussicht wollte ich mit niemandem teilen.

»Lass mich dich sehen und vielleicht werde ich mich revanchieren.«

ZWANZIG

PERSEPHONE

Ich hob die Augenbrauen. Hades stand endlich vor mir und seine Worte hallten in meinem benebelten Gehirn wider.

»Ich zeige dir meins und du zeigst mir deins?«, sagte ich und lachte. Er war so schön. Die starken Züge seines Kiefers, die hohen Wangenknochen und die kantige Nase, die dunklen Stoppeln - es war, als wäre er war so männlich, wie man es nur sein konnte.

»Ja. Ich zeige dir meins, aber erst zeigst du mir deins.« Ein verruchtes Lächeln zerrte an seinen Lippen und seine silbernen Augen leuchteten dunkel.

»Ernsthaft? Wie die Teenager?«

»Ja. Und ich garantiere dir, dass ich jede Erinnerung an irgendetwas, das du als Teenager oder seitdem gesehen hast, ruinieren werde.«

Ich schluckte. Da hatte ich keinerlei Zweifel. Ich war nicht gerade schüchtern, wenn es darum ging, mich nackt auszuziehen, aber er war Hades, der König der Unterwelt. Konnte man sich vor einem allmächtigen Gott einfach so ausziehen? *Aber meine Güte, wollte ich ihn mal ohne seine Jeans sehen.*

Bei dem Gedanken bewegten sich meine Hände schneller und ich zog mir den dünnen Träger meines Tops von den Schultern. Mein Oberteil rutschte mir zu den Hüften und ließ freie Sicht auf meine Brüste und meinen Bauch. Ich hielt seinem Blick stand und genoss seinen veränderten Gesichtsausdruck, als seine Augen meinen Körper abtasteten. Meine Nippel verhärteten sich und das Verlangen pulsierte durch meinen Körper. Dieser allmächtige Gott verzehrte sich nach mir und konnte es nicht verheimlichen. Das war gut fürs Selbstbewusstsein. Ein schüchternes Lächeln huschte mir über die Lippen, als ich meine Finger in den Bund meiner Shorts schob. Es freute mich, wie sein Atem erst stockte und sich dann beschleunigte.

»Ich glaube, jetzt bist du dran, dein Hemd auszuziehen«, hauchte ich.

Sein schwarzes Hemd löste sich augenblicklich auf. Die harten flachen Bauchmuskeln waren perfekt. Seine breiten Schultern und die V-Form seines Torsos ließen mich vor Lust erschauern. *Sabber nicht, bitte sabber nicht,* ermahnte ich mich betrunken lallend in Gedanken, als ich mir vorstellte, wie diese göttlichen Arme mich anhoben und meine Beine sich um seine feste Taille legten.

Ich schob die Shorts ein Stück nach unten.

Seine Hand wanderte zum obersten Knopf seiner dunklen Jeans.

Ja. Ja. Knöpf die Jeans auf.

Ich wackelte mit den Hüften und schob die Shorts weiter runter.

Er öffnete gekonnt den ersten Knopf, dann den

nächsten. Mit einem kleinen Stöhnen stellte ich fest, dass er keine Unterwäsche trug. Noch ein paar Knöpfe und ich würde alles sehen.

Meine Hände begannen zu zittern, als ich eine Seite der Shorts einen weiteren Zentimeter nach unten schob.

Ein schallendes Krachen außerhalb meines Zimmers lenkte unsere Aufmerksamkeit auf die Tür und mein von Lust und Alkohol verwirrtes Gehirn protestierte wild gegen die plötzliche Unterbrechung. Aber bevor ich auch nur darüber nachdenken konnte, was ich als Nächstes tun sollte, hatte sich Hades in etwas verwandelt, das nicht wiederzuerkennen war.

Er wurde größer, die Muskeln wölbten sich, elektrisches blaues Licht ging von ihm aus und ich sah, wie sich sein Gesicht vor ungezügelter Wut verzog und er herumwirbelte. Meine Schlafzimmertür flog auseinander. Er hob mich hoch, hielt mich für einen Moment in seinen Armen und setzte mich auf dem Bett ab. Schwarzer Rauch schoss aus ihm hervor und schlängelte sich durch die offene Tür.

»Diesmal entkommst du mir nicht«, zischte er und seine Stimme war wie ein Messer, das durch Fleisch schneidet. *Wer war da draußen?*

Ein entferntes Schreien schallte immer lauter in meinen Ohren und der Geruch von Blut kroch mir in die Nasenlöcher. Die Temperatur sank.

Nein, ich konnte mich dagegen wehren, dass seine Macht mich beeinflusste, dachte ich und zog mein Oberteil wieder über die Schultern. Ich grub tief in mir, suchte nach meiner Kraft und versuchte, sie an die Oberfläche zu ziehen. Aus meinen Handflächen wuchsen langsam Ranken. Hades folgte seinen Rauchschwaden zur Tür. Die Ranken waren golden, und sie wuchsen nur etwa zehn Zentimeter, aber ein Licht schien von ihnen auszugehen, und das Blut und die Schreie erstarben.

»Gut gemacht, Ranken«, murmelte ich und eilte Hades hinterher.

Er war in der Tür stehen geblieben und stand wie erstarrt da, immer noch blau pulsierend und von dunklem Rauch umgeben. Ich duckte mich unter seinem Arm hindurch und trat auf den Korridor hinaus. Dort, an der felsigen Wand, stand ein riesiger zerbrochener Spiegel. Ich runzelte die Stirn, als ich hineinschaute. Ich konnte Hades nicht hinter mir sehen, sondern nur mein eigenes Spiegelbild, die gerötete Haut und das seidene, zerzauste Nachthemd, das Bild verzerrt durch die vielen Risse.

»Was...«, begann ich zu fragen, aber die Worte blieben mir im Hals stecken. Ich blutete. Scharlachrotes Blut sickerte aus den Augen meines Spiegelbildes. Übelkeit stieg in mir auf und meine Hände flogen zu meinem Gesicht, meine Ranken streiften meine Wangen. Ich schaute auf meine Finger hinunter. Da war nichts. Aber... Als ich mein Spiegelbild betrachtete, waren es nicht nur meine Augen, die bluteten. Blut strömte aus mir, meine Haut zersprang, wie das Glas vor mir und etwas Schleimiges ergoss sich auf den Boden.

Auf dem Spiegel begannen Worte zu erscheinen. »Du wirst in dem Fluss aus Blut ertrinken, den du erschaffen hast.«

Ich stolperte zurück und schreckte auf, als ich gegen etwas Eiskaltes und Festes stieß. Ich riss meine Augen von dem scheußlichen Spiegel, wirbelte herum und starrte in Hades wütende Augen.

Es war noch schwieriger ihn anzuschauen als den Spiegel. Seine schönen Züge waren entstellt und auf ihnen war blanke Wut zu lesen. Seine Augen strahlten schwarzes Feuer aus und das silberne Glänzen war vollkommen verschwunden. Kälte strömte aus ihm hervor und ich konnte sehen, wie sich Körper in dem blauen Licht um ihn herum zusammenfügten. Schreie drangen wieder an meine Ohren, Angst erfüllte mich und zwang mich weiter zurückzutreten. Seine wutentbrannte Kraft war aus dieser Entfernung zu stark für meine Abwehrkräfte.

»Ich werde diejenigen vernichten, die dir das antut«, knurrte er. »Der Tod ist zu gut für sie. Sie werden für alle Ewigkeit brennen.«

»Du machst mir Angst, Hades«, sagte ich und versuchte, meine zunehmende Angst nicht in meiner Stimme mitschwingen zu lassen. Er fixierte seine Augen mit meinen und sie waren jetzt fast schwarz.

Dann packte er mich an den Schultern, hob mich von den Füßen, drehte sich um und setzte mich in meinem Zimmer ab. Seine Berührung war eiskalt, und Visionen von Leichen schossen mir durch den Kopf, bis er mich losließ.

»Ich muss gehen«, sagte er. Seine Stimme war hart wie Stein. Blitzschnell war er verschwunden und mit einem Schimmern erschien eine neue, intakte Zimmertür.

Wie angewurzelt blieb ich stehen, wo er mich abgesetzt hatte. Mein ganzer Körper bebte und die Ranken verschwanden. Galle brannte heiß und sauer in meiner Kehle. Die Cocktails schienen keine gute Idee gewesen zu sein. Ich legte die Handfläche auf das Holz der Tür und die Stabilität fühlte sich tröstlich an. War der Spiegel noch da, auf der anderen Seite?

»Ich hoffe, er erwischt die Bastarde. Wenn er mich nur nicht wie üblich in diese Blase eingesperrt hätte, hätte ich vielleicht helfen können«, sagte Skop. Auch seine Stimme war hart. Mir wurde langsam wieder warm und ich ließ die Hand wieder an meine Seite fallen. Ich trat einen zögerlichen Schritt von der Tür zurück und das Zittern ließ nach.

»Hast du den Spiegel gesehen?«, fragte ich ihn leise.

»Nein. Was genau ist passiert?«

Ich erzählte dem Kobaloi, was ich in dem Glas gesehen hatte, schenkte mir etwas Wasser ein und setzte mich aufs Bett. »Wer tut das nur?«

»Hades wird es herausfinden«, sagte Skop beruhigend und sprang aufs Bett neben mich.

»Was ist, wenn ich es verdiene?«, fragte ich und sprach die Frage aus, die ich nur mit Müh und Not tief genug vergraben konnte, um sie zu ignorieren. »Was, wenn ich wirklich einen Fluss von Blut verursacht habe?«

»Sie wurden vor sechsundzwanzig Jahren in New York geboren. Sie haben nichts getan«, sagte er sanft.

Ich ließ mich von seinen Worten trösten. Er hatte recht. Was auch immer die alte Persephone getan hatte, ich wusste nicht, ob ich zu dem Gleichen fähig sein würde.

Die alte Persephone hatte Hades geliebt. Und falls ich es vergessen hatte, so hatte mich die heutige Nacht daran erinnert - der König der Unterwelt hatte ein Monster in sich.

Ich wartete mehr als eine Stunde lang nervös in meinem Bett, bevor ich von Hades hörte. Mir gingen morbide

Ideen durch den Kopf, was ich in meinem früheren Leben getan haben könnte, als eine zaghafte Stimme in meinem Kopf erklang. »*Persephone?*«

»Hades!«

»*Es tut mir leid, aber diesmal sind sie entkommen.*« Ich war überrascht, wie enttäuscht ich war. »*Ich möchte, dass du in deinem Zimmer bleibst, bis Hekate dich morgen abholt. Und keine weiteren Besuche im Wintergarten oder Trainingsraum allein.*« Der stählerne Ton in seiner Stimme erlaubte keine Diskussionen und obwohl ich wusste, dass das, was er sagte, Sinn machte, sträubte ich mich gegen die Vorstellung, den Wintergarten nicht mehr allein besuchen zu können.

»Was ist mit Skop?«, fragte ich. Es gab eine lange Pause.

»*Als Dionysos den Kobold als Wächter anbot, habe ich noch nicht geglaubt, dass du wirklich vor irgendwelchen Bedrohungen beschützt werden müsstest. Skoptolis ist für so etwas nicht gewappnet. Er kann natürlich bei dir bleiben, aber wenn du irgendwo hinwillst, dann nicht ohne Hekate, ein Mitglied meiner Wache oder mich.*«

Ich atmete hörbar aus. »Okay. Glaubst du, dass sie versuchen werden, mich zu verletzen?«

Er antwortete nicht, und ich fühlte, wie die Angst mir unter die Haut kroch. »Gut. Dann setze ich deine Wächter auf die Liste der Dinge, die ich zum Überleben brauche«, sagte ich und versuchte, die Angst mit meinen lässigen Worten zu überspielen. Aber es gelang mir nicht.

»*Das nächste Tribunal ist ein Test deiner Intelligenz. Du wirst dich gut schlagen. Aber ich möchte mich im Voraus entschuldigen.*«

»Wofür?«

»*Ich habe den starken Verdacht, dass du morgen etwas*

von dem Schlimmsten sehen wirst, was die Unterwelt zu bieten hat.« Die Spannung in seiner Stimme ließ mich erkennen, wie schwer das für ihn sein musste. Sein Reich sollte gegen mich verwendet werden.

»Ich habe meine Magie zurück. Hast du diese schwarzen Ranken gesehen? Ich werde schon fertig mit dem, was dein beschissenes Reich mir zu bieten hat«, verkündete ich so hochtrabend, wie ich nur konnte. Er lachte nicht, doch seine Stimme war nun sanft.

»Das bezweifle ich nicht, meine Schöne.«

All meine Tapferkeit verpuffte jedoch, sobald ich mich hinlegte und versuchte zu schlafen. Es gelang mir nicht. Skops Anwesenheit zu meinen Füßen fühlte sich tröstlich an, aber es war nicht genug, um die Enttäuschung zu vertreiben, dass Hades den Schuldigen nicht gefasst hatte. Auch hielt mich die Frage wach, ob ich die schrecklichen Geschenke vielleicht doch verdient hatte.

Schließlich war es meine Erschöpfung, die mich in einen unruhigen Schlaf zwang. Doch auch im Schlaf wälzte ich mich hin und her, bis ich den schwachen Klang von Vogelgezwitscher hörte. Langsam wurden die Klänge lauter und ich trat dankbar aus der Dunkelheit meiner schlaftrunkenen Phantasie in den Atlasgarten.

»Weißt du, wer mir diese Botschaften schickt?«, fragte ich sofort und atmete dankbar den erdigen Duft des herrlichen Gartens ein.

»Ich weiß es nicht. Aber ich weiß, dass du dich nicht darauf verlassen solltest, dass Hades das für dich regelt.«

»Was meinst du damit?«

»Du gewinnst deine Macht zurück, kleine Göttin.

Noch ein Samenkorn und du wirst in der Lage sein, selbst mit ihnen fertig zu werden.«

Ich kniete nieder und fuhr mit der Hand durch die feuchte Erde. Das Gefühl auf meiner Haut war vertraut und wie Balsam für meine Seele.

»Aber ich weiß nicht, wer das ist, oder wie ich sie finden kann. Ich weiß nicht einmal, warum sie mir das überhaupt antun. Sie sagen, ich sei eine Mörderin.«

»Man hat dich zu Unrecht zum Sündenbock für ihren Misserfolg gemacht. Gewinn deine Erinnerungen zurück und decke den wahren Schurken auf. Das ist der einzige Weg, dich aus dieser Situation zu befreien.«

»Du sagtest, ich würde wissen, wo der Fluss Lethe sei, wenn ich mehr Kraft habe. Aber ich weiß es immer noch nicht.«

»Dann musst du mehr Samen gewinnen und mehr Macht erlangen.«

Ich nickte. Vielleicht war es wirklich an der Zeit, den letzten Samen zu essen.

EINUNDZWANZIG

PERSEPHONE

Am nächsten Morgen jedoch, als ich in den Deckel der kleinen Schachtel mit dem letzten magisch konservierten Granatapfelkern öffnete, konnte ich es nicht tun. Ich konnte ihn einfach nicht in die Hand nehmen und in den Mund stecken, egal, wie viel Sinn es für mich machte.

»*Wo liegt das Problem?*«, fragte Skop ungeduldig, der neben meinem Frisiertischhocker auf dem Boden saß.

»Ich weiß es nicht«, sagte ich und sah mein Spiegelbild eindringlich an. Aber ich wusste es doch. Je länger ich mich betrachtete, desto sicherer war ich, dass ich Tränen aus Blut erkennen konnte, die aus meinen Augen über mein Gesicht liefen. Es war das Bild aus dem Spiegel von gestern. Meine Haut war rissig und verfault und Blut strömte aus mir hervor. Ich wusste mit Sicherheit, dass die Person, die ich jetzt war, nicht für Flüsse aus Blut verantwortlich sein konnte. Aber ich war mir nicht sicher, was mehr Macht mit mir machen würde. Sie könnte mich wieder in diese Person verwandeln. Ich hatte Lianen, die versuchten, die Magie anderer zu stehlen.

Das schien nach einer ziemlich dunklen Kraft. Es fühlte sich *falsch* an.

Macht verdirbt Menschen. Ich wusste, dass das wahr war. In der Schule waren die Kinder mit dem größten Einfluss und der größten Macht immer die grausamsten gewesen. Und je länger sie sich an der Spitze des Rudels hielten, desto fieser wurden sie, um die Grenzen ihrer Popularität austesten. Und das konnte an einem Ort wie dem Olympus nur noch schlimmer sein. Hekate hatte mir erzählt, wie Hades Teile seiner Seele verloren hatte, im Tausch gegen Macht und der Fähigkeit, die Unterwelt zu beherrschen.

Es war ein Teufelskreis. Um herauszufinden, ob die Persephone der Vergangenheit wirklich etwas Schreckliches mit ihren Kräften getan hatte, musste ich mehr Macht erlangen.

»Ziemlich ironisch«, seufzte ich.

»*Sie brauchen vielleicht mehr Magie für das heutige Tribunal, Fräulein*«, sagte Skop.

»Es ist ein Intelligenztest. Ich glaube nicht, dass ich im Moment mehr Magie brauche«, sagte ich, riss meine Augen von dem sich verzerrenden Spiegelbild los und stand auf. »Was ich jetzt wirklich brauche, ist eine heiße Dusche und etwas zu essen.«

Nachdem ich mich gewaschen und meine lederne Kampfmontur übergezogen hatte, fand ich auf meiner Kommode einen enormen Teller mit Speck und ein großes Stück warmes Brot. Ich verschlang diese riesige Portion und stellte fest, dass ich vielleicht nicht die Kopfschmerzen und die Übelkeit eines Katers hatte, aber den Appetit hatte ich auf jeden Fall.

»Also, was denkst du, was wird mich heute erwarten?«, fragte ich Skop.

»*Ich kenne das Reich der Jungfrau nicht gut genug, um auch nur die geringste Ahnung zu haben*«, sagte er. »*Ich hoffe nur, dass sie mich nicht wieder als Köder benutzen, sonst muss ich ernsthaft mit Dionysos reden*«, brummte er.

»Ich bin mir sicher, dass sie das nicht tun werden«, sagte ich, war mir aber nicht wirklich sicher.

»*Ich weiß nur, dass es hier ein paar ziemlich hässliche Dämonen gibt.*«

»Mit hässlich kann ich umgehen«, sagte ich und kaute weiter. »Was ist der schlimmste Dämon hier?«

»*Kerberos*«, antwortete er, ohne zu zögern. »*Ich mag Hunde, aber das Vieh ist furchterregend.*«

»Ich bezweifle sehr, dass ich ihm heute begegnen werde.«

»*Ja, das wäre ein bisschen früh. Normalerweise sparen sie sich ihn für ein späteres Tribunal auf.*« Er nickte zustimmend.

»Was? Du meinst, ich könnte ihn tatsächlich irgendwann treffen?«

»*Klar. Wer hier leben will, muss irgendwann seine Stärke gegen Hades persönlichen Höllenhund unter Beweis stellen.*«

Ich starrte ihn entgeistert an. »Scheiße«, sagte ich schließlich.

»*Aber ich bezweifle, dass wir uns darüber in nächster Zeit Sorgen machen müssen. Und Charybdis ist eines von Poseidons schlimmsten Monstern, und Sie haben ihn überlebt.*«

Ich warf ihm einen Seitenblick zu. »Erinnere mich nicht daran«, murmelte ich. Ich war immer noch verbittert darüber, dass ich keinen Samen gewonnen hatte. Außerdem wollte ich Buddy, den Hippocampus, wiedersehen.

»Ja, ein wahrhaftiges Arschloch mit Zähnen«, sagte der Hund und schüttelte sich. *»Ich würde auch nicht daran erinnert werden wollen, dass ich da fast hineingesaugt worden wäre.«*

»Du bist so eklig.«

Ein Klopfen an meiner Tür ließ uns beide aufblicken und dann stieß Hekate sie auf.

»Ich habe gehört, was letzte Nacht passiert ist«, sagte sie und trat ein. »Geht es dir gut?«

»Mir gehts gut«, sagte ich. »Ich wünschte nur, ich wüsste, wer das getan hat. Erst die Puppe, dann der Spiegel... Hades scheint besorgt darüber zu sein, dass es noch schlimmer werden wird.«

Hekates Gesichtsausdruck war grimmig und ihr Silberschmuck und ihr schwarzes Lederoutfit erinnerten mich daran, wie einschüchternd sie gewirkt hatte, als ich sie zum ersten Mal am Eingang zur Unterwelt getroffen hatte.

»Sie sollten besser hoffen, dass sie sterben, bevor Hades oder ich sie zu fassen bekommen«, sagte sie und ich erzitterte vor Angst und Dankbarkeit.

»Ich will nicht, dass noch jemand meinetwegen stirbt«, sagte ich schnell.

»Unbefugtes Betreten des Reiches der Jungfrau, besonders des Palastes, wird mit dem Tode bestraft«, sagte sie kurzangebunden.

»Palast?« Es war mir nie in den Sinn gekommen, dass wir uns in einem Palast befanden.

»Ja. Wir sind in dem Palast über dem Geschäftsbereich der Unterwelt.«

»Und dieser Geschäftsbereich ist der Ort, an dem das Tribunal heute stattfinden wird?« *Der Fluss Lethe musste sich ebenfalls dort befinden*, dachte ich.

»Ja.«

»Leben in der Unterwelt eigentlich auch Tote?«

»So in etwa. Es ist kompliziert. Seelen sind der einzige Teil der Toten, der weiterlebt. Und die nehmen ja keinen Platz ein.«

»Aber du hast gestern gesagt, dass die Untoten wiederauferstehen können.«

»Leichen kann man von überall herbekommen.«

Ich erschauderte bei ihren Worten, versuchte aber, bei der Sache zu bleiben.

»Und was ist sonst noch im Geschäftsbereich?«

Hekate legte den Kopf schief und seufzte. »Okay, ich gebe dir eine super kurze Lektion über die Unterwelt. Seelen gehen an einen von drei Orten: das Elysium und die Inseln der Gesegneten, wenn sie ein überragendes Leben geführt haben, die Trauerfelder, wenn sie ein Leben unerwiderter Liebe geführt haben, und der Rest geht zum Asphodeliengrund. Die Unterwelt beherbergt auch den Tartarus, das Foltergefängnis. Viele der sehr verschrobenen Dämonen und Spezies, die für den Olymp unverzichtbar, aber zu unangenehm sind, um mit anderen zu leben, leben dort und dann gibt es da noch einen Haufen Flüsse.«

Ich blinzelte.

»Das ist eine ganze Menge.«

»Ja.«

»Wie viele Flüsse gibt es denn?«

»Das ist die Frage, die sich dir stellt? Nicht, *was für*

unangenehme Dämonen gibt es da oder, *warum gibt es einen gesonderten Ort für die Seelen, die während ihren Lebzeiten von unerwiderter Liebe gequält wurden, sondern wie viele Flüsse gibt es?*«

Ich zuckte mit den Achseln. »Ich mag Wasser.«

»Diese Flüsse sind nicht aus Wasser und werden dich alle töten. Es gibt fünf von ihnen und sie sind eigenständige empfindungsfähige Gottheiten. Der Fluss Styx zum Beispiel umkreist die Unterwelt sieben Mal und besteht aus purem Hass. Und du solltest verdammt vorsichtig sein, dich von ihr fernzuhalten.«

»Wie kann etwas aus Hass gemacht sein?«

»Wenn du Königin wirst, wirst du alles über die Flüsse lernen. Aber sie sind nicht Thema des heutigen Tribunals. Sie könnten dich in keinem von ihnen gefangen halten, ohne dass du sofort sterben würdest. Lass uns also weitermachen.«

»Gut«, seufzte ich. »Erzähl mir stattdessen mehr über die Dämonen.«

»Ich bin für eine Menge von ihnen verantwortlich und sie sind alle Arschlöcher«, murmelte sie. «Keres-Dämonen, zum Beispiel sind die Gottheiten des gewaltsamen Todes. Arae sind Dämonen der Flüche, Lamia sind schreckliche vampirische Dämonen, die Blut trinken. Empusa tun das auch, aber die brennen normalerweise zusätzlich. Dann gibt es noch ein paar wirklich böse Geister, wie Eurynomos, der Dämon der verrottenden Leichen und die drei Furien, die Rachegöttinnen sind und meistens ernsthaft gezügelt werden müssen. Und dann gibt es noch einige, die einfach nur seltsam sind, wie Ceuthonymos, der ein Geist ist, den wir nie festnageln können und der jeden heimsucht, der kein Titan ist.«

»Ach so«, sagte ich kaum hörbar und dachte mir

würden die Augäpfel aus dem Kopf springen. Der Fluss Lethe war jetzt vollkommen aus meinen Gedanken verschwunden. »Glaubst du, ich werde heute auf einen von ihnen treffen?«

»Vielleicht schon. Hast du *Faesforos*?«

»Immer.« Ich klopfte mir gegen den Oberschenkel und nickte.

»Gut. Ich habe dir die Klinge gefertigt, weil man sie gegen jeden Feind einsetzen kann. Und das gilt auch für die Dämonen der Unterwelt.«

»Und ich bin dir sehr dankbar dafür«, sagte ich. Meine Nerven würden jede Sekunde mit mir durchgehen. Blut trinkende Vampire und Dämonen verrottender Leichen? Das spartanische Skelett begann wie ein leicht zu besiegender Gegner zu wirken. »Das wird doch aber ein Intelligenztest, oder? Ich werde hoffentlich nicht kämpfen müssen.«

»Hoffen wir es«, antwortete sie. Keinerlei Zuversicht lag in der Stimme und sie lächelte nur halbherzig.

Blitzend erschienen wir in Hades Thronsaal und meine Augen schossen sofort instinktiv zu seinem Thron. Da war er, rauchig und durchscheinend. Er schenkte mir ein kurzes Aufblitzen seiner silbernen Augen. Energie pulsierte durch mich hindurch und ich wippte nervös auf den Ballen meiner gestiefelten Füße und sah die Reihe der Götter entlang. Zu meinem Erstaunen neigte Poseidon den Kopf im Gruß, als ich Blickkontakt mit ihm aufnahm.

»Guten Tag, Damen und Herren des Olymps!«, sang die Stimme des Kommentators und er erschien schimmernd zwischen mir und den Göttern. »Heute wird Persephone einer von Hekates Schöpfungen entgegentreten. Sie wird aus dem Bau der Empusa entkommen müssen!«

Ich warf Hekate einen Blick zu und wünschte, ich hätte es nicht getan. Ihr Gesicht war eine Maske des Entsetzens.

»Empusa? Bitte sag mir, dass das nicht der brennende Vampir ist.« Ich hörte das Zischen in meiner Stimme und mein Puls raste.

In ihren Augen lagen ein um Entschuldigung flehender Ausdruck. Doch noch bevor sie etwas sagen konnte, wurde der Raum um mich herum weiß.

ZWEIUNDZWANZIG

PERSEPHONE

D as Erste, was mir auffiel, war der Geruch. Süßes, verrottetes Fleisch und schimmelige Erde drangen mir in die Nase und ich musste würgen, noch bevor das weiße Licht sich auflöste.

»Was zum...«, begann ich zu sagen, brach aber ab, als ich sah, was mich umgab. Ich stand mitten in einer Höhle, aber im Gegensatz zu den felsigen Wänden, denen ich bisher im Reich der Jungfrau begegnet war, leuchteten diese Wände tiefrot, statt gräulich weiß. Das Licht erhellte den Boden, der mit Knochen übersät war.

Es kribbelte in meinem Magen und ich sah mich nervös um. Nischen waren in die felsigen Wände gemeißelt und Hunderte von winzigen Figuren säumten sie. Sie sahen aus wie aus Elfenbein geschnitzt. Nein, kein Elfenbein. Knochen, dachte ich. Ich trat näher an die Wand heran und verzog das Gesicht als etwas unter meinen Stiefeln knirschte und schlammig wurde. *Kotz jetzt bloß nicht*, wies ich mich in Gedanken an, aber eine weitere Welle des faulen Geruchs erreichte meine Sinne. Ich versuchte mich an den Geruch von Wiesenblumen, Lavendel und Lilien zu erinnern und unglaublicherweise schien der Verwesungsgeruch ein wenig zu verblassen. Ich war mir sicher, *tatsächlich* Lavendel riechen zu können. Waren da meine neuen Kräfte am Werk?

Da ich mich jetzt etwas besser konzentrieren konnte, lenkte ich meine Aufmerksamkeit von den Knochenschnitzereien auf den Rest des kleinen Raumes. Das Vieh, das dieses Massaker verursacht hatte, musste hier irgendwo noch sein. Und ebenso musste es einen Weg nach draußen geben. Alle Wände sahen jedoch massiv aus und der Raum war nicht größer als ein kleines Schlafzimmer oder ein geräumiges Badezimmer vielleicht. Alles, was ich auf dem Boden sehen konnte, waren die Überreste der Beute von was auch immer hier lebte.

»Hallo?«, rief ich vorsichtig und sah mich nach Hinweisen um, was ich tun sollte.

»Guten Tag«, antwortete eine geschmeidige Stimme. Ich erstarrte.

»Ähm, wo bist du, bitte?«

Eine Gestalt schimmerte vor mir auf und mein Herz machte einen kleinen Galopp in meiner Brust bei ihrem Anblick. Ich hatte dieses Wesen schon einmal gesehen, als ich das erste Mal in Hades Thronsaal war, aber damals war sie mir nicht so nah gewesen. Sie war wunderschön. Ihr kaum bekleideter Körper war kurvenreich und üppig und ihr Gesicht war kantig und groß. Aber ihr Haar bestand aus Flammen. Zwei kurze, scharfe Hörner ragten aus ihrer Stirn. Ich ließ meinen Blick an ihr heruntergleiten und sah, dass eines ihrer Beine aus Holz war.

»Ich habe dich gesehen, als ich hier ankam«, flüsterte ich.

»Nein. Das war eine meiner Schwestern. Wir sind Empusa, Hekates Schützlinge. »Willkommen in meiner gemütlichen Höhle.«

»Oh, Verzeihung. Entschuldige bitte die Verwechslung. Schön dich kennenzulernen«, sagte ich und meine Stimme war voller Nervosität. »Weißt du, wie ich hier rauskomme? Nicht, dass es nicht ganz wundervoll...«

Ich sah mich panisch um, auf der Suche nach etwas Höflichem, das ich über ihr ekelhaftes Zuhause sagen konnte.

»Ich habe vier Rätsel für dich«, sagte sie und ersparte mir die Mühe. »Wenn du sie nicht alle lösen kannst, dann gehörst du mir.« Sie lächelte böse und zwei Reißzähne erschienen auf ihrer Unterlippe. Ich erschauderte, als zwei dünne Rinnsale Blut an ihrem Kinn hinunterliefen. Ihre Reißzähne hatten ihr so tief in die Lippe geschnitten, dass sie blutete. Ihr feuriges Haar flackerte und tanzte um ihren Kopf herum. Ihre Haut sah als, als stände sie in Flammen. Sie gestikulierte mit einer eleganten Armbewegung zu einer Ecke. Mein Blick folgte ihrem ausgestreckten Arm und ich sah, wie vier Löcher sich auf Schulterhöhe in der felsigen Wand bildeten. Sie waren gerade groß genug, um eine Hand hineinzustecken.

»Nummer eins. Ich baue mein Zuhause mit natürlichen Schnüren und verteidige mich mit Bissen oder Stichen. Was bin ich?«

Ein Heim aus Naturschnur? Das musste ein Spinnennetz sein.

»Eine Spinne?«

Die Empusa starrte mich an. Ihre Mimik war ausdruckslos. Bedeutete das, dass ich falsch lag? Vor Angst zog sich meine Brust zusammen. Ich wollte überhaupt nicht sterben, aber von diesem Ding gefressen zu werden und dann hier zu verrotten, klang nach keiner guten Aussicht... Lieber wäre ich von dem gigantischen Riesenarschloch des Meeres Charybdis, gefressen worden, als dass ich meine Knochen zu Schmuckstücken schnitzen lassen wollte, um hier als Deko zu verenden.

Aber sie bewegte sich nicht und ich runzelte die Stirn. Ich war mir sicher, dass meine Antwort richtig war. Es muss bei der Prüfung um mehr gehen, als nur die Frage zu beantworten.

Ich schaute zu den vier Löchern in der Wand hinüber. Vier Rätsel, vier Löcher. Waren es Schlüssellöcher? Schlüssellöcher im Olymp waren seltsam. Das wusste ich schon von diesen schrecklichen Sanduhren.

Vielleicht musste ich einen Schlüssel für das erste Loch finden, der etwas mit Spinnen zu tun hatte? Ich sah mich wieder in der Höhle um und hoffte, dass mir etwas auffallen würde, das ich vorher übersehen hatte. *Bitte, bitte sag mir, dass ich keine echte Spinne finden musste. Bitte.*

»Muss ich eine Spinne finden?«, fragte ich die Empusa mit leiser Stimme. Ihr Lächeln wurde noch ein wenig breiter und Galle stieg in meiner Kehle auf. Ich sah auf den Knochenhaufen auf dem Boden hinunter. Dann wanderte mein Blick zu den Schnitzereien. War eine geschnitzte Spinne darunter? Ich trat an die Wand, die mir am nächsten lag und hörte ein tiefes Grollen. Ein leises Lachen sprudelte aus dem Mund der Empusa hervor und ich sah sie an.

»Beeil dich besser, mein hübscher kleiner Mensch«, sagte sie und der Ausdruck in ihren Augen war voller Freude.

Ein neuer Geruch hämmerte gegen die Barrikade aus

Lavendelduft, die ich irgendwie heraufbeschwört hatte. Fäkalien. Kein Zweifel, das war Klärschlamm. Mein Magen krampfte sich zusammen und ich kämpfte, um mich nicht zu übergeben. Schnell ließ ich meinen Blick durch den Raum schweifen. Woher kam es nur? Ein gurgelndes Geräusch lenkte meine Aufmerksamkeit auf den Boden und mein Puls beschleunigte sich, als ich sah, wie schwarzer Schlamm aus dem Boden zu sickern begann. Er war dickflüssig genug, um die verrottenden Knochen in die Höhe zu drücken.

»Was ist das?«

»Dein Untergang«, grinste der Dämon teuflisch.

Ich wartete nicht darauf herauszufinden, was sie meinte. Wenn ich vier Rätsel zu lösen hatte, durfte ich keine Zeit verlieren, Der Schlamm stieg mit jeder Minute höher. Ich raste an den Wänden entlang, sah mir jede noch so kleine Schnitzerei an und suchte nach einer Spinne.

»Da!«, zischte ich, als ich endlich eine winzige Knochenschnitzerei in Form einer Spinne entdeckte. Ich griff danach, doch als ich sie aufhob, brannte mir eine unerträgliche Hitze durch die Fingerspitzen. Vor meinen geistigen Augen sah ich Feuer und ein Blutbad. Mit einem Aufschrei ließ ich die Figur wieder auf das Regal fallen.

Ein weiteres leises Lachen erklang von der Empusa und ich drehte mich um, um sie anzustarren.

»Du bist kein Geschöpf der Unterwelt. Du darfst meine Schätze nicht anfassen, Mensch.«

»Ich bin nicht mehr ganz menschlich«, schnauzte ich und mein Magen drehte sich um. Zögerlich rief ich meine

Ranken auf. Erleichterung durchströmte mich, als sich ein grüner Trieb aus meiner rechten Handfläche zu lösen begann. Die schwarzen Ranken brauchte ich in diesem Moment ganz und gar nicht. Sie flogen viel zu oft wutentbrannt und vollkommen unkontrolliert durch die Gegend und ich wollte auf keinen Fall eine dieser Schnitzereien in den aufsteigenden Schlamm stoßen. Der Schlamm lief mir schon über die Stiefelspitzen und stank gewaltig. Außerdem, wenn Hades recht hatte und die schwarzen Ranken wirklich die Kraft anderer stehlen, wollte ich absolut nichts von dieser Empusa in mir haben. *Igitt.*

Ich richtete die Ranke auf die umgestürzte Spinnenschnitzerei, aber als ich mich ihr näherte, bewegte sie sich von mir weg, wie, wenn man versucht, die falschen Enden zweier Magnete zusammenzubringen. Ich konzentrierte mich und zwang die Ranke wieder in Richtung der Schnitzerei. Doch als sie den Knochen berührte, überkam mich pure Abscheu. Das Gefühl war das absolute Gegenteil der Freude, die ich empfand, wenn ich mich mit der Erde und den Pflanzen verband. Mein Frühstück drehte sich in meinem Magen um und ich ließ mit der Ranke von den Knochen ab. Ich streckte die Zunge aus und würgte.

»Leben und Tod. Licht und Dunkelheit... Du wirst das Gleichgewicht nie finden«, zischte die Empusa.

Ich sah zu ihr auf und der kalte Schweiß rann mir den Nacken hinunter. »Dann eben die schwarzen Ranken«, zischte ich zurück und eine dunkle Ranke schoss mir aus meiner Handfläche und stieß eine ganze Reihe der Schnitzereien um. »Scheiße!«, schrie ich und versuchte, die Ranke zu kontrollieren. *Reiß dich zusammen, Persephone, wenn du nicht in dieser Kloake ertrinken willst,* schimpfte ich mit mir selbst. Mühsam zog ich die schwarze Ranke zurück, dann sandte ich sie vorsichtig auf die Spinne zu. Behutsam und ganz langsam gelang es mir, die Ranke um das kleine Figürchen zu wickeln.

Eine neue, dunkle Energie fuhr durch die Ranke in meine Hand und breitete sich wie ein Feuer in meinen Adern aus. Ich sah keine schrecklichen Bilder, fühlte keine sengende Hitze, aber ich wusste, dass die Kraft sich falsch anfühlte. Sie war von Angst und Blut getrieben und sie gehörte nicht in mich. Ich schwitze jetzt am ganzen verdammten Körper und mit jeder Sekunde pumpten meine angespannten Nerven, der Stress und die Angst mehr Adrenalin durch mich hindurch.

Die Wut begann tief in mir zu kochen und ich eilte zu den vier Löchern in der Wand hinüber. Die Spinnenschnitzerei hielt ich in meiner Liane eingewickelt. Der Klärschlamm bedeckte jetzt bereits meine Stiefel vollständig und würde mir bald bis zu den Schienbeinen reichen. Ich stellte fest, dass ich mich schneller bewegen konnte, wenn ich meine Füße aus dem Schlamm heraushob, statt zu versuchen, sie durch den widerlichen Schlamm zu bewegen. Die Masse war so dick wie Teer.

Ich erreichte die Wand und ließ die Spinne vorsichtig in das erste Loch hinab und befahl der Ranke, loszulassen. Als sie das tat, ertönte ein leises Klicken. Dann begann das Loch sich mit Gestein zu füllen, aus der Wand herauszuwachsen und einen Griff zu bilden.

»Verdammt noch mal. Zum Glück hat das geklappt«, murmelte ich, keuchte etwas und jetzt da ich von der kleinen Figur abgelassen hatte, fühlte ich, wie der aufwallende Zorn in mir nachließ. Ich griff nach der Klinke und es stellte sich heraus, dass ich sie um neunzig Grad nach links drehen konnte, also tat ich das. Dann wandte ich mich wieder der Empusa zu.

»Nummer zwei. Mein Goldschatz hat immer einen Wächter und wird in einem Labyrinth aufbewahrt, das die Männchen nicht betreten dürfen. Was bin ich?«

»Goldschatz?« Es musste eine Art Tier sein, dachte ich und betrachtete die Schnitzereien. Mir schwirrte der Kopf, als ich versuchte, an ein Tier zu denken, das einen goldenen Schatz hatte. Ich kannte nicht einmal die Hälfte der Tiere im Olymp. Ich musste hoffen, dass wir in der Welt der Sterblichen dieselben Tiere hatten. Was für ein Tier hatte einen Goldschatz in einem Labyrinth?

»Eine Biene!«, rief ich aufgeregt, als ein Geistesblitz mich durchzuckte. Ich schleppte mich mühsam durch den stinkenden Schlamm und begann wieder, die Regale zu durchforsten.

Wenn ich das hier überlebte, würde ich eine Woche lang duschen. Der Schlamm war bis zu meiner Taille angestiegen, bis ich die verdammte Bienenschnitzerei gefunden hatte. Der Gestank war mittlerweile unerträglich. Selbst mein magischer Lavendel kam nicht gegen diese Widerwärtigkeit an. Ich trug die Biene vorsichtig zu den Löchern in der Wand, und kam dabei nur verdammt langsam voran. Die ganze Zeit über brodelte die Wut in mir, die aus der Figur durch meine schwarze Ranke in meinen Körper floss. Diese Statue war besonders giftig, da war ich mir sicher. In der Sekunde, in der ich Kontakt mit diesem Knochen aufnahm, konnte ich ihren dunklen Einfluss spüren. Ich ließ von der Schnitzerei ab, sobald ich das nächste Loch erreichte. Es füllte sich schnell und ein zweiter Griff bildete sich. Ich riss ihn herum und wandte mich wieder der Empusa zu, wohl wissend, wie erbärmlich mein Gesichtsausdruck sein musste.

Bring es hinter dich. Mach weiter. Du wirst bald hier raus sein.

Das dunkelrote Licht, der schreckliche Gestank, die drückende Hitze, die ekelerregenden Knochen, die mich umgaben; alle machten die Wut, die sich in mir aufbaute, noch schwerer zu vertreiben. Dieser Ort war wahrhaftig die Hölle. Und wieder einmal musste ich zur Unterhaltung dieser verdammten Götter leiden. Ich musste hier raus, bevor ich den Verstand verlor. Das würde mit ziemlicher Sicherheit meinen Tod zur Folge haben. Dies war kein Intelligenztest, dachte ich verbittert. Es war ein Test, wie gut ich mich unter Kontrolle halten konnte.

»Nummer drei. Obwohl ich nur zwei Augen im Kopf habe, hat mein Schwanz eine ganze Reihe. Was bin ich?«

Ich knurrte vor Wut. In meiner Welt gab es nichts, was Augen am Schwanz hatte. Wie sollte ich etwas finden, wenn ich nicht einmal wusste, wonach ich suchte?

Aber kaum war ich auf das nächste Regal zugestapft, hielt ich inne und mein Blick blieb an einer Schnitzerei hängen, die wie ein Papagei aussah. Ich hatte schon andere Vögel gesehen, als ich nach den letzten beiden Schnitzereien gesucht hatte. Meine Gedanken schweiften zu der Feder auf Heras Maske beim Maskenball ab.

»Ein Pfau«, rief ich aus und bewegte mich so schnell ich konnte durch den aufsteigenden Schlamm zu der Stelle, an der ich Vogelschnitzereien gesehen zu haben glaubte. Und tatsächlich, nach einer kurzen Suche wickelte ich meine Ranke um eine detaillierte Pfauenschnitzerei. Es wurde immer einfacher, die Ranke zu kontrollieren, aber schwieriger, meine Wut zu unterdrücken, die den Kontakt mit den schrecklichen Schnitzereien begleitete. Ich bahnte mir, so schnell ich nur konnte, einen Weg zu den Löchern. Es war, als würde ich durch

Treibsand waten. Es war unmöglich, sich schnell zu bewegen. Der Schlamm reichte mir schon fast bis zur Brust. Als ich den Pfau endlich in das dritte Loch fallen ließ, ertönte ein Klicken und dann verwandelte sich der Felsen langsam in einen dritten Griff.

Nur noch ein Rätsel, dachte ich, zog den Griff hoch und ballte die Fäuste. Nur noch eine stinkende, verrottete, abscheuliche Schnitzerei, die ich finden musste, und dann konnte ich hier weg.

»Zu guter Letzt«, sagte die Empusa und etwas an ihrem finsteren Gesichtsausdruck ließ mir einen Schauer über den Rücken laufen. »Ich habe den Kopf eines Truthahns, die Vorderhälfte eines Igels, das Gesicht und die Füße einer Echse und den Hintern eines Bären. Was bin ich?«

Ich starrte sie an. Mit Sicherheit gab es im Olymp keine Kreatur, auf die diese Beschreibung zutraf. Ganz sicher. Das Hinterteil eines Bären und das Gesicht eines verdammten Truthahns?

»Hättest du dir nichts Schwierigeres einfallen lassen können?«, zischte ich und zermarterte mir das Hirn, um eine Antwort zu finden. Nannten die Griechen ein aus anderen Tieren zusammengesetztes Monster nicht eine Chimäre? Aber dabei dachte ich an eine Kreatur aus einem Adler und einem Löwen, nicht aus Echsen und Igeln.

Panik begann an mir zu nagen. Ich musste die Frage richtig beantworten. Mein Leben hing davon ab. Ich spürte, wie die Kraft unter meiner Haut prickelte. Sie pochte geradezu vor Verlangen danach, sich von meiner Kontrolle loszureißen und zu wüten.

Komm schon, Persy, das ist ein Intelligenztest, kein

Test deines Wissens griechischer Mythologie. Ich schlussfolgerte, dass diese Kreatur auf keinen Fall existieren konnte. Was bedeutete, dass es eine Fangfrage oder eine andere Art von Rätsel sein musste. Der Kopf eines Truthahns. Bedeutete das, dass es einen Schnabel hatte? Der Vorderteil eines Igels könnte Stacheln bedeuten? Und die Echse? Ein grün stacheliges Vieh mit einem Schnabel und dem Hintern eines Bären?

Ich schrie frustriert auf. Kopf, Vorderteil, Gesicht und Füße, und der Hintern. Ging es hier vielleicht um Anfang, Mitte und Ende? Der Anfang von Truthahn war ein »T«. Der Vorderteil... Nein, die Vorderhälfte von Igel war »IG«. Mein Herz raste. Das Gesicht und die Füße eine Echse... Das konnte den ersten und letzten Buchstaben bedeuten, also ein »E«. Der Hintern eines Bären, also der letzte Buchstabe von Bär, war ein »R«.

»Tiger« Ich rief das Wort laut aus. Dieses Mal entglitt der Empusa ihr Lächeln. Sie hatte nicht gewollt, dass ich die Antwort herausfand.

Mit neuem Elan bahnte ich mir einen Weg durch den stinkenden Schlamm, der mir jetzt fast bis zu den Schultern reichte und suchte eifrig nach etwas, das einem Tiger ähnelte. Schließlich entdeckte ich etwas so hoch auf einem Regal, dass ich es gerade noch erspähte. Ich schickte meine Liane hinauf und als ich die Figur berührte, hätte ich schwören können Tigergebrüll hören zu können. All meine Muskeln spannten sich an und eine dunkle, machthungrige, wütende Kraft durchflutete mich.

Töte sie. Töte die Vampirschlampe.

Die Worte hallten in meiner eigenen Stimme in meinem Kopf, doch sie waren nicht meine.

Scheiß auf diese Rätsel, diese Spiele, töte den Dämon.

Die Welt schien um mich herum zu wirbeln und diese dunkle, brutale Kraft breitete sich in meinem ganzen Körper aus. Ich starrte stumm auf die Schnitzerei und sah vor meinem geistigen Auge, wie meine Ranken sich um die Empusa wickelten, sie kopfüber in diese widerliche Brühe tauchten, die sie heraufbeschworen hatte und ihr hölzernes Bein wegrissen...

Eine Welle von süßlichem, fauligem Gestank drang in meine Nase und riss mich gnädigerweise aus meinen Gedanken. Der Geruch war der des Klärschlamms, der mir jetzt bis zum Hals reichte. Der Fäkalienschlamm war jetzt nur noch Zentimeter von meinem Gesicht entfernt, wie ich mit Schrecken feststellte. Ich stöhnte und versuchte mich umzudrehen, aber war kaum noch in der Lage, mich durch den Schlamm zu bewegen. Ich hielt die Tigerschnitzerei in die Höhe und Wut und Angst ließen meine Glieder erzittern. Auch hob ich meinen anderen Arm aus dem dicken schwarzen Schmutz heraus und feuerte eine Ranke aus meiner freien Hand an die Griffe an der Wand. Die Ranke schnellte zu einem von ihnen und ich zwang sie, sich um ihn zu wickeln.

Gerade als der Schlamm über meinen Kiefer stieg und fast meinen Mund erreichte, gab ich ihr einen Ruck und wies die Ranke an, sich zurückzuziehen und mich mit sich zu ziehen. Ich wurde augenblicklich von den Füßen gerissen und die Kraft meiner Liane zerrte mich durch die ekelhafte Masse. Sie spritzte mir ins Gesicht und meine Augen tränten, aber die Ranke zog mich weiter und mein Kopf blieb über der Oberfläche.

Doch als ich gegen die Wand prallte, stellte ich mit Entsetzen fest, dass das letzte Loch bereits überschwemmt war. Ich tauchte meine Hand in den aufsteigenden Schlamm und tastete verzweifelt nach dem Loch, aber es war zu tief.

Ich würde meinen Kopf untertauchen müssen.

Eine neue Woge des Hasses auf diejenigen, die mich hierhergebracht und gezwungen hatten, das hier durchzustehen, stieg in mir auf. Beinahe hätte ich die Schnitzerei vor Wut gegen die Wand geschmettert. Ich sah rot.

Aber ich zog die Liane in letzter Sekunde zurück, rationale Gedanken bahnten sich ihren Weg durch den roten Nebel. *Steck den Tiger in das Loch und dann ist es vorbei!*

Mit einem großen Atemzug schloss ich die Augen und ließ mich durch den schweren Schlamm fallen.

Er war so dickflüssig, dass ich sofort in Panik geriet. Das Gefühl, zerquetscht zu werden, war überwältigend. Mit der freien Hand krabbelte ich an der Wand entlang und tastete nach den Griffen, um mich zum letzten Loch vorzuarbeiten. Mein Herz hämmerte wild in meinem Brustkorb und das Gewicht der Masse drückte hart auf mich ein. Meine Augen brannten hinter meinen Augenlidern.

Ich würde hier sterben, erstickt von diesem Fäkalschlamm.

Meine Finger blieben an einer Kante hängen und mein Körper versuchte, unwillkürlich Luft zu holen, als ich erkannte, dass es das Loch sein musste.

Schlamm prickelte ätzend auf meinen Lippen und Nasenlöchern und panisch bewegte ich die Ranke, die den Tiger umwickelt hielt, zu meiner anderen Hand, die nun den Rand des Loches umklammerte. Meine Lunge schrie nach Luft und jeder Instinkt in meinem Körper kämpfte gegen meine Anweisungen, ruhig zu bleiben und nicht zu atmen, an. Ich schob die Schnitzerei in das Loch und begann das Bewusstsein zu verlieren. Der Schlamm stieg mir in die Nase und brannte im hinteren Teil meiner Kehle. Es war alles zu viel. Ich musste spucken und mein Mund begann sich zu öffnen.

Ein Griff bildete sich unter meinen Fingern und ich zog daran.

DREIUNDZWANZIG

HADES

Ich umklammerte die Armlehnen meines Throns, als Persephone mitten auf dem Boden des Thronsaals erschien, bedeckt von dickem schwarzen Klärschlamm. Sie fiel auf Hände und Knie und rang nach Luft. Weißglühende Wut stieg in mir auf. Ich stand kurz davor, all meine Kontrolle über meine Kraft zu verlieren.

Schau dir nur an, was sie ihr angetan haben. Sie werden alle sterben müssen.

»Ich kann nicht... atmen...« Ihre Worte klangen röchelnd und ich sprang von meinem Thronsessel. Aber Poseidon erreichte sie zuerst. Blitzschnell stand er vor ihr, eine Kaskade Wasser ergoss sich über ihrem Körper. Ihr Rücken wölbte sich und sie begann zitternd zu atmen. Meine verkrampften Muskeln entspannten sich ein wenig. Doch ich nahm meinen Blick nicht von Poseidons Hinterkopf.

Ihr dabei zuzusehen, wie sie in diesem Drecksloch ertrank, dem widerlichen Versteck dieser schrecklichen Kreatur, die von Hekate, ihrer einzigen Freundin hier erschaffen und von mir mit Beute versorgt worden war,

war eine einzige Qual gewesen. Mein eigenes Reich hatte sie fast getötet und Zeus hatte mir die Macht geraubt, ihr zu helfen. Das Monster in mir war hungrig und es wollte meinen Bruder in Stücke reißen. Wenn sie tatsächlich dort gestorben wäre...

Plötzlich peitschten schwarze Ranken aus Persephones Handflächen und sie taumelte zu Beinen. Ihre Augen waren hasserfüllt und die Ranken schossen auf die Thronsessel zu. Artemis, Ares und Zeus sprangen auf und ihre Stimme dröhnte durch den Raum, laut, klar und wütend.

»Ich habe es satt! Ihr werdet nicht mehr mit mir spielen!« Zeus und ich standen auf und bewegten uns in ihre Richtung.

Poseidon warf die Hände in die Höhe. »Es sind die Abwässer der Unterwelt, die sie wütend machen. Sobald wir diese von ihr wegbekommen, wird es ihr wieder besser gehen.« Sein Blick blieb auf Persephone gerichtet und er verstärkte den Wasserstrahl. Er spritzte sie mit einem mächtigen Strahl ab und das schwarze Zeug tropfte von ihrem durchnässten Körper. Ihr weißes Haar klebte ihr am wütenden Gesicht.

»Warum hilfst du mir?«, zischte sie Poseidon an. Ihre Ranken schlugen wie wild durch die Luft.

»Tu die Ranken weg, Persephone«, antwortete er ihr ruhig. »Ich helfe dir, weil mein Hippokamp dich mag.«

Ihre Augenbrauen schossen überrascht in die Höhe und die Spannung in den Ranken ließ sofort nach.

»Es interessiert dich, was ein Hippokamp denkt?«

»Sehr sogar.«

»Oh.« Sie hielt seinem Blick noch einen Moment stand, dann senkte sie die Handflächen. Die schwarzen Ranken lösten sich auf.

Ich holte tief Luft und trat wieder zurück, wobei ich einen Seitenblick auf die anderen Götter warf, die sich jetzt ebenfalls erhoben hatten. Zeus bombardierte mich mit einen Blick, der mein Blut fast überkochen ließ.

»Ich glaube, jetzt ist alles weg«, sagte Persephone leise und schaute an sich herunter. Der ganze Schleim war weggespült worden. Aber die Wut lag weiterhin auf ihrem Gesicht, heiß und kaum zu bändigen. Ich konnte spüren, wie ihr Zorn aus ihr hervorströmte. Der Wasserstrahl brach ab, Poseidon flackerte schimmernd auf und erschien dann wieder auf seinem Thronsessel.

»Und jetzt kommen wir zum Urteil«, rief der Kommentator mit seiner nervigen singenden Stimme, die heute leicht angespannt klang, als er am Fuß des Podiums erschien. Persephone drehte sich langsam auf der Stelle, wohl wissend, was sie erwarten würde. Die drei Richter, ein kaltschnäuziger, ein dicker und ein weiser, erschien hinter ihr. *Nur noch fünf Minuten, Persephone, dann kannst du hier weg. Reiß dich einfach noch fünf Minuten zusammen*, betete ich.

»Radamanthus?«

»Ein Punkt.«

»Aeacus?«

»Ein Punkt.«

»Und Minos?«

»Ich stimme meinen Kollegen zu. Du bekommst einen Punkt«, sagte Minos. Die Samenschachtel erschien in Persephones nasser Hand und sie sah sie ehrfürchtig an.

. . .

»Da habt ihr es, Leute! Vier Tribunale stehen noch aus und die kleine Persephone hat jetzt bereits vier Punkte gewonnen. Vergessen wir nicht, dass Minthe, die derzeitige Titelverteidigerin, die neun Tribunale mit insgesamt fünf Punkten abgeschlossen hat. Persephone braucht nur noch zwei weitere Punkte, um Königin der Unterwelt zu werden.«

Persephones Augen fanden meine und ich konnte sehen, wie die Erkenntnis, dass sie die Tribunale mit nur noch zwei weiteren Prüfungen beenden konnte, sich in ihrem Gesicht spiegelte.

»Bei ihrer nächsten Prüfung morgen Abend wird unser Lieblingsmensch einem Härtetest wie keinem anderen ausgesetzt sein. Von den zwölf Göttern werden vier von ihnen eine Überraschung für sie haben. Kleiden Sie sich dem Anlass angemessen!« Damit verschwand der Kommentator. Ich sah auf die Stelle, an der er gestanden hatte. Mir schwirrte der Kopf. Die Götter hatten einen Härtetest für sie geplant? Ich gehörte sicherlich nicht zu den vier, die ausgewählt worden waren. Ich warf meinem Bruder einen bösen Blick zu und Zeus grinste zurück.

»*Hades?*« Persephones Stimme in meinem Kopf ließ mich zusammenzucken. Ich sah sie an und Kraft schwappte aus ihr über. Grünes Licht strahlte glühend aus ihrem Körper. »*Hilf mir*«, flüsterte sie in meinem Kopf.

Mit einem Blitzen erschien ich neben ihr und ergriff ihre brennend heiße Hand. Ein weiterer Blitz hüllte uns beide ein und brachte uns an einen Ort, den ich für immer mit ihr verbinden würde; unser jetzt ungenutzter und heruntergekommener Frühstücksraum.

»Lass es raus, Persephone. Hier bist du sicher«, sagte ich. Etwas Dunkles flackerte in ihren grünen Augen auf und jetzt glühte auch ihre Haut wie Feuer. Ranken brachen aus ihren Handflächen hervor, sie warf den Kopf zurück und ein Energiestoß brach aus ihr heraus. Der Frühstücksraum war von fünfzehn Meter hohen Fenstern gesäumt und das Glas in jedem einzelnen von ihnen zersprang gleichzeitig.

Als ihre Kraft mich traf, kam ich ins Taumeln, nicht wegen der Intensität der Kraft, sondern deshalb, wie sie sich anfühlte. Es war nicht nur Wut oder Zorn. Da war mehr, etwas Tieferes. Ich erkannte, dass sie gerade ihre wahre Kraft einsetze.

Ich bewegte mich schnell zu dem kleinen Podest, auf dem damals ihr Baum gewachsen war und machte mich größer, um ihre Aufmerksamkeit auf mich zu lenken.

»Nutz die grünen Ranken. Hier drunter ist Erde«, sagte ich laut und stampfte auf den rissigen Marmor unter meinen Füßen.

Sofort färbten sich ihre Ranken grün und schossen auf meine Füße zu. Ich wich ihnen aus und sie durchschlugen die restlichen Fliesen sofort und wühlen sich in die tote harte Erde darunter. Dann keuchte sie und das grüne Glühen um sie herum verstärkte sich.

Alles erstarrte und ich beobachtete, wie meine Königin, meine wunderschöne Göttin, das dunkle Wüten der Mächte der Unterwelt in ehrfurchterregendes Leben verwandelte.

. . .

Blitzschnell begann der Stamm eines Baums aus der Mitte des Podests zu wachsen. Er wirbelte sich spiralförmig in die Höhe und wurde immer größer. Äste schossen aus ihm hervor und dann folgten augenblicklich auch Blätter und Blüten. Gras wuchs aus dem aufgewühlten Boden um den blühenden Baum herum und Gänseblümchen sprossen inmitten des grünen Rasens. Rosafarbene Blütenblätter begannen die ausladenden Äste zu dominieren, die sich über den Tisch erstreckten und ich konnte fast spüren, wie eine Brise an mir vorbei durch sie hindurch wogte.

Leben. Farbe. Licht.

Sechsundzwanzig Jahre lang hatte ich mich nach diesem Baum gesehnt.

Ihre Lianen erschlafften plötzlich und sie stolperte, als sie sich auflösten. Mit einem Blitz war ich an ihrer Seite und fing sie auf, ehe ihre Knie nachgaben. Ich setzte sie auf einen der beiden Stühle am Tisch. *Er war immer für zwei gedeckt, wurde aber nie benutzt.* Sie holte zitternd Luft, sah zu mir auf und mein Herz schwoll vor Hoffnung und Liebe an, so dass es der dunklen Macht in meinem Inneren Konkurrenz machte.

Ich würde sie nie wieder gehen lassen. Ich konnte es nicht. Sie war Licht, Leben und Liebe und sie gehörte mir.

VIERUNDZWANZIG

PERSEPHONE

»W-was habe ich gerade getan«, stammelte ich und sah in Hades intensive silberfarbene Augen. Er hatte einen fast ehrfürchtigen Gesichtsausdruck, der mich nervös machte. Doch ich war zu ausgelaugt, als dass mein Körper auf das Gefühl, das er in mir auslöste, reagieren konnte. Ich konnte kaum noch die Augen offenhalten, hatte aber nicht das Gefühl, ohnmächtig zu werden. Das war immerhin ein Fortschritt.

»Du hast deine Wut in Erdmagie umgeleitet. Du hast einen Baum nachwachsen lassen, den du hier vor vielen, vielen Jahren gepflanzt und gepflegt hast«, sagte Hades leise und hockte sich vor den Stuhl, auf den er mich gesetzt hatte, so dass er mir direkt ins Gesicht sehen konnte. Langsam neigte ich den Kopf zurück und schaute hinauf. Ein rosa Blütenblatt wehte von den überhängenden Ästen herab und landete in meinem nassen Haar. »Du hast immer gelacht, wenn sie dir in die Suppe gefallen sind«, sagte Hades und seine tiefe Stimme trotzte vor Melancholie. Ich sah ihn wieder an.

»Wir haben hier gegessen?« Er nickte. »Ich wusste,

dass ich etwas für diese Stühle empfand, als ich sie das erste Mal gesehen habe«, murmelte ich.

»Du hast sie für uns anfertigen lassen. Du hast gesagt, dass es in meinem Reich einen Platz geben sollte, an dem ich kein König sein muss, also hast du die Stühle gemacht, um unsere Kräfte gleichmäßig zu verteilen. Um meine Last zu teilen.« Die Intensität in seiner Stimme war fast mehr als ich ertragen konnte.

»Klingt, als wäre ich eine ziemlich gute Ehefrau gewesen«, lächelte ich und versuchte die Stimmung aufzuheitern. Sein Gesichtsausdruck entspannte sich.

»Jetzt bilde dir ja nichts ein«, grinste er und wippte auf den Fußballen. »Du wirst anfangen, wie die anderen Götter zu klingen.«

Seine Worte wischten mir das Lächeln vom Gesicht und er zuckte zusammen.

»Es tut mir leid. Du musst uns jetzt alle hassen.«

»Es Hass zu nennen wäre eine Untertreibung«, knurrte ich aber meine brennende Wut von vorhin hatte sich aufgelöst. »Obwohl ich nicht glaube, dass ich tatsächlich in der Lage bin, euch zu hassen. Irgendetwas lässt mich nicht«, sagte ich ehrlich.

»Auch wenn du jetzt gesehen hast, woraus mein Reich besteht und es versucht hat, dich zu töten?«

»Ich will hier nicht leben, falls das die Frage ist«, schnaubte ich. »Aber ich mache dich nicht dafür verantwortlich. Ich weiß, dass du mir das nicht antun wolltest.«

»Du hast dich gut geschlagen, wenn das ein Trost für dich ist. Die Abwässer der Unterwelt sind hochgiftig und du hättest niemals überlebt, wenn du deine schwarzen Ranken nicht kontrolliert hättest.«

»Wie habe ich von den schwarzen zu den grünen Ranken gewechselt?«, fragte ich.

Er legte den Kopf leicht schief. »Ich weiß es nicht«, gab er zu. »Anfangs, als du wütend wurdest, bestand deine Kraft aus nichts als Wut. Doch dieses Mal konnte ich spüren, wie deine Erdmagie versuchte, durchzuscheinen.«

Hoffnung und etwas, das Aufregung hätte sein können, prickelten in mir.

»Also habe ich vielleicht eine bessere Kontrolle über meine wütende Kraft als vorher?« *Bedeutete das, dass es möglich war, einen weiteren Samen zu essen?*

»Kein Gott hat jemals die volle Kontrolle über wahren Zorn«, sagte er langsam. »Ich weiß nicht, wie du diesen Baum hast wachsen lassen. Aber du hast es getan.«

Ich auch nicht. Ich wäre fast explodiert und ich konnte fühlen, wie die Wut mich von innen heraus vergiftete. Aber als Hades auf das Podest gestampft hatte, hatten meine Reben die Oberhand gewonnen und das köstliche Gefühl blühenden Lebens hatte meinen Körper durchflutet und den Hass aus mir hinausgespült.

»Hast du etwas zu trinken?«, fragte ich Hades. »Ich habe mehr Klärschlamm geschluckt als mir lieb ist und der Nachgeschmack ist ziemlich unangenehm.«

»Natürlich«, sagte er und sprang auf. Ich drehte mich langsam auf dem Stuhl herum, um die filigranen Details der Armlehne zu bewundern und fragte mich, wie zum Teufel ich jemals auf so etwas gekommen war. Aber je mehr ich hinsah, desto vertrauter kam es mir vor. Die Form der Rosen, die Kurven der Totenköpfe, die Muster der Ranken... Vielleicht konnte ich hier denselben Funken Kreativität sehen, der in meinen Gartenentwürfen steckte.

»Das sollte helfen«, sagte Hades und ich riss meinen Blick von dem Stuhl los und nahm den Kelch an, den er mir hinhielt. Er roch wie heiße Schokolade, hatte aber eine goldene Farbe.

Fragend hob ich die Augenbrauen. »Was ist das?«

»Ambrosia.«

»Hekate meinte, dass Menschen das nicht trinken können«, sagte ich und sah mir die dicke Flüssigkeit neugierig an.

»Ich denke, du hast bewiesen, dass du genug Kraft hast, damit umzugehen«, sagte er sanft. »Trink aber bedachtsam.«

Zögerlich nahm ich langsam einen Schluck. Es schmeckte wie die luxuriöseste heiße Schokolade aller Zeiten; fast wie geschmolzene Schokolade und nicht dieses beschissene Pulverzeug.

»Oh meine Götter, es ist wundervoll.«

»Nicht so wundervoll wie du«, murmelte er und ließ sich wieder vor mir nieder. »Wenn du deine Kraft so einsetzt... Du siehst göttlich aus. Ich will nichts mehr, als dir die Kleider vom Leib zu reißen.« Seine Stimme war leise und heiser geworden und das warme Getränk bahnte sich jetzt seinen Weg durch meine Brust. Meine Müdigkeit war wie von Zauberhand verschwunden.

»Sie sind ziemlich dreckig. Und nass«, sagte ich.

»Das habe ich bemerkt«, flüsterte er und mit einem leisen Knall war der feuchte Stoff, der an meiner Haut geklebt hatte, weg. Ich gab ein kleines Quietschen von mir, als ich an mir heruntersah. Ich trug jetzt den Seiden-pyjama. »Vielleicht können wir da weitermachen, wo wir aufgehört haben?«

Begierde flackerte in seinen Augen, als er die Frage stellte und mein Körper reagierte sofort auf ihn. Ich nahm noch einen Schluck Ambrosia und Wärme und Energie breiteten sich in mir aus. Ich wusste nicht, ob es das Getränk oder der Gedanke an Hades Nacktheit war, aber irgendetwas belebte mich. Ein Kribbeln der Erregung durchzog mich und meine Brust bebte, als Hades sich erhob. Ich konnte meinen Blick nicht von dem schönen Gott vor mir abwenden. Er verkörperte wahre Perfektion.

Ich beugte mich vor, um den Kelch auf den Boden zu stellen. Ich richtete mich wieder auf und ergriff mit den Fingerspitzen den Saum meines Hemdchens.

Seine Lippen schürzten sich und seine Augen nahmen eine dunklere Farbe an.

Ich sah zu ihm auf.

»Du zuerst«, sagte ich.

Sein Hemd verschwand augenblicklich. Es war, als wäre er aus Marmor gemeißelt worden. Jede Kurve und Wölbung seiner Brust verkörperten Stärke und Kraft. Mein Blick wanderte vom Bund seiner tiefsitzenden Jeans zum V seiner Bauchmuskeln und ich spürte einen Hitzeschub in meinem Inneren und meine Muskeln spannten sich an. Instinktiv streckte ich die Hand aus. Ich sehnte mich so sehr danach, seine festen Muskeln zu berühren. Doch er stand mehr als eine Armeslänge von mir entfernt. Eine winzige goldene Ranke glitt von meiner Handfläche und schlängelte sich zu ihm. Ich schaute ihn unsicher an. Er nickte und lächelte.

Die kleine Ranke berührte seine glühende Haut und verschmolz mit ihr zu einem leuchtenden, goldenen Tattoo, das sich über seine Rippen und über seine Brust ausbreitete. Heftiges Verlangen explodierte in mir. Bevor ich wusste, was geschah, hatte er mich hochgehoben und seinen Mund auf den meinen gedrückt. Ich vergrub meine Hände in seinem Haar und hatte nichts anderes im

Kopf, als ihm so nahe zu sein, wie es körperlich möglich war. Ich schlang meine Beine fest um ihn und seine Zunge umspielte meine. Fast schmerhaft intensive Impulse pochten zwischen meinen Beinen.

»Du bist wunderschön, meine Königin«, murmelte er und seine Lippen wanderten über meinen Kiefer zu meinem Hals. Seine Worte hätten mich in Verlegenheit bringen sollen, aber seine Stimme war so voller Leidenschaft, seine Absicht und Aufrichtigkeit so offensichtlich, dass sich mein Innerstes fester zusammenzog.

»Deine Königin?«, hauchte ich fragend.

»Meine Königin«, wiederholte er.

»Ich glaube mich zu erinnern, dass du etwas darüber gesagt hast, wie du mich anbeten wirst.«

»Ich erinnere mich auch, gesagt zu haben, dass du meinen Namen schreien wirst, wenn ich dich berühre und du immer wieder zum Höhepunkt kommen wirst«, sagte er und sah mich mit seinen immer dunkler werdenden Augen an. »Was ich dir nicht gesagt habe, ist, dass du dich so unglaublich fühlen wirst, dass du dich nicht an deinen eigenen Namen erinnern wirst. Ich werde dich Dinge fühlen lassen, von denen du nicht einmal wusstest, dass es möglich ist, sie zu fühlen. Ich werde dich so oft an den Rand der Ekstase bringen, bis du mich anflehst, dich zum Höhepunkt kommen zu lassen. Und ich werde mit dir kommen.« Ein leises Geräusch, das ich noch nie von mir gehört hatte, entkam meinen Lippen.

Er ließ sich auf die Knie fallen, setzte mich wieder auf den Stuhl und begann, meinen Hals zu küssen, wobei er sich langsam nach unten bewegte. Hitze strömte von ihm aus und jedes Mal, wenn seine Lippen meine Haut berührten, schoss Elektrizität durch meinen Körper. Als er meine Brüste erreichte, küsste er die dünne Seide meines Oberteils und meine Brustwarzen verhärteten sich augenblicklich. Seine Zunge strich durch den Stoff darüber und meine Lust erreichte eine mir bis dahin unbekannte Dringlichkeit.

Meine Schenkel waren immer noch um seine feste Taille verschränkt und ich stöhnte, als seine Hand mein Bein streichelte und sich zu meinen Shorts vorbewegte. Je höher seine Fingerspitzen strichen, desto mehr wölbte ich den Rücken. Mir war vor Lust ganz schwindelig. Seine Finger glitten höher und höher, neckten mich, bis ich mich wand. Ich hatte meine Hände in seinen Haaren und mit jedem Kraulen streiften seine Zähne meine Brustwarze durch die Seide.

Seine Finger erreichten den Saum meiner Shorts und strichen über die Oberfläche des Stoffes. Sie kamen der Stelle immer näher, an der ich ihn haben wollte. *Nicht nur wollte, brauchte.* Wellen kaum mehr erträglichen Kribbelns huschten durch seine Berührung über meine Haut und ich wusste nicht, ob es seine Magie war oder wie sehr ich ihn wollte, dass sie sich so intensiv anfühlten.

Quälend langsam strichen seine Finger über die unter dem Stoff schon geöffneten Schamlippen. Ein leises Stöhnen verließ meine Lippen. Ich hörte seinen röchelnden Atem, als er spürte, wie feucht die Seide zwischen meinen Beinen war. Dann küsste er mich wieder drängend und gierig auf den Mund. Er schmeckte göttlich und mein Verstand schaltete sich aus, als sein Finger wie eine Feder über meine empfindlichste Stelle tanzte. Der Druck baute sich mit jeder Bewegung mehr auf und meine Lust war zu sehr in Fahrt gekommen, um sie noch halten zu können. Ich küsste ihn wie besessen zurück. So etwas hatte ich noch nie zuvor gespürt. All die

Leidenschaft, die ich für diesen wunderschönen Mann, *diesen Gott*, empfand flutete dorthin, wo er mich so gekonnt streichelte.

»Hades«, stöhnte ich laut auf und eine erschütternde Welle der Erlösung brach über mich herein. Sein anderer Arm legte sich fest um meinen zitternden Körper und ich vergrub mein Gesicht in seinem Nacken. Ich küsste jeden Zentimeter seiner Haut, den ich erreichen konnte, immer und immer wieder, während Wellen der Lust in zitternden Nachbeben durch mich hindurch pochten.

»Bei den Göttern, du bist umwerfend«, murmelte er. Seine Stimme klang angespannt. »Ich will spüren, wie du das wieder machst. Ich will es tief in dir spüren. Ich will dich, Persephone.«

»Ich bin nur dein«, hauchte ich zurück und packte ihn bei den Schultern. Aber er wich wieder zurück, sah mir ins Gesicht und strich mir mit einem Finger über die Wange. Seine Augen funkelten vor wilder Leidenschaft, doch seine Worte waren sanft.

»Ich hätte nie gedacht, dass ich dich wiedersehen würde«, sagte er. »Geschweige denn, dass ich dich diese Worte sagen hören würde. Ich- ich will nicht, dass du gehst.«

Ich starrte zu ihm hinauf und versuchte, mich auf seine Worte zu konzentrieren, statt auf die Lust, die immer noch durch meinen bebenden Körper schoss, und auf mein Verlangen, ihn zu berühren, ihn in mir zu spüren und mich ihm vollkommen darzubieten.

»Aber du hast gesagt, ich kann nicht bleiben.«

»Ich weiß. Aber, ich kann es nicht tun, ich kann dich nicht wieder gehen lassen.«

· · ·

Etwas in mir überschlug sich und es hatte nichts mit meinem Verlangen zu tun. Es ging tiefer. Ich war glücklich. Ich war glücklich darüber, dass er mich nicht gehen lassen wollte.

Aber das war nicht der Plan. Ich musste zurück nach New York, weg von mörderischen Göttern und durchtriebenen Arschlöchern.

Und weg von deinen Kräften, Unterwasserwelten, fliegenden Schiffen und einem verdammten Gott, der dich bis in alle Ewigkeit verehren will?

»Ich... ich weiß nicht, ob ich hierhergehöre«, sagte ich zögerlich. Hades sagte nichts, aber Emotionen flackerten in seinen Augen auf. »Aber ich weiß, dass ich etwas für dich empfinde. Etwas, das ich noch nie zuvor gefühlt habe.«

»Wir sind miteinander verbunden«, sagte er leise. »Aber du hast es noch nicht ganz akzeptiert. Wenn du das tust, wirst du es fühlen.«

»Ich fühle bereits etwas.«

Er schüttelte den Kopf. »Man kann seinen Seelenverwandten nicht ein bisschen fühlen.«

Ich wusste nicht, was ich sagen sollte. Schuldgefühle überschwemmten mich.

»Es tut mir leid«, sagte ich und meinte es ernst. Mehr als alles in der Welt wollte ich ihn glücklich machen. Nicht nur, weil ich ihn körperlich begehrte, sondern weil es für mich unvorstellbar wichtig war, dass er glücklich war. Das musste die Bindung sein, von der er sprach, nahm ich an.

Er stand langsam auf.

»Ich schlage dir einen Handel vor«, sagte er. »Wenn du das Bündnis in dir spürst, werde ich alles in meiner Machtstehende tun, um dich hier zu behalten. Aber wenn es wirklich weg ist, dann schwöre ich, dass du nach New York zurückkehren wirst, ohne Erinnerung an mich oder den Olymp.«

Ich setzte mich aufrecht hin und drückte die Beine zusammen. Es ging hier nicht mehr um Sex. Und ich wusste nicht, was ich wollte. So sehr sich ein Teil von mir wünschte, nach Hause zu meinem Bruder und meinen Gärten zurückzukehren, so sehr wollte ich auch hierbleiben, um meine Kräfte zu finden, mit Hades zusammen zu sein und für alle Ewigkeit Bäume zu pflanzen.

Aber der Gedanke an den Bau der Empusa, die Menschen in den Sanduhren, Hades gleichgültige Reaktion auf das, was die Götter zur Unterhaltung taten, all das ließ mich innehalten. *Das war nicht ich.* Und selbst wenn ich so wäre, konnte ich auf keinen Fall an diesem Ort leben, ohne Außenwelt, ohne Fenster und mit Tod und Dämonen unter den Füßen.

»Ich muss darüber nachdenken«, sagte ich. »Alles hier ist so verwirrend und ich habe gerade erst meine Kräfte zurückgewonnen. Ich weiß nicht, wo ich hingehöre.«

»Dein Platz ist an meiner Seite«, sagte er entschlossen nach einer langen Pause.

Ein Teil von mir stimmte ihm instinktiv ihm zu. Besonders der Teil, der sich wünschte, er hätte dieses Gespräch nie begonnen. Aber der andere Teil von mir war sich nicht sicher.

»Wie wäre es, wenn wir darüber reden, wenn ich alle Tribunale überlebe?«, sagte ich so locker, wie es mir möglich war.

»Du musst die Tribunale gewinnen.«

»Was?«

»Wenn du nicht gewinnst, muss ich Minthe heiraten.«

Ein Blitz Eifersucht durchfuhr mich bei dem Gedanken und ich verzog das Gesicht.

»So einfach ist das nicht«, sagte ich. »Ich weiß nicht, ob dir das aufgefallen ist, aber deine Brüder scheinen wirklich nicht daran interessiert, es mir leicht zu machen.«

»Du musst gewinnen«, wiederholte er. Frustration wallte in mir auf.

»Ich habe mich noch nicht einmal entschieden, ob ich bleiben will!«

Schmerz legte sich in seine Gesichtszüge und sein Hemd erschien schimmernd auf seiner Brust.

»Du hast heute viel durchgemacht. Du musst dich ausruhen«, sagte er und seine Stimme klang unbeholfen förmlich.

»Aber-«, begann ich, doch ich zuckte zusammen, als meine Kampfmontur wieder an meinem Körper erschien. Sie war jetzt wieder trocken. »Hades, bitte«, versuchte ich es erneut.

»Ich habe dich schon einmal verloren«, sagte er leise. »Ich weiß nicht, ob ich das noch einmal durchstehen kann.«

»Gib mir nur ein wenig Zeit zum Nachdenken«, sagte ich und stand auf, um sein Gesicht zu berühren. Seine silbernen Augen blitzten verzweifelt. Er senkte den Kopf und küsste mich sanft.

»Versuch einfach zu gewinnen«, sagte er. Tausend Gedanken schwirrten mir durch den Kopf.

Wenn ich wirklich gewinnen könnte, und das tat ich, dann würde ich die Oberhand haben. Dann hätte ich zumindest die Möglichkeit, mich dafür zu entscheiden, bei ihm zu bleiben, so unwahrscheinlich das auch war. Der Gedanke, dass er eine andere Frau küsste, in diesen Stuhl hob, sie so berührte, wie er mich berührt hatte, ließ mich rot anlaufen. Aber das hatte nichts zu bedeuten, sagte ich mir. Er hatte mir nur gerade ein unglaubliches Gefühl gegeben. Da war es ganz natürlich, dass ich mich jetzt besitzergreifend fühlte.

Doch selbst wenn ich den Gedanken an Hades für einen Augenblick zur Seite schob, war die Entdeckung meiner magischen Kräfte und die Gefühle, die sie in mir auslösten, mehr als ich mir je hätte vorstellen können.

Ich war auf keinen Fall in der richtigen Verfassung, um jetzt so große Entscheidungen zu treffen.

Wenn ich aber die Tribunale gewinnen würde, würde ich sicherlich mehr Zeit und Freiheit haben, ein echtes Urteil zu schließen. Eine ruhige, gut informierte Entscheidung, die nicht von Angst oder Lust angetrieben wurde.

»Okay. Ich werde es versuchen«, sagte ich und etwas Kraftvolles schimmerte in seinen Augen, als er mich wieder an sich zog und erneut küsste. Ich konnte die Welle des Glücks nicht unterdrücken und erwiderte seinen Kuss leidenschaftlich.

Wenn diese Bindung, von der er sprach, tatsächlich erwachte, dann würde ich mich ernsthaft mit diesem Dilemma auseinandersetzen müssen.

FÜNFUNDZWANZIG

PERSEPHONE

»Also... wo waren wir?«, fragte ich spielerisch, brach den Kuss ab und warf ihm einen spitzen Blick zu, von dem ich hoffte, dass er schrie: »*Zieh mich aus, sofort. Und du dich auch.*«

»Bis unser Bündnis erwacht, werde ich dich nicht anrühren«, sagte Hades und strich mir über die Wange.

»Warum nicht?« Enttäuschung durchfuhr mich und die Worte erklangen quietschend.

»Weil ich keine halben Sachen mache. Wenn ich endlich mit dir zusammen bin, möchte ich, dass es das Umwerfendste ist, was du je erlebt hast.«

»Ich bin mir ziemlich sicher, dass du das auch jetzt erreichen kannst«, sagte ich und dachte an den Orgasmus, den er mir beschert hatte, ohne mich auch nur auszuziehen.

Er sah mich lange durchdringend an und dann seufzte er. »Du solltest dich wirklich etwas ausruhen.

Hekate muss dir morgen das Heilen beibringen, damit du den Ausdauertest bestehen kannst. Ich habe keinen Zweifel, dass mein schwachsinniger Bruder etwas Schreckliches für dich im Petto hat.«

Ich überlegte kurz, ob ich ihn anflehen sollte, zu beenden, was wir begonnen hatten, aber mein Stolz meldete sich gerade noch rechtzeitig zu Wort.

»Gut«, sagte ich finster. »Können wir zu meinem Zimmer zurücklaufen? Mir ist heute nicht mehr nach Blitzen zumute.«

»Natürlich.«

Wir sprachen nicht miteinander auf dem Weg zurück durch die scheinbar endlosen, mit blauen Fackeln beleuchteten Korridore. Es war jedoch nicht unangenehm. Er nahm meine Hand in die seine und es fühlte sich wunderbar an. Besser als wunderbar. Mein Körper summte immer noch mit all meiner Kraft und dem Vergnügen, das ich in der letzten Stunde erlebt hatte. Der Schrecken in der Höhle der Empusa fühlte sich an, als sei er eine Ewigkeit her.

Als wir mein Zimmer erreichten, drehte sich Hades zu mir um, sein Gesicht war stählern und hart und die Hitze begann wieder in mir zu brodeln. Stärke ging von ihm aus, und die Götter mögen mir helfen, es machte mich an.

»Verlass diesen Raum nicht ohne mich oder Hekate«, sagte er.

»Ich weiß.«

»Und noch einmal: Es tut mir im Voraus leid, was auch immer Zeus für dich geplant hat. Zumindest zwingt er mich nicht, dich einem Härtetest zu unterziehen, aber ich weiß nicht, welche Götter es sein werden.«

Ich verspürte einen Stich Erleichterung, dass Hades

nicht darunter leiden musste, mir Schmerzen oder Ärger zuzuziehen. Sowohl seinetwillen als auch meinetwillen.

»Ich werde schon klarkommen«, sagte ich. »Ich werde von Hekate alles über Heilung lernen, was man nur lernen kann.« Es war wahrscheinlich eine kluge Entscheidung, dass er beschlossen hatte, dass Hekate mich unterrichten sollte und nicht er. Mein Verlangen nach ihm und meine Verwirrung, wenn ich in seiner Nähe war, würden mich definitiv ablenken und Heilen klang nach einer ziemlich wichtigen Sache. »Sind diese Bindungen immer so unheimlich unpraktisch?«

»Ja«, lächelte er und küsste mich. Seine Lippen fühlten sich an wie Federn und Feuer zugleich. »Aber es heißt ja, Liebe besiegt alles.« Im nächsten Moment verschwand er in einem weißen Lichtblitz.

»*Liebe*«, wiederholte ich leise und schloss meine Schlafzimmertür. Dann wurde es mir klar. Der Grund, warum er ohne die Bindung nicht mit mir zusammen sein würde. Er wollte keine »halben Sachen« machen. Er wollte, dass ich ihn liebte, so sehr wie er mich bereits liebte.

Konnte ich ihn lieben? Es gab überhaupt keinen Zweifel daran, dass ich mich sexuell zu ihm hingezogen fühlte und mich zutiefst um sein Glück sorgte. War das Liebe? Ich stellte mir sein Gesicht vor und lehnte mich gegen die Tür. Es fühlte sich richtig an, bei ihm zu sein. Und ich wusste, dass es nicht richtig sein sollte. Es war praktisch die Definition von allem, was falsch war. Er war der Herr der Toten, ein Gott, der den Verlust von Leben nicht betrauerte, der aus Licht gemachte Leichen erschuf, der Menschen zerriss und der seinen Opfern absichtlich Todesangst machte.

Und doch hatte er ein ganzes Reich und neue Arten

erschaffen, weil er sich nach Leben sehnte. Er hatte sich seine Rolle nicht ausgesucht, sondern akzeptierte sie, weil er es musste. Sein Reich beherbergte Ausgestoßene, ohne sie zu verurteilen und erlaubte keine Eingriffe in die Privatsphäre, indem es Göttern verbot, Gedanken zu lesen.

Ich respektierte ihn, das war mir klar. Ich bewunderte ihn so sehr, wie ich ihn fürchtete.

Die Sanftheit seiner Berührung, die Zärtlichkeit seiner Küsse, die intensiven Emotionen in seinen Augen, sie alle standen im krassen Gegensatz zu dem Monster, das er der Welt präsentierte. Weich und hart. Hell und Dunkel. Leben und Tod. Die Empusa hatte mir gesagt, dass ich die Balance nicht meistern würde, und sie hatte wohl recht. Hatte Hades dieses Gleichgewicht gemeistert und die weiche Seite in sich versteckt, aber doch bewahrt? Oder war er genauso in Gefahr, die Balance zu verlieren, wie ich es war?

»Besteht der größte Teil des Lebens eines Gottes nur aus Partys?«, fragte ich Skop und rückte das Mieder eines weiteren Ballkleides zurecht. Dieses war leuchtend rot. Der obere Teil war ein Korsett und lag eng an, schnitt mir aber nicht den Atem ab. Der untere Teil war aus dichter Seide. Weiße Rosen schlängelten sich vom Saum meine rechte Seite hinauf. Es war schön, aber auch schwer und beschränkte meine Bewegungsfreiheit immens.

»Das ist es, wenn sie diese Events veranstalten, ja. Ich schätze, deshalb tun sie es so oft.«

Ich hob die Augenbrauen. »Wurde schon mal einer

der anderen Götter auf diese Weise gezwungen zu heiraten?«

»*Noch nicht. Sind Sie bereit für heute Abend, Fräulein? Ich bezweifle, dass ich Ihnen helfen kann.*«

In der Stimme des Kobaloi lag Bitterkeit. Es war offensichtlich, dass er es nicht schätzte von meiner Zeit mit Hades ausgeschlossen zu werden. Der misstrauische Teil von mir kam nicht umhin sich zu fragen, ob er Dionysos Bericht erstattete. Der vertrauensvolle Teil in mir wollte glauben, dass er sich nur um mich sorgte.

»Solange du nicht wieder in Gefahr bist«, sagte ich und befestigte *Faesforos* an meinem Fußgelenk. Mein Rock reichte bis zum Boden, so dass der Dolch dort nicht zu sehen sein würde.

Skop knurrte, sagte aber nichts. Ich betrachtete mein Spiegelbild und holte tief Luft. Der rote Lippenstift, der zu dem Kleid passte, war weitaus gewagter, als ich ihn normalerweise tragen würde, aber ich musste mich heute Abend so kämpferisch wie möglich darstellen. Irgendwie ließ er mich größer erscheinen und meinen Kopf höher halten. *Das liegt daran, dass Minthe das letzte Mal, als du sie gesehen hast, rot getragen hat*, mahnte ich. *Du willst besser aussehen als sie.*

»*Sind Sie bereit?*«, unterbrach Skop meine Gedanken.

»So bereit wie man es nur sein kann«, antwortete ich.

Hekate hatte den größten Teil des Tages mit mir verbracht und versucht mir beizubringen, wie ich auf den Teil meiner Kraft zugreifen kann, der mich heilen lässt. Als wir beide ziemlich sicher waren, dass ich wusste, wovon sie sprach, hatte ich sehr zögerlich eine winzige Einkerbung in meinen Arm gemacht und meine Haut beschworen, sich wieder zusammenzufügen. Zu meiner großen Freude hatte es funktioniert. Und zu meiner Erleichterung hatte sie nicht vorgeschlagen, eine größere Wunde zu verursachen, um es zu testen, sondern Zeit damit verbracht, darüber zu sprechen, wie es sich anfühlen würde und wie ich mehr Energie in einen bestimmten Bereich meines Körpers ziehen kann, für den Fall, dass ich es brauchen würde. Ich fühlte mich zuversichtlich, dass ich in der Lage sein würde, mir selbst zu helfen, wenn ich verletzt war, zumindest bis der allmächtige Gott, der mein Ex-Mann war, mich erreichen konnte.

Zu wissen, dass Hades auf mich aufpasste, war ein Gefühl, an das ich mich noch nicht ganz gewöhnt hatte. Es gefiel mir mehr, als ich zugeben wollte. Mein Bruder war immer für mich da gewesen, wenn ich ihn brauchte, aber er mischte sich nie ein, ganz im Gegenteil. Sam half mir, wenn ich ihn darum bat, aber ansonsten ließ er mich meine eigenen Angelegenheiten regeln. Um ehrlich zu sein war es Hades vorgeschrieben, sich nicht einzumischen. Es war ihm nicht erlaubt, in die Prüfungen einzugreifen, aber er hatte die Regeln schon mehrfach gebrochen, um mir zu helfen.

Würde er sich einschalten, wenn ich tatsächlich kurz vor dem Tod stünde? Würde er dazwischentreten *können*? Hekate sagte, dass Zeus stärker sei als der Rest der Götter; ich nahm an, das schloss Hades ein.

Hekate erschien mit einem Blitz in meinem Schlafzimmer und ich schreckte zusammen.

»Kannst du nicht klopfen!«, rief ich aus. »Du hast mich zu Tode erschreckt.«

»Oh ja, sorry«, grinste sie. »Du siehst klasse aus.«

»Danke. Hast du irgendwelche Tipps auf die Schnelle?«

»Ja. Halte aus, was auch immer sie dir zumuten, egal was, und du wirst gewinnen«, sagte sie achselzuckend.

»Na super. Ganz einfach also«, sagte ich und verdrehte die Augen.

»Und fick Hades auf der Party nicht. Die Leute werden es bemerken.«

Ich warf ihr einen Blick zu und ihre Augen funkelten verschmitzt. »Du bist genauso schlimm wie er«, sagte ich und deutete auf Skop.

»*Nein, ist sie nicht*«, sagte er. »*Das können Sie mir glauben.*«

Hekate wirkte viel entspannter als vor dem letzten Tribunal und ich beäugte sie neugierig.

»Warum bist du heute nicht besorgt?«, fragte ich.

»Sie prüfen heute deine Ausdauer und du bist stark. Wenn es darum geht, etwas auszuhalten, dann ist es unwahrscheinlich, dass es dich umbringen wird«, sagte sie und ließ sich auf mein Bett fallen.

»Das ist ein gutes Argument.«

»*Obwohl sie vielleicht jemand anderen töten könnten*«, fügte Skop hinzu.

»Halt die Klappe«, sagte Hekate. »Sieh mal, du musste heute Abend einfach nur mit den Göttern auf einer Party quatschen und einige von ihnen werden dich für ein paar Minuten etwas Beschissenem aussetzen. Halte es einfach aus und dann ist der Abend auch schon erledigt.«

»Das klingt nicht nach einem gebührenden Ende der zweiten Runde«, sagte ich skeptisch. »Ich dachte, sie würden mehr Drama wollen.«

»Ein paar von ihnen können vielleicht ein bisschen

fies werden, schätze ich. Aber wahrscheinlich wird es nicht so schlimm, wie in den Abwässern der Unterwelt zu ertrinken.«

»Ja, es gibt viel, dass schlimmer als das sein könnte«, sagte ich und schauderte. Bei der Erinnerung stieg die Wut wieder in mir auf. Ich spürte, wie meine Magie unter meiner Haut zu brodeln begann. Ich wusste nicht, ob das ein beruhigendes oder beunruhigendes Gefühl war.

»*Was ist, wenn derjenige, der die Puppe und den Spiegel hinterlassen hat, sich wieder blicken lässt und dieses Mal mit etwas Schlimmerem als einem Phönix?*«, fragte Skop.

»Ernsthaft?« Hekate starrte ihn an. »Deine Panikmache hilft uns jetzt so gar nicht, Skop. Der Hauptmann von Hades Wache, ein sehr strenger Minotaur namens Kerato, ist an diesem Fall dran. Es gibt keinen Grund, sich Sorgen zu machen.«

Angst und Nervosität stiegen in mir auf und Hekates Haltung überzeugte mich überhaupt nicht. Ich glaubte nicht für einen Moment, dass das einfach werden würde. Zeus würde die Runde mit einem echten Kracher beenden wollen, da war ich mir sicher.

SECHSUNDZWANZIG

PERSEPHONE

Hekate führte uns in einen Raum und für einen kurzen Moment dachte ich, es sei Hades Frühstücksraum.

Doch bei genauerem Hinsehen erkannte ich gewaltige Unterschiede. Dieser Raum hatte die gleiche hohe gewölbte Decke und die hohen Fenster, die von schweren Vorhängen verdeckt waren. Aber das Podest mit dem Baum in der Mitte und dem Tisch für zwei Personen fehlte.

Stattdessen beherrschte, parallel zu den Fenstern, eine lange Reihe von zwölf Thronsesseln aus Marmor die Mitte des Zimmers. Der Raum war von einer kalten Formalität geprägt, die mich noch unbehaglicher machte, als ich es ohnehin schon war. Wo der Maskenball fast ätherisch gewesen war, mit funkelnden Sternen an den felsigen Wänden, stimmungsvoller Beleuchtung und überall Säulen, hinter denen man sich verstecken konnte, wirkte dieser Raum ernst und feierlich. Er wurde von kühlen blauen Flammen erhellt, die in Wandleuchtern flackerten und hüfthohe Säulen boten den Gästen Platz, ihre Getränke abzustellen. Und Gäste waren viele da. Vertraute Gesichter blickten mich von dort aus an, wo sie sich in kleinen Gruppen versammelt hatten, alle wunderschön gekleidet in Roben und Togas, die auf einem Laufsteg zu Hause nicht fehl am Platz gewirkt hätten. Ich erblickte Selene, Eros, Hedone, Morpheus und andere, die ich zuletzt auf der Party im Reich des Wassermannes gesehen hatte. Ich sah mich um und lächelte höflich. Das Lächeln verging mir jedoch, als ich Minthe erspähte. Ihre Augen waren von Bosheit erfüllt. Sie sah umwerfend aus in ihrem schwarzen trägerlosen Etuikleid und mein Bauch zog sich zusammen, als mein Selbstvertrauen zu schrumpfen begann.

Doch dann ertönte Hades Stimme in meinem Kopf. *»Du siehst unglaublich aus. Ich liebe dich in Rot.«*

Ich spürte, wie ich unwillkürlich den Rücken durchdrückte und wieder ein Lächeln aufsetzte.

»Wo bist du?«

»Die Götter sind alle hier, wir dürfen uns nur noch nicht zu erkennen geben. Mein Bruder liebt dramatische Auftritte.«

»Ich dachte, man darf im Reich der Jungfrau nicht ohne ihre Erlaubnis in den Köpfen der Leute herumspuken?«

»Ah, entschuldige. Ich nahm an, ich hätte deine Erlaubnis.«

»Du kannst in mich eindringen, wann immer du es willst«, sagte ich süffisant und nahm ein Getränk von einem Satyr-Kellner an, der an meiner Seite erschienen war.

»Wir sehen uns sehr bald wieder, meine Schöne. Viel Glück.«

. . .

Hekate und ich trennten uns und ich machte meinen obligatorischen Rundgang durch die Halle, lächelte und nickte jedem zu, den ich ansah und nippte an meinem prickelnden Wein. Wie Hekate erwartet hatte, gab es viel mehr Wachen als zuvor. Sie waren an jeder der großen Türöffnungen der Halle postiert und säumten die Wände zwischen den Fenstern. Die Halle fühlte sich seltsam leer an, obwohl so viele Menschen und Kreaturen sie füllten. Nervöse Energie knisterte mit zunehmender Heftigkeit unter meiner Haut.

»Es ist so schön, dich wiederzusehen«, strahlte Selene, als ich sie erreichte.

»Ebenfalls«, lächelte ich und meinte es ernst. Sie war auf dem Maskenball warm und freundlich zu mir gewesen und ich spürte ihre Aufrichtigkeit.

»Sag es niemandem, aber ich glaube, du bist der Liebling des Olymps geworden«, sagte sie verschwörerisch.

»Ernsthaft?« Ich blinzelte sie an.

»*Hab ich's doch gesagt*«, sagte Skop in meinen Gedanken und ich blickte zu ihm hinunter. Er wedelte glücklich mit dem Schwanz. »*Wir lieben Außenseiter.*«

»Es ist ein Vergnügen, dir dabei zuzusehen, wie du in deine Kraft bekommst«, lächelte Selene.

Ich öffnete meinen Mund, aber es kam nichts heraus. Selene war einer der nettesten Menschen, die ich bisher kennengelernt hatte und selbst sie hielt es für »ein Vergnügen«, mir dabei zuzusehen, wie ich fast in Scheiße ertrank und von einem Seeungeheuer gefressen wurde. Was zum Teufel war mit den Leuten hier los?

»Ich bin mir sicher, dass du dich heute Abend fantastisch schlagen wirst«, sagte sie enthusiastisch und füllte damit die Lücke in unserer Unterhaltung, die dadurch entstanden war, dass ich mit offenem Mund dastand, statt zu antworten.

Ich spürte, wie mir jemand auf die Schulter klopfte und drehte mich dankbar um. Ein riesiger Minotaur, den ich schon ein paar Mal in Hades Thronsaal gesehen hatte, neigte mir den Kopf leicht zu und ich widerstand dem Instinkt, einen Schritt zurückzutreten.

»Bei Dionysos, dieser Kerl ist ein wahrer Bastard«, hauchte Skop.

»Du musst Kerato sein«, sagte ich schnell und erinnerte mich daran, was Hekate mir über den Hauptmann von Hades Wache erzählt hatte und starrte zu dem Minotaur hinauf. Er war gut drei Meter groß und allein seine Hufe reichten mir fast bis zum Knie. Das Biest blinzelte mich an, seine tiefschwarzen Pupillen waren scharlachrot umrandet. Haarige Augenbrauen gaben ihm einen ständig verärgert aussehenden Gesichtsausdruck und zwei gebogene schwarze Hörner ragten aus den Seiten seines pelzigen Schädels.

»Das ist richtig, meine Dame«, sagte er unwirsch. »König Hades bat mich, mich bei Ihnen zu melden.«

»Ich danke dir«, sagte ich.

»Jeder, der dieses Siegel trägt, gehört zu Hades Garde.« Er schlug mit seiner krallenbesetzten Faust auf die Metallscheibe in der Mitte der glänzenden Rüstung, die um seine Brust geschnallt war. Darauf war ein eine Schlange eingemeißelt, die aus dem linken Auge eines Totenkopfs austrat. Ich konnte mich des Eindrucks nicht erwehren, dass es wie eine Tätowierung einer Biker-Gang aussah.

»Okay«, sagte ich.

»Viel Glück«, grunzte der Minotaur, drehte sich um und marschierte zurück zur Tür, um wieder seinen Posten einzunehmen.

»Ziemlich einschüchternd, nicht wahr?«, sagte eine heisere Stimme. Ich drehte mich lächelnd um und sah Hedone. Sie küsste mich auf beide Wangen.

»Er scheint seinen Job sehr ernst zu nehmen«, sagte ich.

»Ohne Zweifel.«

»Wo ist Morpheus?«

»Er konnte heute Abend nicht kommen, aber er wünscht dir viel Glück.«

»Vielen Dank. Ich werde es brauchen.« Etwas mit massiven ledernen Flügeln und etwas, das wie die Beine eines Löwen aussahen, schlich an uns vorbei. »Hedone, was ist das für eine Kreatur?« Seine Nase war ein hakenförmiger, vergilbter Schnabel und seine glänzenden Augen bohrten sich tief in mich hinein, als ich ihn anstarrte.

»Er sieht aus wie ein Griffon-Mischling«, sagte sie. Ich zog fragend die Augenbrauen in die Höhe und sie fuhr fort. »Von den meisten Kreaturen in Olympus gibt es wilde und empfindungsfähige Versionen, obwohl einige eher dazu neigen, wild zu bleiben, wie der Mantikor zum Beispiel. Das sind große geflügelte Katzen mit Skorpion-Schwänzen, die in den Wäldern leben. Es kommt nur sehr selten vor, dass sie sich eingliedern können. Aber Greife, die aus Löwe und Adler bestehen, haben genug Menschliches in sich, dass die meisten empfindungsfähig sind . Es ist selten, sie in freier Wildbahn zu finden. Seine Flügel sind allerdings groß für einen echten Griffon, also ist da vielleicht irgendwo eine Harpyie drin.«

Ein Griffon hatte also Sex mit einer Harpyie?« Ich versuchte nicht so ungläubig zu klingen, wie ich mich fühlte. Doch mein Gehirn konnte diese Vorstellung einfach nicht verarbeiten. Die einzigen Harpyien, die ich hier gesehen hatte, waren Vögel mit menschlichen Köpfen.

Hedone gab ein leises Kichern von sich. »Wo ein Wille ist, ist auch ein Weg«, sagte sie.

»*Das stimmt*«, fügte Skop hinzu. »*Ich bin nur knapp einen Meter groß, aber Sie würden Augen machen, was ich schon alles bestiegen habe.*« Ich verdrehte die Augen, aber er wedelte nur noch schneller mit dem Schwanz. »*Das liegt alles an meinem enormen...*«

»Guten Abend, Damen und Herren des Olymps!« Der Gruß des Kommentators schnitt den Satz des Kobalois ab und es war das erste Mal, dass ich dankbar war, die Stimme des irritierenden blonden Mannes zu hören.

Der Raum verstummte und ich folgte dem kollektiven Blick der Menge zur Mitte des Raumes, wo der Kommentator am linken Ende der Thronsessel stand. »Willkommen zum letzten Tribunal der zweiten Runde. Und wir haben eine kleine Wendung für Sie! Aber zuerst begrüßen Sie bitte Ihre Götter!«

Alle Anwesenden fielen auf die Knie, mich eingeschlossen, und ein weißes Licht erfüllte den Raum. Aber ich hob meinen gesenkten Kopf genug, um Hades sehen zu können, dessen wogende, rauchige Gestalt ganz rechts stand.

»Heute Abend muss Persephone vier Prüfungen bestehen, die ihr von vier Göttern gestellt werden«, dröhnte die Stimme des Kommentators und die Menge erhob sich. »Sie kann die Reihenfolge, in der sie mit den

Göttern spricht, selbst entscheiden, doch sie weiß nicht, welche Götter sie testen werden.«

Ich ließ meinen Blick über die Gesichter der Götter schweifen, auf der Suche nach Anhaltspunkten. Ich sah keine. Keiner von ihnen schaute mich an.

»Aber heute Abend wird sie keine Punkte gewinnen können«, sagte der Kommentator und die Anwesenden begannen wie wild durcheinander zu reden. *Keine Punkte? Wie bitte?*

»Stattdessen wird Persephone für jede Prüfung die sie nicht besteht, einen ihrer vier Punkte verlieren.«

Ein Schauer lief mir über den Rücken. Meine Punkte verlieren? Ich hatte bereits zwei von ihnen gegessen, verdammt noch einmal. Würde das bedeuten, dass ich auch die Kraft verlieren würde, die ich zurückgewonnen hatte? Außerdem gab es nur noch drei weitere Prüfungen nach dieser und ich brauchte sechs Punkte, um zu gewinnen. Ich rechnete schnell nach.

Wenn ich nur einen Samen verlieren würde, könnte ich immer noch gewinnen, aber ich müsste bei den nächsten drei Tribunalen jeweils mindestens einen Punkt erzielen. Und wie ich schon zweimal bewiesen hatte, war es nicht einfach, die Punkte zugesprochen zu bekommen.

Mein Blut kochte vor Wut, als all meine Hoffnungen, nur noch zwei Tribunale durchstehen zu müssen, dahinschwanden. Nicht nur würde ich jetzt für meine Mühe keine Punkte gewinnen, sondern sie wollten mir auch noch das wegnehmen, was ich bereits verdient hatte? Und möglicherweise auch meine Kräfte?

»Das ist so unfair«, zischte ich leise. Die Wahrscheinlichkeit, dass ich bei jedem Tribunal Punkte erhalten würde war minimal.

Und selbst wenn ich mir nicht sicher war, ob ich diese verfluchten Tribunale tatsächlich gewinnen wollte, würde ich meine neuen Kräfte auf keinen Fall riskieren.

Ich musste alles meistern, was sie für mich vorbereitet hatten und alle vier Samen behalten, komme, was wolle.

SIEBENUNDZWANZIG

PERSEPHONE

»**P**ersephone, komm nach vorn! Wähl deinen ersten Gott aus!« Jeder in der Menge drehte gleichzeitig den Kopf zu mir um und ich schluckte. Meine Haut kribbelte vor Nervosität und ich war mir meiner schwitzenden Handflächen unangenehm bewusst.

Diese Handflächen haben magische Lianen in sich, verdammt noch mal, du packst das! Ich wiederholte diese Worte in Gedanken immer und immer wieder, während ich auf den Kommentator zuging. Als ich ihn erreichte, strahlte er mich mit seinen perlweißen und perfekten Zähnen an.

»Also, wen möchtest du zuerst ansprechen?«

»Hades«, sagte ich, ohne zu zögern. *War das klug,* fragte ich mich, als Lachen sich in der Menge ausbreitete. Er war der einzige Gott, von dem ich wusste, dass er keinen Test für mich hatte. Aber sein Name war mir über die Lippen geglitten, bevor ich näher darüber nachdenken konnte und jetzt war es zu spät, es mir anders zu überlegen.

»Nun gut. Los gehts.«

Vorsichtig vermied ich es, die anderen Götter anzusehen und richtete meine Aufmerksamkeit auf Hades rauchige Gestalt. Ich konnte die Augen der anderen Olympier auf mir spüren, aber ich ignorierte sie. Der beste Weg zu vermeiden, von ihnen eingeschüchtert oder manipuliert zu werden, war in die Offensive zu gehen, beschloss ich.

Als ich Hades Thron erreichte und vor ihm stand, reichte mir sein durchsichtiger Raucharm einen kleinen silbernen Kelch.

»Trink aus dem Kelch des Todes und finde heraus, ob du geprüft wirst«, sagte er und in seiner Stimme klang der böse, zischende Ton mit, dessen Existenz ich fast vergessen hatte. Dies war der Hades, den der Rest der Welt sah. Ich nahm ihm den Becher ab und suchte sein Gesicht nach einem Aufblitzen der Silberaugen ab, aber da war nichts. Er konnte nicht riskieren, dass ihm vorgeworfen wurde, mir eine besondere Zuneigung zu zeigen, sagte ich mir und biss den stechenden Schmerz zurück, den seine Gleichgültigkeit verursachte. Langsam trank ich aus dem kleinen silbernen Kelch. Die Flüssigkeit darin war süß, aber hatte keinen Geschmack, den ich zuordnen konnte.

»Kein Test von Hades!«, sang der Kommentator. »Wähl deinen nächsten Gott aus!« Ich reichte den Kelch an Hades zurück und flehte schweigend um einen Blick auf sein wahres Ich. Ich konnte mir das Lächeln gerade noch verkneifen, als ein kurzes Aufblitzen silbern glänzender Augen durch den Rauch schimmerte, als er mir den Becher abnahm.

Ich konnte dieses Tribunal meistern.

· · ·

»Athene«, sagte ich entschlossen. Sie saß zwei Thronsessel weiter und nur Ares saß zwischen ihr und Hades. Der Kriegsgott trug wieder den rotgefiederten Helm, der sein Gesicht verbarg und jetzt da ich ihm so nahe war, konnte ich sehen, dass sein massiver Oberkörper mit Muskeln durchzogen war. Ich wollte ihm auf gar keinen Fall zum Feind werden. Oder mich seiner Prüfung stellen müssen.

Athena trug dieselbe weiße Toga, in der ich sie zuvor gesehen hatte und ihr Haar war zu einem Zopf geflochten. Als ich vor ihr stand, blinzelte mich von ihrer Schulter hinab eine kleine Eule mit großen Augen an.

»Trink aus dem Kelch der Weisheit und finde heraus, ob du geprüft wirst«, sagte die Göttin und reichte mir einen Kelch, der dem von Hades glich. Ich nahm einen Schluck aus dem Kelch. Diesmal schmeckte er bitter, doch es passierte nichts.

»Zeit weiterzuziehen, Persephone! Wohin als nächstes?« Die Stimme des Kommentators strotzte nur so vor Aufregung.

»Aphrodite«, sagte ich und schaute fünf Throne weiter, wo die Göttin der Liebe neben ihrem Mann Hephaistos saß. Wenn ich von Aphrodite geprüft würde, was würde das wohl bedeuten? Was, wenn sie mich etwas Sexuelles aushalten ließ? Meine Nerven ging mit mir durch und als ich mich ihr näherte stieg Panik bei dem Gedanken in mir auf. Hedone hat gesagt, dass so etwas nicht erlaubt ist, erinnerte ich mich. Bereits vor dem Maskenball hatte sie mir versichert, dass nur einvernehmlicher Sex im Olymp erlaubt war. Selbst die Götter wollten sich ihre Lust verdienen, statt sie sich mit Gewalt zu nehmen.

Nichtsdestotrotz zitterten meine Hände, als ich der

Göttin den Becher abnahm. Sie strahlte mich an, ihre leuchtend grünen Augen funkelten unter unverschämt dichten Wimpern. Ihr Haar war heute tiefschwarz und zu einem Bob geschnitten. Sie trug ein hautenges weißes Kleid und erinnerte mich an Kleopatra. *Bitte nicht*, betete ich und mit geschlossenen Augen trank ich einen Schluck aus ihrem Kelch. Die Flüssigkeit schmeckte eine Million Mal besser als die letzten beiden, aber gnädigerweise passierte nichts.

»Wähle den nächsten Gott aus! Wir beginnen uns zu langweilen, Persephone!«

Ich warf dem Kommentator einen bösen Blick zu und reichte den Kelch an Aphrodite zurück.

»Dionysos«, sagte ich und ging zurück zu der Stelle, wo Dionysos saß. Er war direkt neben Athene. Ich war nicht überrascht, ihn wieder in engen Lederhosen zu sehen, mit einem weißen Hemd, das größtenteils offen und nur halb in die Hose gesteckt war. Er hatte einen Knöchel über das Knie geschlagen und eine dunkle Sonnenbrille auf.

»Trink aus dem Kelch des Weines und finde heraus, ob du geprüft wirst«, murmelte er und streckte mir den Kelch lässig entgegen. Ich nahm ihn an und wusste zum ersten Mal, wie die Flüssigkeit schmecken würde. Natürlich war es ein reichhaltiger Rotwein, und verdammt lecker. Bevor ich merkte, was ich tat, hatte ich das ganze Glas ausgetrunken. Ich leckte mir über die Lippen und wollte gerade ausrufen, wie gut der Wein schmeckte, als ich merkte, dass ich mich nicht mehr in der Halle befand.

～

Das war kein normaler Wein, wurde mir klar. Ich drehte mich auf der Stelle, Panik durchflutete mich.

Ich war in einem Wald. Die Bäume um mich herum ragten so weit in die Höhe, dass ich ihre Wipfel nicht sehen konnte. Das Licht des Himmels fiel nur durch die wenigen Lücken in den Baumkronen. Ich drehte mich weiter um mich selbst und erkannte kleine hölzerne Strukturen hoch in den Ästen. Ich atmete tief ein, der Geruch feuchter Erde war herrlich. Ungebeten begannen sich grüne Ranken aus meinen Handflächen zu schlängeln und die Verlockung von so viel Natur um mich herum war unwiderstehlich.

Dann lenkte ein leises Knurren meine Aufmerksamkeit auf einen riesigen Baumstamm ganz in meiner Nähe. Die knorrige Holzrinde schien sich zu drehen und zu bewegen und ich blinzelte sie an. Schwindel überkam mich, als sich etwas Schwarzes und Geschmeidiges von hinter dem Baumstamm an mich heranschlich. Auf seinem Rücken entfalteten sich Flügel und ich blinzelte heftig, als sich die Welt um ihre Achse drehte.

Ich fühlte mich betrunken. Außer Kontrolle. Ich versuchte, mich auf das Vieh zu konzentrieren, das sich langsam auf mich zubewegte und ein roter Blitz über seinem Rücken trat plötzlich in mein Blickfeld. Es war ein glühender Stachel, am Ende eines Skorpion-Schwanzes. Mir kam mein Gespräch mit Hedone von vorhin in den Sinn, über geflügelte Katzen mit Skorpion-Schwänzen, aber ich konnte mich nicht erinnern, wie diese Kreaturen hießen. Noch mehr Schwindel überkam mich und ich stolperte. Irgendwo in der Ferne hörte ich einen lauten Gong, dann ertönte eine Stimme.

»Zehn Minuten, los geht's!«

Zehn Minuten für was? Ich konnte mich daran erinnern, dass ich aus einem wichtigen Grund hier war, konnte mich jetzt aber nicht mehr entsinnen, was das gewesen war... Ich bemühte mich, die letzten Minuten zu rekonstruieren, aber ich spürte, wie mir die Erinnerungen entglitten. Die riesige schwarze Katze sah mich ruhig an und kam mir immer näher. Sie sah ganz und gar nicht freundlich aus. Vielleicht lebte sie in diesem Wald? Eine benommene Ruhe legte sich über mich und ich streckte meine Hand aus. Eine grüne Ranke streckte sich der Katze entgegen. Sie fletschte die Zähne und ich sah doppelt. Ein Lachen sprudelte zwischen meinen Lippen hervor. Sie war wirklich niedlich, mit ihren gefiederten Flügeln und geschmeidigen Schritten.

Renn weg!

Ein verzweifelter Gedanke drang durch meinen angeheiterten Dunst. Angst und Panik stiegen so plötzlich in meiner Brust auf, dass es sich anfühlte wie ein Stromschlag. Meine Füße setzten sich in Bewegung und ich taumelte rückwärts. Meine Emotionen waren so weit umgeschlagen, dass ich nun zu viel Angst hatte, meine Augen von dem Biest abzuwenden. Irgendetwas musste in dem Wein gewesen sein, das mich glauben ließ, dieses Ding sei niedlich, denn in Wirklichkeit war es verdammt furchterregend. Dieser Bastard Dionysos hatte mich betäubt. Meine Sicht war noch immer verschwommen, aber ich war mir sicher, dass die Zähne der Katze immer größer wurden und die dunklen Augen anfingen zu glühen. Nie und nimmer würde ich schneller rennen können als diese Kreatur. Wenn ich in ihr Beuteschema fiel, war ich verloren.

Die Flügel jedoch... Sie sahen weich aus und waren rötlich gefärbt. Sie waren wunderschön. Etwas so

Hübsches konnte doch nicht gefährlich sein, oder doch? Meine Beine wurden langsamer.

Das Vieh knurrte wieder, es ließ die Schultern auf den Boden fallen und scharrte mit den Vorderpfoten. Ich spürte einen weiteren Schock in meiner Brust. Die friedliche Ruhe war vergessen.

Natürlich ist es verdammt gefährlich, sieh es dir an! Und jetzt verschwinde von hier!

Bevor die von dem Wein ausgehende tödliche Ruhe mich wiederergreifen konnte, drehte ich mich um und rannte zu dem Baum hinter mir. Ich hörte das Biest brüllen und betete, dass ich weit genug von ihm entfernt war, so dass es mich nicht mit einem Satz erreichen konnte. Ich schleuderte meine Ranken aus beiden Handflächen zu einem Ast gut zehn Meter über mir. Sie flogen schnell darauf zu, wickelten sich fest um ihn herum und ich zerrte an ihnen, damit sie mich mit sich in die Höhe ziehen würden.

Augenblicklich wurde ich von den Füßen gerissen und mein Haar peitschte mir ums Gesicht, als ich zum Ast hinaufflog. Ich schaute hinunter und konnte gerade noch die Katze an meinem wogenden roten Rock vorbeispringen sehen, als sie mich um Haaresbreite verfehlte.

Innerhalb von Sekunden hatte ich den Ast erreicht und merkte erst dann, wie hoch oben ich mich befand. Der Wald um mich herum begann sich wieder zu drehen und diesmal wusste ich nicht, ob es Höhenangst oder der Wein mit seiner Droge war.

Deine Lianen halten dich, deine Lianen halten dich, sang ich in meinem Kopf, doch sobald mein verwirrtes Gehirn sich vorstellte, wie ich fiel, spürte ich, wie die Lianen nachgaben.

»Nein!«, schrie ich und begann zu rutschen. Die Ranken zogen sich augenblicklich zusammen und beendeten mein Fall abrupt. Mein Herz hämmerte unangenehm in meinen Brustkorb und mein Atem stockte. Ich zwang sie, mich wieder nach oben zu ziehen und versuchte, meine Beine über den Ast zu schwingen und meine Füße zu überkreuzen. Die Muskeln in meinem Bauch und meinen Armen brannten, aber schließlich schaffte ich es, meine Beine fest genug hinter dem Holz zu verschränken, um meinen Körper nach oben und über den breiten Ast zu ziehen, wobei auch meine Ranken fest um den Ast gewickelt blieben. Keuchend und speiübel beugte ich mich in sitzender Position vor und bemerkte dabei, dass mein Rock zerrissen war.

Alles, was ich tun musste, war hier zu sitzen und nicht auf den Waldboden unter mir zu schauen, bis die zehn Minuten um waren. Es fühlte sich an, als wäre schon eine Stunde vergangen. Lange konnte diese Prüfung also nicht mehr dauern. Ein leises Brüllen lenkte meine Aufmerksamkeit auf den Stamm des Baumes und meine Sicht verschwamm, als mir das Blut in den Adern erfror. Die geflügelte Katze schlich am Ast entlang auf mich zu. Ihre massiven Krallen hielten sich so fest an die Rinde als seien sie festgeklebt.

ACHTUNDZWANZIG

PERSEPHONE

Ein drogeninduzierter Nebel überschwemmte mein Gehirn und ich begann rückwärts zu krabbeln. Das Geschöpf hatte Flügel; warum zum Teufel hatte ich gedacht, dass ich auf einem Baum sicher sein würde?

Die Katze sprang vor und schlug mit einer riesigen Pfote nach mir, ihr glühender Skorpion-Schwanz bäumte sich hinter ihr auf. Ich duckte mich instinktiv und die Angst vor der Katze war jetzt größer als meine Angst vor dem Sturz. Das Vieh knurrte bedrohlich, mein rechtes Bein rutschte ab und ich schrie auf. Einen Sekundenbruchteil später gab auch mein anderes Bein nach. Ich war nicht stark genug, mich aufrecht auf dem Ast zu halten und die Welt schien sich in Zeitlupe zu drehen, als der Rest meines Körpers meinen Beinen folgte. Mir stockte der Atem, als meine Finger den Ast verließen und die Schwerelosigkeit mich einnahm. Das Einzige, was ich mit Sicherheit wusste, war, dass ich sterben würde. Plötzlich wurden mir fast die Schultern ausgekugelt, als die Ranken mein Gewicht auffingen. Mit einem Mal schwang ich zehn Meter über dem Boden. Mein ganzer Körper zitterte und alles um mich herum drehte sich.

Ich kann das nicht, ich kann das nicht, ich kann das nicht. Hysterische Worte schwirrten in meinem Kopf umher und schwarze Punkte verdeckten mein Sichtfeld. Ich war kurz davor, ohnmächtig zu werden. Und dann würden mich meine Lianen auf keinen Fall mehr halten.

Gib einfach auf. Ich musste aufgeben. *Nein, erstmal musst du heil runter auf den Boden!* Die grimmige Stimme klang laut in meinem Kopf und es war umso schockierender, weil es mein eigener Gedanke und meine eigene Stimme war. *Zieh die verdammten Ranken aus! Du bist bereits vom Ast gefallen und du lebst noch! Du bist stärker als diese Herausforderung!*

Ich schüttelte den Kopf und wollte, dass die Lianen wuchsen und mich sachte auf den Boden sinken ließen. Nervös blickte ich auf den Waldboden hinunter und wieder erschienen die schwarzen Punkte vor meinen Augen. Also schaute ich stattdessen nach oben, gerade rechtzeitig, um zu sehen, wie die Katze genau auf die Stelle schlug, an der sich meine Ranken um den Baum gewunden hatten.

Ich beschwor die Ranken schneller zu wachsen, denn jetzt hatten die riesigen Krallen der Katze schon die Ranke meiner linken Hand vom Ast abgetrennt. Ich strampelte panisch mit den Beinen, aber die rechte Ranke hielt. Ich war jetzt nur noch drei Meter vom Boden entfernt und bewegte mich immer noch schnell. Die Katze schlug wieder zu und ich fühlte, wie ich die letzten eineinhalb Meter fiel, bis meine Füße wieder die moosbewachsene Erde berührten. Ich landete ungeschickt auf meiner Hüfte. Fluchend überschlug ich mich und etwas Hartes schnitt mir in den Oberschenkel. Ich rappelte mich auf und sah mich nach der Katzenkreatur um.

Das Vieh befand sich immer noch oben auf dem Ast, aber das getupfte Sonnenlicht, das durch das dichte Blätterdach strömte, fing seine atemberaubenden roten Flügel ein, als es sie ausbreitete und dann vom Ast sprang. Ich konnte diesem Tier nicht entkommen oder mich vor ihm verstecken, dachte ich, während der Schmerz in meinem Oberschenkel zunahm. Doch gerade als die Katze anmutig vor mir landete und die Blätter mit den großen Flügeln aufwirbelte, kippte der Wald und dann verschwand alles um mich herum. In der Ferne hörte ich nur noch einen entfernten Gong.

Ich atmete erleichtert auf, als die kahle Halle um mich herum in den Fokus kam. Selbst der ekelerregende Schwindel verschwand jetzt. Ich hatte es geschafft. Die zehn Minuten waren um.

»Tut mir leid, Persy«, hörte ich Dionysos Stimme sagen und ich blinzelte zu ihm hoch. »Ich hatte nicht gewollt, dass du mein Reich so sehen würdest. Das Reich des Stieres hat auch wundervolle Teile. Du verstehst hoffentlich, dass ich keine andere Wahl hatte. Aber du hast das gut gemacht«, fügte er mit einem Lächeln hinzu.

»War der Wein betäubt?«, fragte ich und versuchte, meinen Atem zu verlangsamen und mein rasendes Herz zu beruhigen.

»Ich bin zufällig der Gott des Wahnsinns, zusätzlich zum Wein. Viele Arten des Weins in meinem Reich verursachen Halluzinationen.«

»Warte mal. Was meinst du mit Halluzinationen?«

»Ja. Was hast du gesehen?«

Die Kinnlade entglitt mir. »Du meinst, die riesige Katze mit Flügeln und dem Skorpion-Schwanz war nicht echt?«

Dionysos gluckste leise. »Hatte dir zufällig jemand vor Kurzem einen Mantikor beschrieben?«

»J-ja«, stammelte ich und erinnerte mich an das kurze Gespräch mit Hedone, das ich vor dem Tribunal geführt hatte.

»Dein Unterbewusstsein erinnerte sich an das Gespräch und deine Fantasie erledigte den Rest.«

»Ich bin also vor nichts und wieder nichts davongelaufen? Ich hätte mich fast umgebracht in diesem Baum und das ganz ohne Grund?«

»Da habe ich schon viel Schlimmeres gesehen«, sagte er langsam.

Der Schmerz in meinem Oberschenkel ließ mich zusammenzucken und ich sah an mir herunter. Durch meinen zerrissenen Rock konnte ich eine lange klaffende Wunde an meinem Bein sehen. Helles Blut lief über meine nackte Haut. Ich beschwor die Kraft, die Hekate mir zuvor beigebracht hatte und konzentrierte mich stark auf die Wunde. Ein Kribbeln der Erregung pulsierte in mir und die Haut leuchtete grün auf. Sie begann sich wieder zusammenzuziehen und der Schmerz ließ augenblicklich nach.

Zuversicht erfüllte mich, als ich meinen Oberschenkel heilen sah. Meine mich lähmende Angst war meine Höhenangst. Und gerade war ich von einem hohen Baum gefallen und hatte überlebt. Nicht nur war ich mit dem Leben davonkommen; ich hatte auch nicht aufgegeben. Das letzte Mal, am Abgrund, hatte ich aufgegeben.

Aber dieses Mal hatte ich gegen meine Angst ankämpft - und gewonnen.

Eine Prüfung hatte ich bestanden. Ein Samen war schon einmal sicher und jetzt wusste ich, dass ich definitiv die Macht hatte zu heilen.

Na wartet, ihr miesen Götter. So leicht werde ich es euch nicht machen.

»Hera«, sagte ich und stand auf, noch bevor der Kommentator etwas sagen konnte.

Ich schritt an Hermes vorbei, dann an Zeus und blieb vor der Königin der Götter stehen. Sie trug ein blaugrünes Gewand, das man als Toga bezeichnen könnte, was aber einen ausgesprochen modernen Charakter hatte. Ihr schwarzes Haar war in einer komplizierten Ansammlung von Zöpfen hoch auf ihrem Kopf aufgetürmt. Diese Haarkreation wurde von einem glitzernden Diadem mit einem Pfauenauge in der Mitte zusammengehalten. Ihre dunklen Augen glitzerten und sie beugte sich vor und reichte mir einen Kelch.

»Trink aus dem Kelch der Ehe und der Geburt und finde heraus, ob du geprüft wirst«, sagte sie, als ich den Kelch annahm. Ich stählte mich und nahm einen Schluck. Es schmeckte nach Blaubeeren. Nichts passierte, ich reichte ihr den Becher zurück und sie nickte.

»Wer soll es als Nächstes sein, Persephone?«, rief der Kommentator.

»Poseidon«, antwortete ich. Er stand am anderen Ende der Reihe und ich marschierte auf ihn zu. Poseidon hatte mich in dieser Runde schon einmal getestet; ich konnte mit allem umgehen, was er für mich im Petto hatte.

»Trink aus dem Kelch des Ozeans und finde heraus, ob du geprüft wirst«, sagte er und reichte mir einen Kelch. Er war wieder dem Meeresgott gerecht gekleidet, trug einen langen Bart und hielt eine kleinere Version seines Dreizacks in der Hand. Wellen schlugen in seiner blauen Iris, als ich aus seinem Becher trank. Ich versuchte, nicht das Gesicht zu verziehen, als das salzige Wasser meinen Mund füllte und das Salz mich würgen ließ. Aber nichts weiter passierte und ich gab ihm den Becher erleichtert zurück. Artemis und Apollon saßen auf den nächsten beiden Thronsesseln und sahen deutlich jünger und fröhlicher aus als die anderen Götter.

»Triff deine Wahl«, sagte der Kommentator.

»Apollon«, sagte ich, und der Sonnengott strahlte mich an. Er saß mit nacktem Oberkörper da und trug nur einen Rock im Stil einer Toga. Seine Haut glühte golden und er sah aus, als wäre er aus dem Edelmetall geschnitzt. Sein Körper war so makellos, dass ich nicht glauben konnte, dass er wirklich real war. Sein Gesicht war ebenso perfekt, straff und symmetrisch. Gedanken an Hades muskulösen Oberkörper und sein wunderschönes, kantiges Gesicht füllten meinen Geist und zog ihn der Unterwäsche-Model-Perfektion von Apollon vor.

»Trink aus dem Kelch der Sonne und finde heraus, ob du geprüft wirst«, sagte Apollon und beugte sich vor, um mir einen Kelch zu reichen. Seine Stimme war tief und klang älter, als ich es erwartet hatte. Ich nahm einen Schluck aus dem Becher, schrie auf und ließ ihn fallen, denn glühend heiße Flüssigkeit hatte mir gerade die Zunge verbrannt.

· · ·

Hitze schlug mir ins Gesicht, als sei ich gerade in einen Ofen getreten. Ich stöhnte auf, als ich mich umsah und die Halle schimmerte. Ich hatte meine zweite Prüfung erreicht.

Die Welt um mich herum wurde wieder scharf und ich fand mich auf einer Brücke wieder. Über mir war strahlend blauer Himmel. Instinktiv hielt ich mich an den dicken Seilhandläufen zu beiden Seiten fest und schaute mich um. Schweiß lief mir den Nacken hinunter. Die Brücke, auf der ich mich befand, führte über eine Art breiten Krater und als ich hinunterblickte, erfasste das Grauen meinen ganzen Körper. Zwischen den Lücken in den Holzlatten der Brücke konnte ich Lava sehen. Ich stand über einem verdammten Vulkan.

Die tiefrote Flüssigkeit blubberte unter mir und glühte hellorange und teilweise sogar weiß vor Hitze. Die kochende Oberfläche war beängstigend nah, keine zwanzig Meter entfernt, schätzte ich. Je mehr ich darauf starrte, desto schweißtreibender wurde mein Körper und desto drückender wurde die Hitze. Ich drehte mich so vorsichtig wie möglich um und schaute in beide Richtungen die Brücke entlang. Sie führte nur zu einem schmalen Pfad, der das Innere des Kraters säumte. Aber konnten die Holzlatten diese Hitze überstehen? Wenn sie nachgaben, war ich Toast. Buchstäblich.

Ein Gong ertönte, begleitet von der Stimme des Kommentators.

»Fünf Minuten beginnen jetzt!«

Fünf Minuten? Das kam mir nicht lang vor. Anstatt mich zu beruhigen, fand ich die kürzere Zeitspanne ausgesprochen furchterregend. Etwas Schreckliches würde gleich passieren, wenn ich nur für fünf Minuten überleben musste.

Ich atmete die heiße, schwefelhaltige Luft ein und hob einen Fuß. Aber er bewegte sich nicht. Meine Sandalen klebten an den Planken fest. Panik schoss mir durchs Blut. Ein unheilvolles Knarren ertönte von der Brücke und ich erstarrte in meinem Versuch, mich zu befreien. Musste ich wirklich nur hier stehen, während die Hitze das Holz unter mir wegbrannte? Oder würde ich so oder so sterben?

Mein Herz schlug immer schneller und ich versuchte tief durchzuatmen und meine Situation einzuschätzen. Der Schweiß lief mir frei den Rücken hinunter, ebenso wie in den Kniekehlen. Ich konnte hören, wie die Lava unter mir blubberte. Da die Brücke hier war, musste sie resistent gegen die Hitze sein, dachte ich rational. Doch ein knackendes Geräusch lenkte meine Aufmerksamkeit auf das Ende der Brücke; gerade rechtzeitig, um die letzte Planke in Flammen aufgehen zu sehen. Mein Atem stockte.

Ein weiteres Knacken ließ mich herumfahren und ich sah die Planke am gegenüberliegenden Ende ebenfalls in Flammen aufgehen.

Scheiße. Scheiße, Scheiße, Scheiße.

Das war ein Ausdauertest, sagte ich mir, als die nächste Planke in Flammen aufging. Es geht darum den Teilnehmer so sehr zu erschrecken, dass er aufgibt. Es ging nicht darum, den Tod des Teilnehmers herbeizuführen. Ich konnte mich nicht von der Stelle bewegen und ich konnte nirgendwohin. Das bedeutete, ich musste die Stellung halten, egal wie nah die Flammen kamen.

. . .

Es stellte sich heraus, dass das viel, viel, leichter gesagt als getan war. Als die Bretter weniger als fünf Meter von mir entfernt in Flammen aufgingen, gab es keinen Teil von mir, der nicht in Schweiß getränkt war. Ich fühlte mich, als würde ich ersticken. Die Hitze war greifbar und drückte mir schwer auf meinen ganzen Körper. Jeder Atemzug war eine Tortur. Meine Lunge brannte. Jede Planke, die Feuer fing, verstärkte die Hitze und meine wachsende Angst. Meine Ranken konnten mir hier nicht helfen. Mein Heilvermögen konnte mir auch nicht helfen, sollte ich in die sengende Lava fallen. Hier ging es nur um Mut und der ging mir langsam aus.

Eine Planke drei Meter von mir entfernt knackte und ging in orangefarbenen Flammen auf. Dann brach sie entzwei und das Feuer verschlang das trockene Holz. Ich drehte mich langsam um, denn ich wusste, dass die gegenüberliegende Planke zu meiner Linken als Nächstes dran sein würde. Und tatsächlich, das Feuer fraß sich durch das Holz. *Fünf Minuten.* Ich musste nur fünf Minuten lang die Nerven behalten. Aber ich schätzte, dass ich nur etwa dreißig Sekunden hatte, bis die Bretter mir ausgehen und meines in Flammen aufgehen würde. Ich hatte absolut keine Ahnung, wie viel Zeit bereits vergangen war. Die nächste Planke zu meiner Linken fing Feuer und ich konnte riechen, wie die feinen Härchen auf meinen Armen zu brennen begannen. Ich schloss die Augen. Ich konnte das nicht mehr mit ansehen. Jede Faser meines Körpers flehte mich an, aufzugeben. Die Angst war stärker als meine Willenskraft.

Halt durch, nur durchhalten.

Als ob sie meinen stummen Ausruf verhöhnen wollte, explodierte plötzlich Hitze unter meinen Fingerspitzen. Mit einem Schrei öffnete ich die Augen und zog die

Hände dicht an meinen Körper. Der Handlauf stand in Flammen. Innerhalb einer Sekunde hatte sich das Seil aufgelöst. Meine Beine erzitterten unter mir, als eine weitere Planke zu meiner Rechten ausbrannte. Die Hitze ließ meinen Körper immer schwächer werden und alle Flüssigkeit in mir schien sich in Schweiß verwandelt zu haben. Ich spürte, wie die Planke direkt zu meiner Linken in Flammen aufging.

Sie werden dich nicht töten, behalte die Nerven. Das ist der einzige Weg, zu gewinnen.

Es musste der einzige Weg sein, die Prüfung zu bestehen. Sie würden keine Prüfung stellen, die ich nicht gewinnen konnte, oder etwa doch?

Die Haut auf meinem Gesicht straffte sich, als Flammen auch zu meiner Rechten aufstiegen. Ich drehte mein Gesicht weg und schloss wieder die Augen. *Das war der Moment der Wahrheit.* Wenn ich das nächste Mal die Augen öffnete und nicht wieder in der Festhalle war, würde ich in zu Tode in die Lava stürzen.

NEUNUNDZWANZIG

PERSEPHONE

Ein Gong ertönte und die Erleichterung war so stark, dass mir die Knie weich wurden, als ich mich mit einem weißen Blitz auflöste. Meine Knie knallten gegen den kalten Marmor der Halle und ein verzweifelter Drang, mich auf den kühlen Stein zu legen, überkam mich. Ich nahm einen großen Schluck kühler Luft. Gnädigerweise war sofort ein Satyr an meiner Seite und reichte mir einen großen Becher Wasser. Ich schluckte es dankbar hinunter und wischte mir den Schweiß mit dem Arm von der Stirn, nur um festzustellen, dass mein Arm nicht viel trockener war. Kurz kam mir der Gedanke, dass ich mit meinen schweißnassen Haaren und dem zerrissenen Kleid fürchterlich aussehen musste. Doch die Realisation, dass ich nicht bei lebendigem Leibe verbrannt war, vertrieb meine Eitelkeit.

»Mein Reich, Steinbock, ist bekannt für seine Extreme und ich bin bekannt für Hitze«, sagte Apollon und obwohl er mich gerade fast umgebracht hätte, klang seine Stimme tief und verführerisch. Ich sah zu ihm auf. Mein Körper brannte immer noch heiß und meine Haut war versengt. Ich beschwor meine Heilkräfte herauf, aber anstatt mich auf eine Wunde zu konzentrieren, versuchte ich, mich auf meine Haut als Ganzes zu fokussieren. Ein angenehmes Kribbeln überkam mich, gefolgt von dem Gefühl, dass kühles Wasser sanft über mich dahinplätscherte. Zuerst spürte ich es auf meinem Gesicht, dann auf meinen Armen, meiner Brust und meinem Rücken. Es fühlte sich so gut an, dass ein langer Seufzer meinen Lippen entkam. Apollons Augen verdunkelten sich.

»Ich könnte das für dich tun«, sagte er leise. Ich stemmte mich wieder auf die Beine. Der raubtierhafte Hunger in seinem Blick fühlte sich ganz anders an, als wenn Hades mich auf diese Weise ansah.

»Danke, aber ich hab's schon. Ich habe nur Durst.« Durch meinen zerfetzten Rock hindurch spürte ich eine sanfte Berührung an meinem Bein und schaute hinunter. Dort stand ein Satyr, der mir einen weiteren Becher reichte.

»Du bist ein Engel«, sagte ich, nahm ihn an und leerte ihn in einem Zug.

Zwei Prüfungen hatte ich hinter mir und zwei meiner Samen waren sicher. Jetzt standen nur noch zwei aus.

»Wohin geht's als nächstes, Persephone?«, dröhnte der Kommentator. Ich schaute müde in die Runde und dann zurück. Zwischen Poseidon und Apollon saß seine Zwillingsschwester Artemis. Ihr junges und eifriges Gesicht war unheimlich anziehend.

»Artemis«, sagte ich und trat auf sie zu. Ein Bogen, der so groß war, wie sie selbst, lehnte an ihrem Thron und ihr Haar war so golden wie die Haut ihres Bruders. Sie trug ein ledernes Kampfgewand, ähnlich dem, dass ich in meiner Garderobe hatte. Ich spürte einen Stich von Eifersucht. Ein Ballkleid und Sandalen waren eine unpraktische Wahl für diese sadistischen Prüfungen.

Artemis war klein und sie musste sich ziemlich weit nach vorne beugen, um mir ihren Becher darzubieten.

»Trink aus dem Becher der Jagd und finde heraus, ob du geprüft wirst.« Sie klang nicht älter als ein Teenager. Ich nahm ihr den Becher ab und nahm einen Schluck, wobei mir das Wort »Jagd« durch den Kopf ging und Alarmglocken läuten ließ. Die Flüssigkeit schmeckte erdig wie Rote Bete und als ich die Tasse absetzte, zitterten meine Glieder. War das eine verspätete Reaktion auf die Hitze? Ich sah zu Artemis auf, deren unschuldige Augen jetzt böse glühten. *Mist.* Das war eine weitere Prüfung.

Die Welt um mich herum flackerte und ein endloses, hügeliges Moor materialisierte sich unter meinen Füßen. Das Gras war braun-grün und reichte mir bis zu den Knien und die Luft roch staubig. Es fühlte sich an, als hätte es schon lange nicht mehr geregnet. Die grünen Reben juckten mir in den Handflächen, das Verlangen, das Leben um mich herum zu hegen und zu pflegen war fast überwältigend. Doch ein fröstelndes Gefühl holte mich ein und ich konnte spüren, wie etwas über meine Haut huschte. Meine Brust schmerzte vor Angst. Dann ertönte der Gong.

»Zehn Minuten«, dröhnte die Stimme des Kommentators und ich starrte entsetzt an mir hinunter, als Tausende von Spinnen aus dem Gras meinen Körper hinaufkrabbelten.

~

Ein ersticktes Geräusch kroch aus meiner Kehle und ich fuchtelte wie wild mit den Armen. Ranken brachen aus meinen Handflächen und peitschten durch die Luft und meine Panik wuchs immer weiter. Innerhalb von Sekunden hatten die Viecher meine Brust erreicht und saßen auf meiner nackten Haut. Ich schüttelte mich heftig und stolperte durchs Gras, schlug mir auf die Arme und den Körper und versuchte, sie von mir wegzubekommen.

»Sie haben mehr Angst vor dir als du vor ihnen«, keuchte ich verzweifelt und wiederholte die Worte, die mir meine Mutter jedes Mal gesagt hatte, wenn ich eine Spinne im Wohnwagen gefunden hatte. Aber sie hatten jetzt meinen Hals erreicht und meine Haut kribbelte überall. Ich konnte es nicht mehr aushalten. Meine Ranke schlug mir hart gegen meine Schulter und ihre Kraft ließ mich stolpern und auf den Hintern fallen. Ich hielt gerade lange genug inne, um zu erkennen, dass mein einst roter Rock jetzt schwarz war. Hunderte von Spinnen, die meisten winzig, aber einige riesig, krochen an mir empor. Ein Tier mit roten Streifen und massiven haarigen Beinen hüpfte an meinem Rock hoch in Richtung meines Oberteils und ich kreischte und schlug mit meiner Ranke danach. Mein Herz hämmerte so schnell in meiner Brust, dass ich mir nicht sicher war, ob es noch lange aushalten würde. Ich würde einen Herzinfarkt bekommen und tot unter einem Berg von Spinnen zusammenbrechen.

Ich kämpfte mich wieder zu Beinen und begann erneut mein neues Mantra aufzusagen, dann drehte ich mich um die Achse und suchte nach irgendeiner Art von Zuflucht. Da war nichts, nicht einmal ein Baum am Horizont, nur ein Meer aus trockenem Moorgras. Ich spürte das Kitzeln von Beinen an meiner Unterlippe und wimmerte mit fest zugekniffenem Mund.

Sie werden dich nicht umbringen, es ist ein Ausdauertest, sagte ich mir und wandte dieselbe Taktik an, die schon bei der Überwindung des Vulkans funktioniert hatte. *Halte es einfach aus.*

Aber auf meiner Haut wimmelte es von Spinnen und es war unmöglich, sie zu ignorieren. Panik und Ekel schlugen wie kolossale Flutwellen über mir zusammen und zerrten an meiner Willenskraft. Ich wollte die Viecher von mir weghaben, ich wollte irgendwo anders sein als hier.

Sie krochen an meinem Gesicht hoch und ich wusste, dass sie jeden Moment in mein Haar kriechen würden. Ich spürte, wie eine heiße Träne meine Wange hinunterrutschte und ich kniff meine Augen bombenfest zusammen. Ekel drehte mir den Magen um und als ich etwas in meinem Ohr spürte, öffnete ich fast den Mund, um aufzugeben. Zwei meiner Samen waren sicher, da konnte ich es mir leisten, einen von ihnen zu verlieren.

Wage es nicht! Die grimmige Stimme ertönte wieder in meinem Kopf. Ich versuchte mich darauf zu konzentrieren und das Gefühl zu ignorieren, dass sich die Spinnen jetzt durch meine Ohren in meinen Kopf bohrten. Wenn ich einen Samen verlor, musste ich in jedem weiteren Tribunal einen Punkt gewinnen, was höchst unwahrscheinlich war. Und ob es mir gefiel oder nicht, etwas in mir hatte sich verändert. Ich wollte gewinnen. Ich wollte die Wahl haben. Ich wollte, dass ich im Olymp bleiben konnte, wenn ich es wollte. *Ich wollte bei Hades bleiben können.*

 . . .

Komm schon Persy, es muss doch etwas geben, das du tun kannst? Ich kanalisierte all meine Entschlossenheit und versuchte, mich zu konzentrieren. Waren meine Kräfte hier von Nutzen? Die Ranken halfen mir nicht, die Spinnen von mir fernzuhalten. Sonst gab es hier nur Gras. Ich zwang meine grünen Ranken, sich mit der Erde unter mir zu verbinden. Entschlossen hielt ich Mund und Augen fest verschlossen und meinen Körper bewegungslos. Die Kreaturen bewegten sich jetzt in meine Nase und ich atmete hart durch meine Nasenlöcher aus, um sie zu vertreiben. Mir war übel.

Doch nur bis meine Ranken den Boden berührten. Glücksgefühle durchströmten meinen ganzen Körper, das Gefühl von Raum und Leben, das mich umgab, verdrängte die Angst vor den Spinnen. Ich schickte die sehnsüchtige Magie, die ich in mir aufsteigen spürte, in die Erde, um das Gras mit all dem zu versorgen, was es zum Gedeihen brauchte. Ich wagte nicht, die Augen zu öffnen, um zu sehen, was geschah. Ich spürte noch immer die Spinnen, an meinen Ohren und Naselöchern und die, die sich unter mein Korsett gruben, doch den Rest konnte ich ausblenden. *Wie lange war ich schon hier?*

Ich tat mein Bestes, meine Angst als Energie in den Boden zu senden und dem vergilbten Gras Leben zu spenden. Die Gefühle der Euphorie kompensierten meinen Ekel insoweit, dass ich mich zusammenreißen und die Spinnen ruhig ertragen konnte.

Als ich endlich den Gong hörte, machte ich den Fehler, erleichtert zu stöhnen und den Mund zu öffnen. Ich sah gerade noch, wie sich die Halle um mich herum auflöste und die Spinnen in meinen Mund strömten. Ich hustete und würgte, meine Ranken verschwanden. Die haarigen Beine kratzten auf meiner Zunge und ich spürte sie jetzt wieder am ganzen Körper. Tränen liefen mir übers Gesicht und ich schluchzte hustend. Dann ergoss sich ein Schwall von etwas Warmem und Beruhigendem über meinen ganzen Körper und schwemmte die Spinnen davon. Ein seltsames Kribbeln war in Nase und Mund zu fühlen und als es aufhörte, konnte ich keine huschenden Füßchen mehr spüren.

Ich schaute auf, immer noch verzweifelt und sah, dass Artemis vor mir stand. Ein schiefes Lächeln stand ihr im Gesicht.

»Ich glaube, das hat sie alle erwischt«, sagte sie sanft. »Und danke, dass du meine Wiese in Ordnung gebracht hast. Das Reich des Schützen konnte die extra Blumen gut gebrauchen.«

»Blumen?«, stammelte ich und versuchte, mein Zittern zu unterdrücken und mein Essen bei mir zu behalten. Sie nickte mir zu und gestikulierte hinter sich. Ein schimmerndes Portal öffnete sich und ich konnte eine Wiese voller Wildblumen sehen. Einige von ihnen waren größer als ich und in allen Farben, die ich mir vorstellen konnte. Das Gras war saftig grün und mit winzigen Gänseblümchen übersät.

»Habe ich das gerade getan?«

»Das hast du. Und du hast meine Prüfung überstanden. Gut gemacht.« Artemis setzte sich wieder hin und ich holte noch einmal zitternd Luft. Ich rieb mir immer noch unbewusst über die Arme und den Oberkörper. Zwar glaubte ich ihr, dass all die Spinnen weg waren, aber es fühlte sich immer noch so an, als wäre ich mit ihnen bedeckt. Ich werde dieses verdammte Kleid verbrennen, wenn ich das hier überstehen würde. Der

Satyr trottete wieder heran und diesmal stand auf seinem Tablett ein kleiner Becher. Ich nahm ihn vorsichtig in meine zitternden Hände und nippte daran. Es war Nektar. Sofort ließ das Zittern nach. Ich spürte, wie ich stärker wurde und mein Puls sich verlangsamte. Ich schaute von den Göttern weg, in Richtung der Menge und sah Hekate an ihrer Spitze. Überschwänglich streckte sie die Daumen in die Höhe und blaue Flammen glühten um sie herum. Skop saß neben ihr und wedelte mit dem Schwanz.

Drei Prüfungen bestanden und drei meiner Samen waren sicher. Nur noch eine weitere Prüfung würde ich ertragen müssen und ich würde ich bis in alle Ewigkeit unter der Dusche stehen.

»Nur noch eine Prüfung, Persephone. Welcher Gott darf es sein?« Die Stimme des Kommentators klang schrill und ich stellte den Becher auf dem Tablett des Satyrs ab. Ich schaute die Reihe der Götter entlang. Sie waren mir alle zugewandt und mein Blick blieb an Hermes, der zwischen Dionysos und Zeus saß und an seinen funkelnden Augen und rotem Bart hängen.

»Hermes«, sagte ich und schritt mit so viel Würde, wie ich erbringen konnte, auf ihn zu. Keine Ahnung, wie mein Haar jetzt aussah, aber das war mir momentan wirklich egal. Was zählte, war nur, dass ich dieses Tribunal hinter mich brachte.

»Trink aus dem Kelch der Betrüger und finde heraus, ob du geprüft wirst«, strahlte Hermes und reichte mir einen Kelch. Die Flüssigkeit darin sah aus wie Schlamm, aber ich nippte zögerlich daran. Es schmeckte nach

Kirschen. Ich hielt den Atem an und wartete gespannt, aber nichts geschah. Seufzend reichte ich dem Götterboten den Becher und fühlte mich von seinem freundlichen Gesichtsausdruck etwas ermutigt.

Jetzt standen noch Zeus, Ares und Hephaistos aus. Meine Nervosität machte es fast unmöglich eine rationale Wahl zu treffen. Es schien sehr, sehr unwahrscheinlich, dass Zeus die Runde beenden würde, ohne selbst mitzumischen. Sicherlich lag meine letzte Prüfung bei dem König der Götter? Wenn dem so war, dann wollte ich es jetzt herausfinden und es hinter mich bringen.

»Zeus«, sagte ich und trat einen Schritt nach links, so dass ich vor dem Gott stand. Ein Lächeln breitete sich auf seinem Gesicht aus und seine förmliche Gestalt verwandelte sich vor meinen Augen in den hinreißenden blonden Jüngling aus dem Café.

»Trink aus dem Becher des Himmels und finde heraus, ob du geprüft wirst«, murmelte er und reichte mir einen Kelch. Ich nahm den Becher und setzte an, als ich Elektrizität in meinen Fingerspitzen spürte. Oh, das würde ein wahrer Test werden. Ich sah ihm in die Augen und schlürfte laut an der süßen Flüssigkeit.

Seine Lippen öffneten sich.

»Ich fürchte, das wird jetzt ein bisschen wehtun«, flüsterte er und der Saal verschwand.

PERSEPHONE

Ich hatte erwartet, mich in einem offenen Raum wiederzufinden oder von Blitzen umgeben zu sein, wie damals, als Zeus mich entführt hatte. Doch zu meiner Überraschung war ich in einer unterirdischen Höhle. Es sah sogar so aus und fühlte sich so an, als sei ich in der Unterwelt. Ich stand am Ufer eines Flusses aus flüssigem Feuer, der vor mir in einen dunklen Höhleneingang floss. Ich drehte mich langsam auf der Stelle und war verwirrt darüber, wie wenig sich diese Szene nach Zeus anfühlte.

An den felsigen Flussufern war nichts weiter zu sehen und die hohe Höhlendecke fiel zu einem dunklen Eingang ab. Ich spähte in den Fluss. Es war keine Lava, sondern echtes Feuer, doch es rollte und schwappte wie Wasser. Der Anblick war hypnotisierend und ich musste meine Augen förmlich losreißen, bevor es mich ablenken konnte. Der einzige Ort, an den ich gehen konnte, war die Höhle und ich wollte diese Prüfung so schnell wie möglich hinter mich bringen. Also schritt ich auf die Dunkelheit zu.

. . .

Die Luft war heiß und feucht und ich trat durch den gewölbten Höhleneingang. Die Finsternis wurde nur von dem brennenden Fluss ein wenig erleuchtet.

Ich wusste sofort, dass etwas nicht stimmte; ganz und gar nicht stimmte.

Meine Sinne waren so scharf wie Steakmesser, doch nur Geräuschfetzen und Bilderblitze erreichten mich. Trotz der Hitze bekam ich eine Gänsehaut und blieb stehen. Ich versuchte, dem Klang des Gongs zu lauschen, doch alles, was ich hören konnte, waren Fragmente etwas Hochtönigen, das jedoch abklang, ehe ich herausfinden konnte, was die Botschaft war. In den Schatten bewegten sich etwas, doch das flackernde rote Licht erhellte nichts lang genug, um erkennen zu können, worum es sich handelte. Angst regte sich in meiner Brust, mein Magen war angespannt und unruhig. Instinktiv glitten mir die schwarzen Ranken aus den Handflächen.

Plötzlich sprangen die Flammen im Fluss in die Höhe und ich schrie auf und taumelte rückwärts, als die Szene vor mir hell erleuchtet wurde.

In der Mitte eines Teiches befand sich ein Apfelbaum, an dessen schmalen Stamm ein Mann gekettet war. Zumindest musste er einmal ein Mann gewesen sein. Sie schwere Eisenkette lag ihm um die Taille und er war so abgemagert, dass sein Körper kaum mehr als ein Skelett war. Seine blasse Haut war papierdünn und mit Blasen und Wunden übersät. Er stand starr an den Baum gelehnt. Seine eingesunkenen Augen waren hohl und starrten geradeaus. Seine dünnen Lippen waren vertrocknet und seine Haut so straff, dass er seine wenigen verbleibenden Zähne zu fletschen schien.

»Wasser«, röchelte er plötzlich und ich zuckte erschrocken zusammen. *War er am Leben?* Wie konnte das sein? Mit stummem Entsetzen beobachtete ich, wie der Mann sich zu der Wasserlache hinunterbeugte und mit seinen skelettierten Händen versuchte, Wasser zu schöpfen. Doch als er die Wasseroberfläche erreichte, zog sie sich von ihm weg, als wäre sie lebendig. Er stieß ein markerschütterndes Zischen aus, dann bewegte er sich schnell, warf seine Arme in die Höhe und griff zu einem tiefhängenden Ast des Baumes nach einem Apfel. Der Ast wich ruckartig aus und seine Finger streiften die Frucht gerade noch, bevor sie außer Reichweite rauschte.

»Sie haben mich verflucht«, krächzte er. Seine hohlen Augen fixierten meine. Ich schluckte. »Ich verfütterte meinen Sohn an sie und sie verfluchten mich, nie wieder zu essen oder zu trinken.«

»Deinen Sohn verfüttert?«, hauchte ich und sehr reale Angst hämmerte jetzt durch mich herum und meine Ranken erschienen an meinen Seiten und schwangen schützend um mich herum. Bevor er antworten konnte, erloschen die Flammen des Flusses und der Pool, der Baum und der schreckliche Mann verschwanden aus meinem Blickfeld.

Das war nicht richtig. Wo war der Gong? Und wo waren die Stimme des Kommentators mit der verbleibenden Zeit? Was sollte ich hier aushalten? Sicher, ich hatte eine Scheißangst, aber Angst war Hades Macht, nicht die von Zeus. Ich musste hier raus.

Aber was, wenn das der Test war? Du kannst es dir nicht leisten, einen Samen zu verlieren.

Mit einem Knurren drehte ich mich zu dem Höhleneingang ein paar Meter hinter mir. Nur dass er jetzt nicht mehr da war. Panik mischte sich mit meiner Angst und frischer Schweiß lief mir den Nacken hinunter und machte mir die Handflächen klamm. Ich war gefangen.

Die Flammen sprangen wieder in die Höhe und noch ehe ich überlegen konnte, was ich tun sollte, stand, wo vorher das Becken gewesen war, jetzt ein Steintisch. Ein riesiger, muskulöser Mann mit dunklem Haar lag darauf, mit aufgerissenem Unterleib. Ich zuckte zusammen, als ein Geier aus dem Nichts auf ihn herabstürzte und seinen hakenförmigen Schnabel in die entblößten Eingeweide des Mannes rammte und er fürchterlich aufschrie. Ich drehte meinen Kopf so, dass ich es nicht sehen musste, doch die gequälten Schreie des Riesen hörten nicht auf. Was für ein Ort war das hier, verdammt noch einmal?

Die Flammen erloschen wieder und ich fiel auf die Knie. Ich konnte auf keinen Fall durch die Dunkelheit gehen, wenn ich von Menschen umgeben war, die gefoltert wurden. Aber wenn ich auf Knien vorwärts kroch, konnte ich ertasten, was vor mir war, bevor ich es erreichte.

Ich hatte mich kaum einen halben Meter auf Händen und Knien vorwärtsbewegt, bevor die Flammen wieder hochschlugen. Mein Mund fiel auf, als ein Rad aus Feuer hoch über mir zum Leben erwachte. Es drehte sich wie ein Riesenrad und in seiner Mitte war ein nackter Mann festgeschnallt, dessen Haut rot und von Blasen übersäht war. Er schrie das Wort »Hera«, während er sich drehte und drehte und ihm die Flammen ins Fleisch stachen.

Irgendetwas in meinem entsetzten Verstand zuckte zusammen. Eine ferne Erinnerung an etwas, das ich in einem Buch über die Antike gelesen hatte, drang an die Oberfläche meines Gehirns. Ein Mann, bestraft für den Versuch, Hera zu verführen, wurde an ein brennendes Rad gefesselt, um brennende Lust zu repräsentieren. Und ein Mann, der bestraft wurde, weil er seinen eigenen

Sohn bei einem Festmahl für die Götter aufgeboten hatte, indem er von Essen und Wasser umgeben war, das er niemals erreichen konnte. Sie mussten beide ihre Strafen in den Tiefen der Hölle bis in alle Ewigkeit ausleben.

Ich war im Tartarus.

PERSEPHONE

Ich sollte nicht hier sein. Das war nicht Teil der Prüfung, das konnte es nicht sein. Irgendwo war etwas ganz furchtbar schiefgelaufen. Ich blieb, wo ich hockte und meine Augen starrten auf das schreckliche brennende Rad über mir. Mein Verstand überschlug sich so schnell wie mein außer Kontrolle geratenes Herz. Ich musste hier raus. Ich war in der Grube endloser Folter gefangen und ich musste verdammt noch mal hier raus.

Aber es gab keine Ausgänge, keinen Weg hinaus, noch nicht einmal Licht. Ich war vollkommen überfordert mit der Situation.

»Hades«, flüsterte ich. Sein Name legte sich unaufgefordert auf meine Lippen. Dies war sein Reich, er hatte das Sagen. Mit Sicherheit würde er mich finden.

»Ach komm schon, sei nicht traurig. Wir werden hier unten genug Leute finden, mit denen du spielen kannst, junge Göttin«, ertönte eine Frauenstimme aus der Dunkelheit.

»Wer ist da?«, rief ich aus, war aber unfähig, meine Angst nicht in meiner Stimme mitklingen zu lassen.

»Mein Name ist Campe und ich bewache den Tartarus«, antwortete sie.

Der Mann auf dem flammenden Rad drehte sich jetzt in die andere Richtung und eine Kreatur, wie ich sie mir in meinen schrecklichsten Albträumen nicht hätte vorstellen können, war direkt vor mir erschien.

Sie war mindestens fünfmal so groß wie ich und hatte den Körper und Kopf einer schönen Frau. Sie hatte volle runde Brüste und ein herzförmiges Gesicht mit tiefbraunen Augen und üppigen Lippen. Aber von der Taille abwärts war sie eine Schlange. In dem dämmerigen Licht des Rades erkannte ich, dass ihre enorme untere Hälfte aus Hunderten von kleineren Schlangen bestand. Als ich meine Augen wieder auf ihren Körper richtete, wurde mein Blick von dem angezogen, was um ihren Hals lag. Es war die abscheulichste Kette, die ich je gesehen hatte und jeder Anhänger, der das goldene Seil säumte, war der Kopf einer Kreatur.

»Du bewunderst meinen Schmuck? Er zeigt die Köpfe der fünfzig gefährlichsten Kreaturen des Olymps«, säuselte sie. Ich blinzelte und versuchte mir die Köpfe genauer anzusehen. Da waren ein Löwe, ein Bär, ein Drache und viele anderen Viecher, die ich noch nie zu Gesicht bekommen hatte und es hoffentlich auch nie tun würde.

»Warum bin ich hier?«, würgte ich hervor.

»Das geht mich nichts an«, sagte sie und sah regungslos auf mich herab. »Aber so viel frisches Blut bekommen wir hier unten selten zu sehen. Du wirst eine Freude für die Bewohner sein.«

»Bewohner?«

»Oh ja. Ixion hier oben hast du ja schon kennengelernt.« Sie deutete auf den Mann auf dem flammenden Rad. »Und den armen Tantalus, der seinen Sohn an die Götter verfüttert hat. Aber die Titanen beherrschen den Tartarus. Sie sind tief genug in der Grube, dass sie dich noch nicht gespürt haben, aber das werden sie bald.«

Die Angst in mir war so stark, dass es meine Tränen und Panik vollkommen verdrängte. Ich hatte den Punkt erreicht, der genau in der Mitte zwischen dem lähmenden Schrecken den Hades auslöste, der mich ohnmächtig werden ließ und der unentschlossenen Panik, die die aufkeimende Angst einflößte, lag.

Jetzt war es Zeit für Kampf oder Flucht. Doch es gab keinen Ausweg. Zu fliehen war unmöglich.

Ich zwang mich aufzustehen.

»Ich bin ein Mitglied des Palastes der Unterwelt«, log ich mit so viel Autorität, wie mein zitternder Körper aufbringen konnte. »Ich verlange, dass ihr mich rauslasst. Sofort.«

Campe kicherte leise, die Flammen des Flusses tanzten im Takt dazu.

»Ein Mitglied des Palastes? Deine Ranken tragen sicherlich Dunkelheit in sich, aber du bist nicht adelig.«

»Doch, das bin ich«, sagte ich grimmig. »Und Hades wird stinksauer sein, wenn du mich nicht gehen lässt.«

»Hades besucht uns nicht mehr«, sagte sie und legte sich die Hand an die Wange, in einer Parodie von Traurigkeit. »Eine solche Schande. Ich würde mich freuen, wenn deine Anwesenheit ihn noch einmal zu uns bringen würde.«

Das hoffte ich auch. Ich rechnete sogar fest damit.

»Warum nicht?«, fragte ich und beschloss, dass es das Beste war, sie am Reden zu halten. Es würde Hades Zeit verschaffen, mich zu finden. *Bitte, bitte lass ihn kommen, um mich zu finden.*

»Er hat eine Frau gefunden«, sagte Campe. Sie beugte sich vor und brachte ihr schönes Gesicht näher an mich heran. Der blutige Kopf einer gehörnten Eidechse schlug ihr gegen das Brustbein. »Sie war wohl spannender für ihn als Folter.«

»Das kann ich mir nur schwer vorstellen«, flüsterte ich und sah mir noch immer ihre morbide Halskette an.

»Wie heißt du, kleine Göttin? Es ist ungewöhnlich, dass du in deinem Alter noch deine Kräfte erkundest. Du bist eindeutig nicht geschult.«

Ich blickte finster zu ihr auf. Würde sie meinen Namen erkennen? Würde es mir helfen, wenn sie es täte?

»Persephone.«

Ein langes Zischen brach aus ihr heraus und ihr freundlicher Gesichtsausdruck verwandelte sich in eine Grimasse. Ihr Schwanz hob sich, das gespreizte Ende kräuselte sich und die Schlangen wandten sich.

»Du bist Persephone?«

»Ja, ich sagte doch, ich war einst adelig. Jetzt lass mich gehen.«

»Oh, wie lange habe ich auf diesen Tag gewartet«, zischte sie und ihre Augen blitzten vor Wut.

»Ich glaube, ich werde doch nicht warten, bis die Titanen erwacht sind.«

Intuitiv sprang ich zurück und im nächsten Moment schlug ihr Schwanz neben mir ein. Ich versuchte, vom Feuerfluss wegzurollen, aber ich stolperte über den felsigen Boden und landete auf Händen und Knien. Der Boden bebte durch den Aufprall ihres Schwanzes. Ich rappelte mich wieder auf, wobei mir meine Lianen halfen und begann blindlings vorwärts zu rennen. Ein leises, wahnsinniges Gackern ertönte jetzt hinter mir.

»Ich habe mich all die Jahre gefragt, wo du bist und jetzt stolperst du einfach so in mein Reich. Was für eine entzückende Wendung des Schicksals«, schnurrte Campe und lachte.

Es war zu dunkel und ich konnte nichts mehr sehen. Je weiter ich mich vom Fluss entfernte, desto weniger konnte ich erkennen. Ixions Rad hoch über mir bot nur wenige Lichtfetzen.

Ein durchdringender Schrei rechts von mir ließ mich vor Schreck fast umfallen. Eine Reihe von Männern, die auf goldenen Stühlen saßen, blitzte in mein Blickfeld. Ihre Gesichter waren schmerzverzehrt. Ich änderte den Kurs, spürte aber, wie etwas Kaltes und Hartes von hinten gegen mich schlug und ich schrie auf, als ich von einer unsichtbaren Kraft von den Füßen gehoben wurde. Ich wirbelte durch die Luft und meine schwarzen Ranken schlugen um mich und versuchten sich gegen den unsichtbaren Feind zur Wehr zu setzen. Ich schwebte durch die schwüle Luft und wurde vor Campe wieder in der Luft gehalten. Ich befand mich jetzt auf gleicher Höhe mit ihrem fröhlichen Gesicht.

Ich wurde von unsichtbaren Mächten festgehalten, genau wie Ixions auf seinem Rad. Mein Herz pochte unangenehm und ich versuchte verzweifelt, einen Ausweg aus dieser Situation zu finden. Doch Campe hatte recht, dies war ihre Domäne. Und ihre Magie war der meinen weit überlegen.

»Du hast ihn mir weggenommen, du kleine Hure«, knurrte sie und Verwirrung schnitt durch meine Angst.

»Wen habe ich dir genommen?«, keuchte ich und schwebte hilflos vor ihr.

»Den König. Er hat sich verändert. Er wurde zu dem, wozu er bestimmt war. Die glorreiche Bestie in ihm war fast frei. Und dann hast du ihn mir genommen.«

»Meinst du Hades?« Ich strampelte mit den Beinen durch die Luft und versuchte, mich aufzurichten.

»Natürlich meine ich ihn.« Sie drückte ihr riesiges Gesicht dicht an mich. Sie roch nach verrottendem Fleisch und der eiserne Geschmack von Blut schwang in dem Geruch mit.

Ein Brüllen ertönte unter uns und alles um mich herum, Campe eingeschlossen, bebte. Das Geräusch hallte bedrohlich durch die Grube.

Ihr Gesicht veränderte sich und Angst blitzte in ihren Augen auf. Selbst ihr grausames Lächeln verschwand.

»Er kommt«, zischte sie und schlitterte auf ihrem riesigen Schlangenschwanz rückwärts.

»Hades?«, fragte ich hoffnungsvoll.

»Nein. Cronos.«

Cronos? War der nicht der Titan, der die olympischen Götter gefressen hatte? Der Schlimmste von allen?

»Scheiße, Scheiße, Scheiße«, rief ich und sandte meine Ranken zum Boden, um nach etwas zu suchen, an dem ich mich festhalten konnte, um mich hinunterzuziehen. Aber sie konnten nirgendwo Halt finden und es war zu dunkel, um etwas erkennen zu können. Weiteres Gebrüll ertönte um mich herum und Todesangst begann mein Blut von Neuem gefrieren zu lassen.

»Lass sie sofort los!« Der Befehl ließ mich überrascht zusammenzucken und ich wirbelte in der Luft herum, um zu sehen, wer gesprochen hatte. Es war nicht Hades, aber ich kannte die Stimme.

»Kerato, wie schön, dass du zu uns stößt«, zischte Campe, die sich immer noch langsam rückwärts bewegte. Ihr Schwanz war ganz von der Dunkelheit verdeckt, doch ihr Gesicht und ihre grausige Halskette flackerten immer noch im Licht von Ixions Rad. »Hades Schoßhündchen ist hier immer willkommen.«

»Ich sagte, lasst sie frei. Sofort!«, rief der Minotaur. Ich konnte ihn in der Dunkelheit unter mir nicht sehen, aber neue Hoffnung erwachte in mir. Ich war nicht mehr allein.

»Wenn du darauf bestehst.« Ich begann abrupt zu fallen und obwohl meine Ranken verzweifelt versuchten meinen Fall aufzuhalten, hatte die Orientierungslosigkeit mich vollkommen übermannt.

Dann blendete mich ein neonblaues Licht und ich erstarrte für den Bruchteil einer Sekunde in der Luft, bevor ich sanft nach vorn kippte und nach unten schwebte.

»Du wirst dich erklären müssen«, zischte eine andere Stimme und dieses Mal traf mich die Erleichterung mit einem Schlag. *Hades.* Als meine Füße den Boden berührten, wirbelte ich herum und stolperte.

Er war durch und durch Gott. Er war fast so groß wie Campe und massiv, blaues Licht strömte aus seinem Körper und verwandelte sich an seinen Stiefeln in Leichen. Ich sah in ehrfürchtiger Angst zu, wie die Leichen sich aufrichteten und begannen, sich in einer Reihenformation hinter ihm aufzustellen. Eine Armee von Toten.

»Hades, du kommst gerade noch rechtzeitig«, säuselte Campe. »Cronos ist auf dem Weg hierher.«

Angst und Wut, so stark, wie ich es noch nie gesehen hatte, erfüllten Hades hellblaue Augen. Der silberne Schein war nirgends zu sehen. Die Temperatur in die Höhle stieg und ein Strahl blendend blauen Lichts traf Campe. Sie schrie auf, als sie nach hinten geschleudert wurde. Die Kette um ihren kolossalen Hals riss und Tierköpfe flogen überall herum.

»Bring sie sofort hier weg!«, brüllte Hades und ich spürte, wie Krallen mich am Oberarm packten. Ich drehte mich um und Keratos gehörntes Gesicht war nur Zentimeter von meinem entfernt.

»Tut mir leid, meine Dame«, grunzte er. Weißes Licht begann um ihn herum zu leuchten, er brüllte, taumelte zurück und löste seinen Griff von mir.

»Kerato!«, rief ich. Hades Licht fiel auf das rote Blut, das an der Spitze einer hervorstechenden Klinge an seiner Schulter heruntertropfte. Das Gesicht einer aus ganzem Halse lachenden Frau erschien hinter dem Minotaur. Ihre jugendlichen Augen flackerten vor Bosheit und wahrer Wahnsinn war in ihnen zu sehen. »Lass ihn in Ruhe!«, brüllte ich und peitschte meine Ranken in Richtung dieser neuen Bedrohung.

Wieder zerriss ein Brüllen den Raum und das Feuer im Fluss wurde zu einem Inferno, das sich Gebäudehoch aufragte. Rotes und blaues Licht krachten gegeneinander und ich riss meine Augen von Kerato los und sah zu Hades auf. Sein Gesicht war angespannt und er hielt beide Hände vor sich ausgestreckt, als ob er etwas zurückhalten würde, das ich nicht sehen konnte.

»Er ist hier. Kerato, bring sie aus dem Tartarus«, sagte er mit zusammengebissenen Zähnen. Aber die Augen des Minotauren waren glasig und schweigend umklammerte er die Klinge in seiner Brust. Eine menschlich aussehende

Frau trat um ihn herum. Sie trug eine schwarze Toga und ihr leuchtend rotes Haar war elegant auf ihrem Kopf aufgetürmt.

»Sieht so aus, als ob er dich nirgendwo hinbringen wird«, sagte sie achselzuckend und stieß Kerato mit ihrem spitzen Finger in die Schulter. Der Minotaur krümmte sich. »Der Boss will dich für etwas Besonderes.«

»Wer bist du?«, stammelte ich und ließ meine Augen zwischen Keratos Körper und ihr hin und her huschen.

»Ankhiale, Titanengöttin der Hitze«, sie verbeugte sich tief und ihre schwarze Toga ging in Flammen auf. »Ich bin hier unten für die Inneneinrichtung zuständig«, grinste sie mich an. Sie sah völlig verrückt aus.

»Ankhiale, wenn du ihr auch nur ein Haar krümmst, mache ich dein Leben noch eine Million Mal elender, als es ohnehin schon ist«, brüllte Hades. Sie gab ein weiteres gackerndes Lachen von sich.

»Hältst du das für möglich, oh Herr der Toten? Mach mal halblang.« Sie pirschte sich näher an mich heran und ich wusste nicht, was ich tun sollte. Sollte ich meine Ranken benutzen und versuchen, ihr die Macht zu nehmen? »Du wirst König Cronos nicht mehr lange zurückhalten können, Hades. Und du brichst die Regeln, indem du ein hübsches kleines Ding wie sie hier runter-lässt. Diesmal wird er dir nicht gehorchen.«

Hades gab ein erbärmliches Knurren von sich und ich schlug zu. Mit einer winzigen Bewegung meiner Handge-lenke schickte ich beide Ranken auf die Frau zu und schrie auf, als sie sie berührten. Die Hitze durchbohrte mich wie Säure. Aber ich ließ nicht locker und die Ranken wickelten sich um ihre Schultern, schwarze Tattoos blühten unter ihrer flammenden Haut auf.

»Was - wie - lass mich los!«, kreischte sie und

schnappte nach meinen Lianen. Noch mehr Hitze, so heiß oder heißer als der Vulkan von vorhin, brannte an meinen Lianen entlang und in meinen Körper hinein. Der Schmerz war fast nicht mehr zu ertragen.

»Komm zu mir, sofort«, erklang Hades verzweifelte Stimme in meinem Kopf. Ich tat, was er mir sagte, ohne zu fragen. Ich ließ die Ranken verschwinden und wirbelte herum. Ich stieß einen schockierten Schrei aus, als ich erkannte, dass die Armee der blauen Leichen mich umgab und als ich auf Hades zustürzte, folgten sie mir, ohne ihren schützenden Ring zu durchbrechen. Ich spürte einen Hitzeschwall an meinem Rücken und rannte schneller. Ich warf eine grüne Ranke aus, wickelte sie um Hades riesiges Bein und zog mich auf ihn zu. In der Sekunde, in der meine Finger seinen Körper berührten, blitzte die Welt weiß auf.

PERSEPHONE

»Was im Namen des Olymps ist hier los?«, brüllte Zeus, als sich der Thronsaal um uns herum materialisierte. Ich atmete tief ein und Schauer durchliefen meinen Körper. Ich klammerte mich noch immer an Hades und merkte vage, dass er zu seiner menschlichen Größe geschrumpft sein musste, denn er strich mir mit einer Hand über meinen Rücken.

»Du bist jetzt in Sicherheit«, sagte er leise und zog mich fest an sich. Ich fühlte mich, als stünde ich in Flammen, meine Haut brannte und meine Lungen schmerzten. Angst, Verwirrung und Schmerz jagten durch meinen Körper.

»Antworte mir, Hades!« brüllte Zeus wieder und ich spürte ein Knistern von Elektrizität um uns herum.

»Gib ihr einen verdammten Moment, ja?«, schrie Hades zurück. »Ich weiß nicht, was passiert ist, es war dein Becher, aus dem sie getrunken hat.«

Er packte mich fester an den Schultern und ich fühlte ein Kribbeln von Magie, das meine Haut kühlte.

Du bist jetzt in Sicherheit. Ich wiederholte seine

Worte in meinem Kopf, bis ich anfing, sie zu glauben und mein Herz endlich begann, seinen Sprint in meinem Brustkorb zu verlangsamen.

»Tartarus ist der schlimmste Ort der Welt«, murmelte ich in seine Brust und versuchte, das Schluchzen zu unterdrücken, dass das Adrenalin und die Anspannung an die Oberfläche gespült hatten.

»So soll es auch sein. Aber du hättest nie auch nur in seine Nähe kommen dürfen.«

Mit einem tiefen Atemzug blinzelte ich in sein Gesicht hinauf. Rauch verbarg ihn, doch ich erhaschte einen Blick in seine silbernen Augen. Die Wut in ihnen ließ meinen Puls wieder anschwellen. Es war noch nicht vorüber.

»Willst du damit andeuten, dass jemand sie in den Tartarus geschickt hat?«, sagte Poseidons Stimme und ich blickte zu dem Meeresgott auf. Er, Zeus, Athene, Ares und Apollon waren alle aufgestanden. Jeder von ihnen sah kampfbereit und wütend aus.

»Es sei denn, jemand möchte zugeben, dass er ihr einen schlechten Streich gespielt hat«, fügte Hermes hinzu. Sein normalerweise verspieltes Lächeln war abwesend. Niemand sprach.

»Wir werden der Sache auf den Grund gehen, Bruder«, sagte Zeus anklagend. Rauch wogte um Hades herum, blaues Licht strahlte dadurch hindurch.

»Warum zum Teufel würdest du diese Möglichkeit auch nur andeuten?«, brüllte Hades. »Selbst wenn du davon ausgehst, dass ich ihren Tod nicht will, wird Campe jetzt nichts mehr tun, was ich ihr sage. Cronos weiß, dass Persephone hier ist. Glaubst du, ich würde so eine Scheiße in meinem eigenen Reich anrichten?«

Eiskalte Luft strömte aus ihm hervor und seine Stimme wurde immer lauter.

Zeus Ausdruck veränderte sich von wütend zu misstrauisch. *Hatte Zeus Angst vor Hades?*

Es gab eine lange Pause und die Spannung war praktisch greifbar.

»Wir werden das unter vier Augen besprechen«, schnauzte Zeus schließlich und ließ sich in seinen Thron fallen. Die anderen Götter machten es ihm nach. Hekate erschien an meiner Seite.

»Wir müssen gehen«, sagte sie mit einem Blick auf Hades. Er nickte und mit einem Blitz verschwanden wir aus dem Thronsaal.

Wir waren wieder in meinem Schlafzimmer und das erste, was Hekate tat, war mir ein riesiges Glas Nektar einzuschenken.

»Scheiße, Persy. Hades hat irgendwas von Campe und Cronos geschrien. Bitte, bitte sag mir, dass du nicht im Tartarus warst.« Ich blinzelte zu ihr hoch. Sie schüttelte den Kopf und setzte sich neben mich auf das Bett.

»*Das ist wohl ein Witz*«, sagte Skop und sprang auf meine andere Seite. »*Fräulein, waren Sie wirklich im gottverdammten Tartarus?*«

»Eine wirklich große Schlangenfrau hat versucht, mich zu töten. Dann hat eine Feuergöttin Kerato getötet, während Hades Cronos zurückgehalten hat. Und dann hat Hades uns da rausgeholt. Das ist die Kurzfassung«, sagte ich. Ein kleiner Schluchzer entkam mir, als ich mich daran erinnerte, wie Kerato zu Boden fiel. »Er gab sein

Leben, um mir zu helfen«, flüsterte ich und rieb mir die schmutzige Wange.

»Hades Wächter sind unsterblich, keine Sorge«, sagte Hekate schnell. Ihr Gesicht war blass geworden und sie starrte mich mit großen Augen an. »Hades hat Cronos zurückgehalten?«

»Ja.«

»Persy, das ist gar nicht gut. Wirklich, wirklich schlimm sogar. Während eines Tribunals zu sterben ist eine Sache, aber als Spielzeug der Titanen in der ewigen Foltergrube zu landen?«

»Wollte Cronos mich deshalb lebendig in die Finger bekommen? Damit ich sein Spielzeug werde?«

Hekate antwortete eine ganze Weile nicht.

»Hades weiß vielleicht mehr, wenn er mit den anderen gesprochen hat«, sagte sie schließlich. »Geh duschen, danach wirst du dich besser fühlen.«

Ich nickte und stand auf. Ich trank den Inhalt des Glases mit einem Zug aus und genoss die Kraft, die es mir gab.

»Bleibst du hier?«

»Natürlich«, nickte sie.

»Danke. Ich möchte im Moment wirklich nicht alleine sein«, gab ich leise zu.

»Ich bleibe bei dir, Persy.«

»*Und ich auch*«, sagte Skop. Mit einem Gefühl ewiger Dankbarkeit ging ich ins Badezimmer und hielt an der Tür inne.

»Und du bist dir sicher, dass es Kerato gut gehen wird?«

»Ja. Es könnte eine Weile dauern, bis er sich regeneriert, aber er ist ein Dämon. Er wird es schaffen.«

»Okay. Gut.« Ich drehte mich um und ging durch die Tür. Dann blieb ich wie vom Blitz getroffen stehen.

Ich war in meiner Wohnung. Ich stand in meinem Schlafzimmer, in meiner Wohnung in New York. Meine Gedanken verlangsamten sich fast bis zum Stillstand und ich sah mich langsam im Zimmer um. Es sah aus, als wäre ich nie weg gewesen. Das Bett war ordentlich gemacht, meine Jeans hingen über der Lehne des Sessels und mein Laptop stand offen auf dem kleinen Schreibtisch und summte leise.

Ich drehte mich auf der Stelle. Hades stand hinter mir. Ich öffnete den Mund, um ihn zu fragen, was los war, aber meine Worte versagten, als ich den Blick in seinen Augen sah.

HADES

Ihre Augen weiteten sich überrascht und ich fühlte mich, als hätte mir jemand einen Dolch ins Herz gestoßen. Sie öffnete den Mund, sprach aber nicht. Ich konnte den Blick nicht von ihr lassen. Auch sie würde meine Gefühle in meinem Gesicht geschrieben sehen.

Mein Herz war in tausend Teile verbrochen.

So abgedroschen die Redewendung auch war, nur sie konnte beschreiben, was sich in meinem Körper abspielte.

»Es tut mir leid«, sagte ich und meine Stimme klang brüchig. Sie verzog die Miene und ein Stirnrunzeln legte sich auf ihr schönes Gesicht. Sie war heute Nacht buchstäblich durch die Hölle gegangen und sie hatte es verdient, wie eine siegreiche Königin behandelt zu werden. Aber stattdessen waren wir hier.

»Was tut dir leid?«, fragte sie. Ihre Worte kamen nur schmerzhaft langsam hervor. Sie wusste, was ich sagen würde. Ich konnte die Angst in ihren hellgrünen Augen sehen.

»Es ist vorbei.«

»Was ist vorbei?«

»Die Tribunale. Deine Zeit im Olymp. Es ist vorbei.« Meine Stimme drohte sich in ein Schluchzen zu verwandeln. Die Emotionen, die ich über zwanzig Jahre lang vergraben hatte, bäumten sich auf.

»Nein«, sagte sie, trat auf mich zu und schüttelte den Kopf. »Nein, das kannst du nicht tun.«

Sie wusste nicht, wie recht sie hatte. Wenn ich es nicht sofort tat, konnte ich sie nicht hierlassen, in der sterblichen Welt.

Aber ich hatte keine Wahl.

»Du wolltest nach Hause. Und jetzt bist du hier. Es ist vorbei.«

Ihre Augen füllten sich mit Tränen. Sie holte aus und schlug meinen Oberarm.

»Hör verdammt noch mal auf, das zu sagen! Es ist nicht vorbei!«

Etwas brannte in meinen Augen, aber Götter weinten nicht.

»Wenn ich sage, dass es vorbei ist, dann ist es auch vorbei.«

»Warum? Warum tust du das? Du hast gesagt, du wolltest, dass ich gewinne, dass ich deine Königin werde. Du hast gesagt, Zeus hätte dafür gesorgt, dass ich die Tribunale nicht verlassen könnte?«

Tränen liefen ihr die Wangen hinunter, gefolgt vom Dreck der Hölle. Der Gedanke an sie dort unten, in den dunkelsten Gefilden des gefährlichsten Ortes der Welt... Das Monster in mir brüllte. Es war wieder zum Leben erwacht, seit ich sie verloren hatte, seit sie aus Zeus Kelch getrunken hatte. Es hatte den Kampf mit Cronos genossen. Und jetzt konnte ich es kaum noch bändigen.

Cronos wusste, dass Persephone im Olymp war. Was bedeutete, dass sie nicht dortbleiben konnte.

»Ich kümmere mich um Zeus«, sagte ich leise.

»Du hättest mich also schon vor langer Zeit zurückschicken können? Als ich noch gehen wollte? Und du hast gelogen und gesagt, du könntest es nicht?«

»Nein. Die anderen Götter werden mich in dieser Sache unterstützen. Zeus wird keine andere Wahl haben, als die Tribunale abzubrechen.«

»Willst... willst du Minthe heiraten?« Ihre Worte waren kaum hörbar und der Schmerz in ihrem Ausdruck unerträglich.

Ich konnte ihr nicht antworten.

»Ich kann nicht glauben, dass du das tust. Ich kann nicht glauben, dass du mich tatsächlich dazu gebracht hast, gewinnen zu wollen, mit dir zusammen sein zu wollen und jetzt lässt du mich verdammt noch mal hier zurück!«, schrie sie. Ihre Tränen flossen noch immer, aber ihr Gesicht war wütend.

Ich wollte sterben. Ich wollte mich lieber in den Feuerfluss des Tartarus werfen und zu Asche verbrennen, als mich damit abzufinden, sie wieder zu verlieren. Es war mir unerträglich, sie so zu sehen, der Grund für ihren Schmerz zu sein.

»Sie wird das Ende des Olymps herbeibringen.« Die Worte, die Poseidon mir keine zehn Minuten zuvor entgegengebrüllt hatte, hallten in meinem Kopf wider. *»Wenn sie jemals auf Cronos trifft, sind wir alle verloren.«*

Ich hatte keine Wahl.

»Sag doch was!«, rief sie und ein weiteres Stück meines zerbrochenen Herzens zersplitterte, verloren an die hungrige Bestie in mir.

»Man kann ein so helles Licht wie dich nicht in der Dunkelheit halten«, flüsterte ich, nahm mich zusammen und sog ihr Gesicht in mir auf, um niemals auch nur ein Detail von ihr zu vergessen. »Es tut mir leid.«

Mit einem herzzerreißenden Ruck, der mich vollends zerstörte, verschwand ich aus ihrem Leben.

Jemand würde heute Nacht sterben. Wahrscheinlich würden viele sterben. Die Bestie in mir war frei.

DANKE FÜRS LESEN!

Vielen Dank fürs Lesen von »Das Herz des Hades« und ich hoffe, es hat dir gefallen! Wenn dem so ist, wäre ich sehr dankbar für eine Rezension!

Das hilft mir sehr; klicke hier und hinterlasse ein paar liebe Worte. Du wirst mir auf jeden Fall den Tag versüßen :)

Das nächste und letzte Buch kannst du hier bestellen:
»Der Schwur des Hades«

Um exklusive Einblicke auf neue Titelbilder und Ideen zu erhalten, plus kostenloser Kurzgeschichten und Hörbücher, kannst du dich für meinen Newsletter auf elizaraine.com anmelden. Es gibt Teaser und Updates über neue Veröffentlichungen (und Bilder von meinen Haustieren) hier in meiner Facebook-Lesergruppe!

www.ingramcontent.com/pod-product-compliance
Lightning Source LLC
Chambersburg PA
CBHW060804190726
48285CB00002B/544